Nijaz Abadžić
Die Honigapotheke

Nijaz Abadžić

Die Honigapotheke

Übersetzt von
Bianca Vukorep

Quintessenz

Anschrift des Autors:
Nijaz Abadžić
TV Sarajewo
Ul. VI. Proleterske Brigade 4
7100 Sarajevo
Bosnien/Herzegowina

Die Deutsche Bibliothek – CIP-Einheitsaufnahme

Abadžić, Nijaz:
Die Honigapotheke / Nijaz Abadžić. – München : Quintessenz, 1992
ISBN 3-928036-32-7

Umschlaggestaltung: Atelier Höpfner-Thoma, München
Umschlagfoto: Studio Döring, München
Gesamtherstellung: Ebner Ulm
Printed in Germany

ISBN 3-928036-32-7

Inhalt

Geleitwort

Wir leben in einer Zeit, in der die Gesundheit des Menschen zunehmend verschiedensten Aggressionen ausgesetzt ist. Die hochentwickelten Länder mit dem modernsten Gesundheitssystem sind nicht mehr in der Lage, der Bevölkerung einen erfolgreichen Gesundheitsschutz zu gewährleisten, solange sich nicht jeder einzelne selbst aktiv für die Erhaltung der eigenen Gesundheit einsetzt.

Nie zuvor hat sich die Menschheit so sehr von der Natur entfernt. Nie zuvor hat sie so sinnlos Gesetze und Gleichgewicht der Natur zerstört. Wir werden bestraft durch unzählige neue Krankheiten und degenerative Störungen.

Auf der ganzen Welt ist eine Gegenbewegung entstanden, die natürlichere Heilmethoden und Lebensformen befürwortet, vor allem die Dringlichkeit, zu einer natürlichen Ernährung zurückzufinden.

Unter den Gaben der Natur nehmen die Bienenprodukte als Gesundheitsnahrung eine besondere Stelle ein. Honig, Blütenstaub (Pollen), Weiselfuttersaft, Propolis und andere Bienenprodukte sind eine wahre Schatzkammer kostbarer und heilsam-prophylaktischer Bestandteile und sie sind Freunde der Gesundheit des Menschen.

Seit alters her gilt Honig als Glücksbringer und Gottesgabe. Eine alte russische Schrift nennt Honig „Saft aus dem Tau des Himmels", der von den Bienen aus duftenden Blüten gesammelt wird und wundersame, besonders heilkräftige Eigenschaften besitzt.

Honig ist das flüssige Gold der Natur, das wohlschmekkendste und gesündeste natürliche Getränk!

Der bekannte schwedische Kardiologe Dr. Hans Mehmel behauptet, daß Bienenhonig und Blütenstaub die Gehirntätigkeit aktivieren sowie Beobachtungskraft und Konzentration bessern. Der bekannte Leiter des Kerkhof-Instituts zur Untersuchung von Herzerkrankungen in Neuhamm, Dr. Koch, meint: „Was das Benzin für den Motor des Wagens ist, das ist Honig für die Herzmuskel. Der ideal ausgewogene Gehalt an Kalzium, Mangan, Eisen, Phosphor und anderen Mineralien unterstützt auch andere wichtige Herz- und Kreislauffunktionen . . ."

Auch in den neuesten Untersuchungen sowjetischer Wissenschaftler wurde nachgewiesen, daß Honig sehr nützlich für Herz und Kreislauf ist. Prof. Dr. Viktor Ovčinikov verweist auf eine vitaminähnliche Substanz im Honig, die von großer Bedeutung für den menschlichen Organismus ist.

„Honig ist Balsam für das Herz", sagt Prof. Ovčinikov „Ein Bestandteil, der im Honig entdeckt worden ist, verhindert Blutgerinnsel in Herz und Gehirn, und der Gebrauch von Honig in der Ernährung stärkt die Widerstandskräfte. Deshalb ist es nicht verwunderlich, daß Herzkranken und auch Leberkranken von modernen Medizinern geraten wird, Honig und Pollen einzunehmen.

Pollen und Honig enthalten unschätzbar wichtige Vitamine und Mineralien, ohne die eine richtige Funktion der einzelnen Organe und des menschlichen Organismus insgesamt nicht möglich wäre . . ."

Es werden zunehmend neue Entdeckungen und wissenschaftliche Erkenntnisse über den reichen Gehalt und die kostbaren Eigenschaften natürlicher Bienenprodukte gewonnen. Leider sind zahlreiche dieser Tatsachen der breiteren Öffentlichkeit kaum bekannt. Vielleicht ist dies die Hauptursache für den noch immer geringen Gebrauch von Bienenhonig und den anderen Produkten aus dem Bienenstock in der täglichen Ernährung.

Diese Lücke in der Fachliteratur hat mich schon 1967 dazu angeregt, das Buch „Geheimnisse des Bienenhonigs" zu schreiben. Auf der Suche nach wissenschaftlichen Beweisen über die heilsam-prophylaktischen Eigenschaften der Bienenprodukte verfaßte ich nach 20 Jahren unermüdlicher Arbeit die dokumentare Monographie „Bienen und Gesundheit", die als Luxus-Ausgabe des Belgrader Verlags „Nolit" in drei Auflagen erschien.

In der Absicht, den Lesern einen aktuelleren, klareren und übersichtlichen Überblick über den komplexen Gehalt und die vielfach nützlichen Eigenschaften der Bienenprodukte zu bieten, schrieb ich ein neues Buch: „Die Honigapotheke".

Das Ziel dieses Ratgebers ist es in erster Linie, den Lesern zu helfen, in die Geheimnisse der Bienenprodukte einzudringen und einen breiten Kreis von Verbrauchern mit dem hohen Wert dieser Produkte als Nähr- und Heilmittel bekanntzumachen.

Der große deutsche Dichter Heinrich Heine sagte einmal: „Die größte Schönheit, die ich kenne, ist die Gesundheit des Menschen!" Wenn etwas so schön ist, sollte man es auch sorgfältig hüten!

Dies ist ein bescheidener Versuch, die Menschen dazu anzuregen, mit Hilfe der „geflügelten Pharmazeuten", wie der bekannte sowjetische Wissenschaftler und Autor N. P. Jojriš die Bienen nennt, neue Wege und Möglichkeiten zum Schutz ihrer Gesundheit zu finden.

Ich wünsche Ihnen dabei viel Erfolg!

Helfen Sie Ihrem Arzt

„Die Krankheit ist ein Signal, daß wir vom richtigen Weg abgekommen sind, den die Natur für uns bestimmt hat."

Dieser kluge Rat des amerikanischen Arztes D. C. Jarvis, der in dem populären Buch „Volksmedizin" erteilt wird, könnte das wichtigste Prinzip eines jeden Menschen sein, sich selbst zu schützen. Die Erhaltung oder Wiederherstellung des notwendigen natürlichen Gleichgewichts, das bewußt oder unbewußt im Organismus zerstört wird, hängt am meisten von jedem Menschen selbst ab: von seiner Lebensweise, Ernährung und Vorsorge.

Gesundheit kann man nicht kaufen und auch nicht verschenken! Man muß sie – verdienen! Wer gute Körperkräfte, Ausgeglichenheit, geistige Spannkraft, ein langes Leben und eine solide Gesundheit erreichen möchte, muß mit der Natur zusammenarbeiten, darf nicht ihr Gegner sein.

Aller Überfluß ist gegen die Natur!

In Delphi steht das Heiligtum des Apollon, der unter anderem auch als erster Gott der ärztlichen Künste und als Symbol für Gesundheit, Harmonie und Mäßigung gepriesen wurde. Auf dem Tempel des Apollon stehen die Worte: „Maßhalten in allen Dingen!"

Der moderne Mensch scheint leider nicht sehr viel von Mäßigung zu halten. Im Gegenteil, er neigt dazu, in allem zu übertreiben: ungesundes, übermäßiges Essen, körperliche Trägheit, sitzende Lebensweise, übertriebener Alkohol- und Nikotinkonsum, Tabletten- und Drogensucht.

Rücksichtslose Ausbeutung des Organismus

Aus einer Untersuchung der Weltgesundheitsorganisation (WHO) geht hervor, daß in der Bundesrepublik Deutschland ca. 70 % der erwachsenen Bevölkerung regelmäßig Alkohol konsumiert, ca. 6 Millionen Menschen dieses Landes täglich sieben oder mehr verschiedene Medikamente, ein Drittel der Gesamtbevölkerung mehr als vier verschiedene Medikamente verwenden – eine alarmierende Warnung.

Solange die Menschen gesund sind oder sich gesund fühlen, vernichten und vergiften sie sich rücksichtslos, ohne an die Folgen zu denken. Viele gehen heutzutage mit ihrem Auto oder ihren Maschinen sorgfältiger um als mit dem eigenen Organismus.

Medizinische Experten behaupten, daß Nikotingenuß mehr als 90 % Lungenerkrankungen und ca. 40 % aller bösartigen Geschwulstkrankheiten verursacht. Der frühere Staatssekretär für Gesundheitsschutz in den USA, J. Califano, bezeichnete Rauchen zu Recht als schleichenden Selbstmord.

Wissenschaftliche Untersuchungen haben ergeben, daß auch Nichtraucher gefährdet sind, wenn sie den Rauch der anderen zwangsweise einatmen müssen. Trotz aller Beweise, daß Nikotinkonsum heutzutage die häufigste und gefährlichste Epidemie ist, die Gesundheit und Leben von Millionen von Menschen bedroht, ist der Kampf gegen diese schädlichen Gewohnheiten sehr schwer. Gegen die „Natur des Menschen" zu kämpfen ist eben viel schwieriger als der Kampf gegen die Natur selbst.

Eigene Verantwortung für die Gesundheit

Eine der kostbarsten Aufgaben im Leben, die die Menschen möglichst früh erkennen sollten, ist die eigene Verantwortung für die Gesundheit.

Viele Untersuchungen heben die Bedeutung einer richtigen Ernährung hervor, eine der wichtigsten Voraussetzungen für die Erhaltung der Gesundheit und Leistungsfähigkeit, zur Vermeidung vieler degenerativer Krankheiten. Vor allem ist es wichtig, dem Organismus möglichst viel natürliche Nahrung zuzuführen, die alle physiologischen Bedürfnisse des menschlichen Organismus völlig zufriedenstellen kann. Nur die natürliche Nahrung ist biologisch vollwertig, der sich der Mensch durch die adaptive biologische Evolution am besten angepaßt hat.

Die natürliche und vollwertige Nahrung unterstützt die Schutz- und Entgiftungsmechanismen im menschlichen Organismus, was heutzutage besonders wichtig ist, weil niemand mehr vor der heimtückischen Invasion von Chemie und Viren sicher sein kann.

Die Menschheit hat sich vielleicht niemals so sehr von der Natur entfernt wie in der Gegenwart im Bereich der Ernährung. Unsachgemäße Verfahren in der Nahrungsgewinnung, Verarmung fruchtbarer Böden, übermäßige Zugaben von Konservierungs- und Geschmacksstoffen, Vergiftungen, Fehler bei Lagerung, Zubereitung und Gebrauch – dies alles führt zu einer Nahrung, die zu wenig natürliche Nähr- und Schutzstoffe enthält (Vitamine, Mineralien, Zellulosegewebe, Eiweißstoffe). Hinzu kommt die unnatürliche Lebensweise, die ohnehin im menschlichen Organismus einige dieser kostbaren Materien zerstört. (Allein durch Nikotin wird im Organismus bis zu 40 % Vitamin C abgebaut oder zerstört.)

Ein übervoller Magen – ein zu kleines Herz

Wir leben in einer Zeit, in der man den Teller tatsächlich mit einem Gewehr vergleichen kann! Er ist immer gefährlich, ob voll oder leer. Einerseits ist die Menschheit vom Hunger bedroht, zum andern ist sie durch vergiftete, verdorbene, unnatürliche oder übermäßige Nahrung stark gefährdet.

Der amerikanische Arzt Dr. Kenneth Cooper, Betreuer der Raumfahrer, Verfasser des berühmten Buches „Aerobic", eines der meistgelesenen Bücher in den USA, sagt: „Der heutige Mensch erkrankt an übervollem Magen und an zu kleinem Herzen!"

Die ökologischen Probleme in ihrer gegenwärtigen Dramatik beruhen auf der Tatsache, daß die Privilegien der Zivilisation allmählich zur Bedrohung der Menschheit werden, wenn wir an die heutige Entfremdung des Menschen von der Natur und an das verantwortungslose Verhalten gegenüber der Natur denken, also auch gegenüber dem Menschen als Teil der Natur.

Von den Errungenschaften der Zivilisation fasziniert, scheint der moderne Mensch zu vergessen, daß nur seine Lebensweise verändert worden ist und die Zivilisation nichts Neues in die physiologischen und biochemischen Gesetze des menschlichen Organismus eingebracht hat.

Es ist seltsam, daß der moderne urbane Mensch immer mehr zu einer unnatürlichen Lebensweise neigt, die das natürliche Gleichgewicht und die Übereinstimmung zwischen dem inneren biologischen Mechanismus und der Umwelt zerstört.

Warnungen der Weltgesundheitsorganisation

„Es bestehen zahlreiche Probleme, die heutzutage von den Gesundheitsbehörden selbst nicht gelöst werden können", verkündete 1985 Dr. Erik Asval –, Direktor der Regionalen Sektion der WHO für Europa. „Ich muß offen gestehen, und dies ist auch die Auffassung der WHO sowie der 33 Mitgliedsländer dieser Organisation: das größte Problem in diesem Teil der Welt ist das Unvermögen, schlechte und schädliche Angewohnheiten in der Bevölkerung zu ändern. Hier denken wir vor allem an Ernährungsfehler, Rauchen, Alkoholismus, Tabletten- und Drogensucht u. a. . . ."

Dies soll ein Appell an alle Menschen sein, sich selbst bei der Erhaltung der Gesundheit zu helfen.

Vor 2400 Jahren sagte der berühmte Hippokrates, der Vater der Medizin: „Jeder Mensch ist sein eigener Arzt, er muß ihm nur behilflich sein." Die heutige medizinischen Fachleute scheinen diese Bereitschaft und Fähigkeit des modernen Menschen jedoch nicht besonders zu schätzen. Und auch die Bereitschaft des modernen Menschen, selbst aktiv etwas für die eigene Gesundheit zu tun, wird leider zusehends geringer.

Die Fähigkeit zum Selbstschutz

Es besteht die Meinung, daß die Ärzte auf dem Gebiet der gesundheitlichen Aufklärung mehr für die Bevölkerung tun müßten, denn „Vorbeugen ist besser als heilen." Die weisen Worte des Chinesen Pien Cioa, der vor 2500 Jahren lebte, bestätigen dies: „Von einem guten Arzt erwartet man, den zu pflegen, der noch nicht erkrankt ist. Ein mittelmäßiger Arzt heilt den, der schon erkrankt ist."

Von den Ärzten der Zukunft sollte man verlangen, auch Ratgeber und Aufklärer zu sein und den Menschen beizubringen, wie sie ihre Gesundheit selbst erhalten können.

„Jeder von uns besitzt mehr oder weniger die Fähigkeit, sich selbst zu schützen und sich selbst zu heilen, denn eine schlechte Gesundheit ist oft die Folge einer schlechten Lebensweise oder schädlicher Gewohnheiten." Diese Worte sind im Prospekt des führenden Londoner Zentrums für präventive Medizin (Community Health Foundation) zu lesen, das die Bedeutung der Gesundheitsvorsorge hervorhebt:

„Durch Einüben der Techniken im Bereich der präventiven

Medizin ist jeder imstande, die eigenen natürlichen Widerstandskräfte zu stärken und natürliche Fähigkeiten zu entwickeln, die ihm ein gesundes und produktives Leben ermöglichen ..."

Wir sollten deshalb jeden Menschen anregen, selbst die Verantwortung für seine Gesundheit zu übernehmen und für eine bessere Lebensqualität zu kämpfen!

Gaben aus dem Bienenstock

Die Natur ist die Quelle aller Heilmittel! Neben Heilkräutern, frischem Obst und Gemüse, Mineralwasser und anderen natürlichen Quellen sowie Waldfrüchten mit ihren kostbaren bioaktiven Materien sind auch Bienenprodukte eine Schatzkammer heilsamer, nahrhafter Bestandteile.

Alle Völker der Welt verwenden Bienenprodukte und vertrauen deren heilsamen und bewährten Eigenschaften. Diese Produkte besitzen zahlreiche spezifische Qualitäten: ein komplexer Gehalt mit ideal aufeinander abgestimmten Nährstoffen, die aufgrund ihrer synergetischen Wirkung wahre Katalysatoren und Biostimulatoren im menschlichen Organismus darstellen, ihre kostbaren natürlichen Bestandteile erscheinen in hochkonzentrierter Form, so daß man die erforderlichen Schutz- und Heilstoffe dem Organismus auch in kleinen Mengen zuführen kann, viele natürliche Bestandteile, vor allem im Honig, sind unbegrenzt haltbar, sie werden vom Organismus leicht aufgenommen, ohne die Verdauung zu belasten; Bienenprodukte stehen zu jeder Jahreszeit zur Verfügung u. a.

Die große Bedeutung der Bienenprodukte liegt vor allem in dem heute wieder erkannten Wert für Medizin und Ernährung. In letzter Zeit hat sich eine besondere medizinische Disziplin entwickelt, die Apitherapie (lat. apis = Biene), welche die Möglichkeiten der praktischen Anwendung von Bienenprodukten zur Heilung vieler Krankheiten und für den Gesundheitsschutz untersucht.

Die Bienenstöcke sind eine wahre Schatzkammer kostbarer natürlicher Substanzen

Neue Ideen für die moderne Medizin

Das große Interesse der Wissenschaftler an Bienenprodukten und die immer größere Anzahl von Labor- und klinischen Untersuchungen dieser Produkte in der ganzen Welt haben die Internationale Bienenzucht-Organisation „Apimondia" dazu angeregt, spezielle internationale Symposien zu organisieren. Die Ergebnisse dieser Untersuchungen wurden auch der Weltgesundheitsorganisation mitgeteilt mit der Aufforderung, breitere Kreise in allen Ländern der Welt über die Heilungsmethoden und ihre Bedeutung für den Gesundheitsschutz bekanntzumachen.

Die Apidologen führen zahlreiche Beweise an, daß gerade die Apitherapie einen Reichtum an neuen und originellen

Ideen zur Erhaltung der Gesundheit und Steigerung der Leistungsfähigkeit bietet, und sie betonen, daß die Medizin heutzutage keine Wunder benötigt, sondern neue Ideen.

Die Wissenschaftler behaupten, durch regelmäßigen und richtigen Gebrauch der Bienenprodukte sei der Organismus imstande, viele Erkrankungen abwehren zu können. Eine sachgemäße Anwendung der verschiedenartigen heilkräftigen Bestandteile einzelner Bienenprodukte garantiert die wirksame Behandlung vieler Erkrankungen.

Argumente statt Empirismus

„Anstelle von empirischen Untersuchungen, die dem guten Ruf der Apitherapie schaden können, sind wir heutzutage in der Lage, argumentierte Beweise hinsichtlich der Heilsamkeit und konkrete Empfehlungen zum richtigen Gebrauch der Bienenprodukte in der Medizin zu bieten", sagte Prof. Dr. Većeslav Harnaž, langjähriger Vorsitzender der Internationalen Bienenzucht-Organisation „Apimondia".

Auch der neue Vorsitzende der „Apimondia", Dipl.-Ing. Raimond Bornek, betonte in einem Interview für das Sarajevoer Fernsehen:

„Es ist bekannt, daß Bienenprodukte zahlreiche Substanzen enthalten, die außerordentlich interessant und nützlich für die humane Medizin und die rationale Ernährung sind, deshalb messen wir den wissenschaftlichen Untersuchungen eine große Bedeutung bei.

Bisher arbeitete man in der Apitherapie viel an der Erforschung traditioneller Überlieferungen. Jetzt ist es an der Zeit, die fundamentalen Untersuchungen der einzelnen Bestandteile der Bienenprodukte zu erneuern und sogar zu prüfen, ob die Biene nicht auch für andere medizinische Zwecke geeignet ist. Wir wissen zum Beispiel schon, daß diese Insekten natürliche Antibiotika mit extrem starker Wirkung produzieren können. Deshalb hoffe ich, daß die Bienenkunde dank der Apitherapie eine große Zukunft haben wird", äußerte sich Ing. Bornek.

Aktuelle Apitherapie

Der bekannte deutsche Wissenschaftler Prof. Dr. B. Talpai sagt: „Die Apitherapie wird sehr aktuell werden, vor allem bei der zunehmenden Umweltverschmutzung und Belastung durch verschiedene schädliche Chemikalien oder synthetische Medikamente.

Bienenprodukte in Form entsprechender Präparate und Nahrungsmittel bieten uns die Möglichkeit, auf viele Chemikalien und Medikamente zweifelhafter synthetischer Herkunft zu verzichten und zu den nützlichen natürlichen Substanzen zurückzukehren", rät Dr. Talpai, und auch Lita Heiding aus Norwegen ist der Meinung, daß „die moderne Medizin viel zu künstlich und die Suche nach natürlicheren Heilmethoden eine äußerst wichtige Aufgabe der modernen Wissenschaft ist . . ."

Nach Auffassung der sowjetischen Forscher A. A. Nikulin und E. N. Jakuševa „verfügen die Bienenprodukte über eine hohe biologische Aktivität und üben auf den menschlichen Organismus keinerlei schädlichen Einfluß aus . . ."

Der französische Apidologe Yves Donadier meint: „Apitherapie verdient eine größere Aufmerksamkeit als bisher, denn sie bietet mit Sicherheit kostbare natürliche Substanzen von hoher pharmazeutischer und medizinischer Qualität. Es ist nachgewiesen, daß Bienenprodukte zu einem erfolgreichen Gesundheitsschutz, zur Heilung vieler gutartiger Erkrankungen beitragen und zusammen mit anderen komplimentaren therapeutischen Mitteln, einschließlich Chemotherapie, erfolgreicher die Heilung vieler schwerer Krankheiten ermöglichen.

Deshalb wäre es sehr wichtig, daß die Menschen noch mehr als bisher die neuen Ideen und Möglichkeiten der Apitherapie nutzen . . ."

Anwendung von Bienenpräparaten

In vielen Ländern stellt die pharmazeutische Industrie schon in großen Mengen verschiedene Präparate her, die aus Bienenprodukten bestehen. Auch die praktische Anwendung dieser Präparate in der klinischen und ärztlichen Praxis nimmt ständig zu.

Man muß jedoch betonen, daß die erfolgreiche Verwendung der Produkte zu Heilzwecken nur gewährleistet ist, wenn die Herstellung Qualität und Verantwortung all derer garantiert, die sich daran beteiligen: der Imker, die auf ihren Bienenständen diese kostbaren Produkte vorbereiten, der Biologen und Chemiker, die geduldig ihre verschiedenen Bestandteile untersuchen, der Pharmazeuten und Technologen, die diese Rohstoffe zu Medikamenten verarbeiten, und der Mediziner, die diese Mittel bei der Behandlung der Patienten oder für den Gesundheitsschutz anwenden und untersuchen.

Das erhöhte Interesse der Wissenschaftler an intensiven Labor- und klinischen Untersuchungen und die Bestätigung der Qualität haben in den letzten Jahren dazu beigetragen, daß die Produkte aus dem Bienenkorb und die Bienenzucht insgesamt zunehmend in hohem Ansehen stehen.

Ohne schädliche Wirkung

Wenn von der Bedeutung natürlicher bioaktiver Präparate einschließlich der verschiedenen Kombinationen der Bienenprodukte die Rede ist, wird vor allem die multiplikative Wirkung betont, daß sie leicht in den Organismus aufgenommen werden, ohne zu belasten und keinerlei schädliche Wirkung auf den menschlichen Organismus ausüben. „Das Ziel jeder Therapie ist die Genesung des Menschen", sagt der bekannte Apidologe aus Sarajevo, Prof. Dr. Izet Osmanagić. „Eine Behandlung erfolgt vor allem bei einer Erkrankung. Sie besteht in der Einnahme von Medikamenten zur Überwindung der Krankheit. Manchmal sind jedoch therapeutische Mittel notwendig, auch wenn der Organismus nicht erkrankt, sondern verschiedenen Viren und Bazillen ausgesetzt ist, zu einer Zeit, die bestimmte Epidemien begünstigt, oder bei Situationen, die zu Erkrankungen führen können.

Oft sind dies die Folgen einer überwundenen Krankheit oder das Resultat ihrer Heilung. Sie können durch verschiedene physiologische Veränderungen hervorgerufen werden, die nicht auf organischen, sondern auf funktionalen Störungen beruhen.

Solche Zustände sind manchmal die Folgen übermäßiger physischer oder geistiger Anstrengung, die eine geschwächte Kondition des Organismus und geringere Abwehrkräfte aufweisen, es können auch Alterserscheinungen sein, zu denen verschiedene Beschwerden gehören, unter anderem auch klimakterische Beschwerden, gleichermaßen bei Frauen wie bei Männern.

Hilfsmittel für langwierige Behandlungen

In der letzten Zeit wird zunehmend vor den Gefahren und schädlichen Folgen gewarnt, die den Menschen durch ver-

Die Apitherapie (Heilung mit Bienenprodukten) bietet eine Vielfalt neuer, originaler Ideen für die Humanmedizin und die gesunde Ernährung

schiedene Quellen der Radioaktivität, durch immer stärkere Anwendung der nuklearen Energie und durch andere Formen übermäßiger Umweltverschmutzung drohen. In diesem Zusammenhang spricht man von präventiver, substitioner und rehabilitativer Therapie. In all diesen Fällen werden gewöhnlich Vitaminpräparate, anabole Mittel, Analeptika, Kardiotonika und besonders in letzter Zeit – natürliche bioaktive Präparate empfohlen.

Diese Präparate sollten den Organismus ausreichend versorgen und ihm alle fehlenden Substanzen zuführen und auf diese Weise die geschwächten Funktionen der vitalen Organe kräftigen.

Die Behandlung der geschilderten Zustände kann langwierig sein, manchmal ein Leben lang. Den Patienten ist es nicht einerlei, ob sie auf längere Zeit Medikamente einnehmen, deren Wirkung einschneidend die hochempfindlichen metabolischen Prozesse des Organismus verändern oder ob sie Produkte erhalten, deren ständiger Gebrauch keine unerwünschten Reaktionen hervorruft. Deshalb wird den Präparaten, die Vitamine, Mineralien und andere biochemische Bestandteile enthalten, heutzutage mehr Aufmerksamkeit geschenkt als früher.

Für eine harmonische Funktion der Organe

Die Präparate, welche Blütenstaub, Futtersaft, Honig und Propolis enthalten, werden immer beliebter, denn sie enthalten neben den grundsätzlichen Nährsubstanzen auch Eiweißstoffe, Lipoide, Kohlenhydrate, Vitamine, Mikroelemente und Pflanzenhormone, die die Bienen den Heilpflanzen entnehmen, sie verarbeiten und ergänzen. Der Gebrauch dieser Präparate auch für eine längere Zeit ruft keine Störungen in der harmonischen Funktion der Organe hervor, es entstehen keinerlei unerwünschte Nebenwirkungen. Die häufigsten Störungen bei einer langdauernden Behandlung sind die Folgen einer funktionalen Gleichgewichtsstörung zwischen den innersekretorischen Drüsen, Störungen des Metabolismus von Mineralien und Vitaminen u. a. Sie treten als neurovegetative und psychosomatische Beschwerden zutage.

In solchen Fällen besteht das Ziel einer Therapie mit bioaktiven Präparaten darin, die gestörten Drüsenfunktionen und metabolischen Prozesse zu verbessern, zu erleichtern und auf diese Weise günstige psychische, emotionale und physische Wirkungen im menschlichen Organismus hervorzurufen. Unter diesem Aspekt ist die medizinische Bienenzucht und besonders die präventive Apitherapie erst im Kommen ..."

Bienenkunde und Medizin

Während eines Aufenthaltes in Jugoslawien 1968 antwortete der bekannte Wissenschaftler und Autor zahlreicher Bücher über Bienen und Bienenprodukte, Dr. Naum Petrovič Jojriš, in einem ausführlichen Interview auf meine Frage über die Aussichten der Bienenzucht:

„Ich meine, die Bienenzucht hat alle Bedingungen, sich weiterzuentwickeln und zu vervollkommnen, aber dafür werden neue organisierte Aktivitäten benötigt. Eine große Rolle in der weiteren Entwicklung der Bienenkunde sollten die Mediziner, besonders die Diätetiker spielen, mit der Aufgabe, sich entschieden und systematisch für die Popularisierung der hohen Qualitäten der Bienenprodukte einzusetzen, in Radio, Fernsehen, Zeitungen, Vorträgen usw.

Besonders in den Schulen sollte man der Jugend erklären, daß Honig nicht nur eine gewöhnliche süße Materie ist, sondern ein wichtiges natürliches Mittel zur Entwicklung des jungen Organismus, zur Stärkung und Erhaltung der Gesundheit, zur Verbesserung der Leistungsfähigkeit und Ermöglichung eines langen Lebens. Honig und andere Bienenprodukte sind die großen Freunde des Menschen. Deshalb sind gerade die Mediziner dazu verpflichtet, ihre Anwendung in der Ernährung zu popularisieren. Die Zukunft der Bienenzucht besteht nach meiner Auffassung in der medizinischen Bienenzucht, d. h. in der breiteren und vielseitigeren Anwendung der unterschiedlichen wertvollen Bienenprodukte für die Besserung der Gesundheit", betonte Dr. Jojriš.

Dr. N. P. Jojriš in einem Interview mit dem Verfasser

Arzt und Imker zugleich

Dieser Mann, der so visionär eine neue Etappe in der Entwicklung der Bienenzucht ankündigt, hat sein ganzes Leben den Bienen und der Nutzung ihrer Produkte für die Gesundheit der Menschen gewidmet. In fünfzig Jahren fruchtbaren Schaffens in der Bienenzucht und Apitherapie hat Dr. Jojriš ca. 300 wissenschaftliche Arbeiten und Artikel sowie 15 Bücher über Bienen und Bienenprodukte geschrieben. Die bekanntesten sind: „Bienen und Medizin", „Bienen – die geflügelten Pharmazeuten", „Die heilsamen Eigenschaften des Honigs und Honiggifts", „Bienenprodukte in der Medizin", „Bienenprodukte und ihre Nutzung", „Bienen im Leben der Menschen", „Imkerkalender" u. a.

Einige dieser Bücher wurden Bestseller der populärwissenschaftlichen Literatur und erschienen in mehreren Auflagen nicht nur in der Sowjetunion, sondern auch in vielen anderen Ländern (in 34 Sprachen übersetzt). „Die geflügelten Pharmazeuten“ ist als erstes bienenkundliches Buch in der Welt für Blinde in der Braille-Schrift gedruckt worden.

Dr. Jojriš hat zum ersten Mal in der Welt als Schriftsteller zwei interessante Themen, Bienenkunde und Medizin, miteinander verbunden und nicht nur Wissen und reiche Erfahrung als Arzt und Wissenschaftler vermittelt, sondern auch eine große Liebe zur Natur, zu den Bienen und den Menschen.

„Medizinische Bienenkunde“

Dr. Jojriš verstand es, sein Wissen als Arzt und Imker so geschickt und erfolgreich zu vereinigen, daß man ihn zu Recht als den Begründer einer neuen medizinischen Disziplin betrachtet – der medizinischen Bienenkunde, ein Terminus, der mit dem Namen dieses angesehenen Wissenschaftlers untrennbar verbunden ist.

Heutzutage führen Tausende von Wissenschaftlern und Spezialisten verschiedener Richtungen auf der ganzen Welt Untersuchungen der heilsamen prophylaktischen Eigenschaften der Bienenprodukte durch, und die Resultate bestätigen in vollem Maße Dr. Jojriš, den Begriff „medizinische Bienenkunde“ zu verwenden.

Die Geheimnisse der Bienenprodukte

Obwohl die Wissenschaftler dank perfekter analytischer Methoden und biologischer Tests tief in die Geheimnisse von Honig, Blütenstaub, Weisel-Futtersaft, Propolis, Bienengift und anderen Produkten aus dem Bienenstock eingedrungen sind, enthalten diese ungewöhnlichen Gaben der Natur noch immer viele Rätsel und stellen für weitere umfassende Labor- und klinische Untersuchungen eine ständige Herausforderung dar.

Die moderne Technologie ermöglicht es uns, aus den Bienenprodukten immer erfolgreicher und häufiger kostbare natürliche bioaktive Bestandteile zur Herstellung wirksamer Medikamente zu gewinnen. Die meisten Produkte werden jedoch auch weiterhin gut dosierte natürliche Mischungen darstellen, in denen die Grundstoffe andere Substanzen in geringeren Mengen ergänzen und ihre Wirksamkeit erhöhen.

Es ist bekannt, daß Honig nicht nur hochwertige natürliche Glykose und Fruktose enthält, sondern auch vieles andere: Invertzucker, Fermente, Mineralsalze, Vitamine, Hormone, Säuren, was ihn wesentlich vom Industriezucker und anderen Süßigkeiten unterscheidet.

In der komplexen Zusammensetzung liegt das Geheimnis der unersetzlichen Bienen- und Naturprodukte. Die natürlichen Laboratorien können gleichzeitig einen ganzen Komplex an Materien herstellen, an die sich der Mensch im Laufe seiner Evolution gewöhnt hat.

Man kann sicher behaupten, daß Bienen etwas herstellen, was weder Chemikern, Pharmazeuten, Technologen noch anderen Experten gelingt: natürliche Produkte mit faszinierenden Eigenschaften.

Pollen – die Lebensquelle

Pollen ist sehr wichtig für das Leben der Bienen. Er stellt nicht nur einen Energiespender, sondern auch einen unersetzlichen biologischen Faktor zur Erhaltung der Art dar. Pollen ist der Grundstoff, aus dem junge Bienen durch Verarbeitung in ihrem Organismus den für die Brut- und Königinnennahrung erforderlichen Futtersaft bilden.

Wissenschaftliche Untersuchungen haben nachgewiesen, daß bei fehlendem Pollen im Bienenstock die Königin ihre Legetätigkeit unterbricht und die Baubienen aufhören, Wachs auszuscheiden und Waben zu bauen. Ein solches Bienenvolk ist zum Untergang verurteilt.

Pollen ist das männliche Geschlechtsorgan der Blüte, ein winziges Körnchen, umgeben von einer festen Schale, das von den Wissenschaftlern als das wesentlichste und persönlichste Merkmal der Blüte bezeichnet wird. Einige vergleichen das Pollenkorn mit den Fingerabdrücken des Menschen.

Jedes Pollenkorn ist eine biologische Einheit, die alles enthält, was man zum Leben benötigt: Eiweißstoffe, Vitamine, Aminosäuren, Fette, Kohlenhydrate, Fermente, Kofermente, Hormone und viele andere Bestandteile, von denen einige noch immer nicht völlig erforscht sind.

Der Zellkern ist schließlich Träger der „Schlüsselsubstanz des Lebens": der Moleküle DNK und RNK, die über Form und Entwicklung der Lebewesen entscheiden. Kein wissenschaftliches Labor der Welt wäre in der Lage, ein solch komplexes Produkt zu schaffen.

Die schwierige Prozedur des Sammelns

Zum Sammeln des Blütenstaubs benutzt die Arbeitsbiene Mundorgane, Beine und Härchen, mit denen ihr Körper bedeckt ist. Die Biene zerschneidet und trennt mit ihren Kiefern

Die Bienen stellen in ihren Laboratorien, den Bienenstöcken, faszinierende Naturprodukte her, die niemand kopieren kann

die Pollensäckchen ab, entnimmt daraus die Pollenkörner und nimmt sie mit Unterkiefer und Rüssel auf, wobei sie die Pollenkörner mit dem Sekret ihrer Drüse oder mit dem Nektar aus der Honigblase befeuchtet.

Der Blütenstaub (Pollen) ist eine biologische Einheit, und enthält alles, was man zum Leben benötigt

Die Biene befeuchtet die Pollenkörner so lange, bis sich Klümpchen bilden, die rundgeformt am dritten Paar ihrer Beine liegen. Die Prozedur des Sammelns erfolgt sehr schnell und geschickt. Sind die Körbchen an den Hinterbeinen gefüllt, wird diese Last von der Sammelbiene schnell in den Bienenstock geschafft.

In einem Turnus sammelt und trägt die Biene Tausende von Pollenkörnern, die ein Durchschnittsgewicht von ca. 20 mg haben; das heißt, sie muß also mindestens fünfzigmal die Futterquelle anfliegen und in den Stock zurückkehren, um nur 1 g Pollen zu sammeln. Ist die Biene in den Stock zurückgekehrt, streift sie schnell den Blütenstaub vom Körper und den Beinen ab und lagert ihn in den Zellen. Nun befeuchtet sie ihn wieder und stampft ihn mit dem Kopf zwischendurch fest. Die Zellen werden nicht völlig mit Pollen gefüllt, sondern nur bis zu zwei Drittel Höhe. Der Rest wird mit Honig übergossen und so auf natürliche Weise im Stock selbst konserviert.

Keine Brut ohne Pollen

Die Jungbienen bereiten bis zum 18. Tag die Pollennahrung vor. Mit den Brustspeicheldrüsen stellen sie einen besonderen Brei her, um die Brut zu füttern. Mit diesem Brei aus Honig und Pollen werden die Maden schon vom 3. Tag an gefüttert. Der Pollen und seine Eiweißstoffe stellen die Grundlage für das Wachstum und die Erneuerung der abgestorbenen Zellen dar. Ohne Pollen ist die Legetätigkeit der Königin und die Versorgung der Brut unmöglich.

Im Frühjahr, wenn das Bienenvolk erstarkt, die Königin mehr Eier legt und sich die Brut vergrößert, ist der Pollenertrag wichtiger als das Sammeln des Nektars. Prof. Taranov stellte fest, daß die mit Pollen ernährten Bienenvölker 2,2 mal mehr Brut versorgten als die Bienenvölker, die nicht mit Pollen versorgt wurden.

V. Bohuš schreibt in der tschechoslowakischen Zeitschrift „Včelar" . . . „die Pollennahrung wirkt sich auf die Lebensdauer der Biene aus und ist überhaupt von großer physiologischer Bedeutung. Die im Thermostat eingeschlossenen und nur mit Honig ernährten Bienen lebten durchschnitt 20 bis 25 Tage, und die mit Honig und Pollen ebenfalls im Thermostat ernährten Bienen lebten 40–50 Tage . . ."

Durch die Einnahme von Pollen kann das Sekret der Brustspeicheldrüsen auch bei älteren Bienen erneuert werden. Gibt es nicht genug Jungbienen, versorgen bei ausreichendem Pollenvorrat im Stock auch ältere Bienen mit verkümmerten Drüsen die Brut.

Biologische Katalysatoren des Organismus

In vielen Ländern interessieren sich Mediziner und Pharmazeuten zunehmend für die heilsamen, aus zahlreichen Komponenten bestehenden Präparate. Es heißt, dies seien die Heilmittel der Zukunft. Sie normalisieren die biochemischen Prozesse, die durch eine Krankheit zerstört sind, versorgen den Organismus mit Vitaminen und Mineralien und stärken die Abwehrkräfte gegenüber Infektionen und ungünstigen äußeren Einflüssen.

Hinsichtlich der Zusammensetzung ist Pollen eine Mischung aus Eiweißstoffen, Fetten, Mineralien, Kohlenhydraten, Aminosäuren, Fermenten, ätherischen Ölen und Vitaminen.

Pollen enthält ca. 2–4 % Fette. Dr. Battaglini und Dr. Bossi von der Universität Perugia wiesen nach, daß Pollen etwa 12 Fettsäuren besitzt. Diese Säuren müssen dem menschlichen und tierischen Organismus zugeführt werden, denn sie können allein nicht synthetisiert werden. Bei ungenügendem Vorkommen kommt es zu Leber- und Hauterkrankungen, zu Ekzemen. Das Fehlen ungesättigter Fettsäuren führt zu Appetitverlust und Störungen im mittleren Nervensystem.

Hormonstoffe und ätherische Öle sind ebenfalls wichtige Bestandteile des Pollens. Die Hormone haben eine vielfache Bedeutung für die einzelnen Funktionen des Organismus, ätherische Öle üben eine bakterizide Wirkung aus. Es handelt sich wahrscheinlich auch um Phytonzide, d. h. Pflanzenteile; einige Phytonzide könnten auch aus den Bienendrüsen stammen.

Prof. Tsitsin vertritt die Auffassung, daß Blütenstaub den Stoffwechsel stimuliert und heilsam auf den Organismus wirkt. Durch diese Wirkung kann Blütenstaub mit der Funktion der innersekretorischen Drüsen verglichen werden.

Dank des Pollens wird der menschliche Körper mit dem erforderlichen „Brennmaterial" versorgt – mit Vitamin B12. Ohne dieses Vitamin ist unser Körper Gefahren ausgesetzt. Pollen besitzt einen hohen Nährwert und ist dadurch sicher mit keinem anderen Naturprodukt zu vergleichen.

Die erstaunlichen Erfolge, die man bei regelmäßigem Pollengebrauch erzielt, hängen auch mit der idealen Ausgewogenheit der Eiweißstoffe, Vitamine, Aminosäuren, Mikroelemente und zahlreicher anderer nützlicher Bestandteile zusammen, die sich gegenseitig ergänzen, somit ihre Wirkung erhöhen und als biologische Katalysatoren im Organismus dienen.

Vorteile langfristiger und präventiver Verwendung

Die ungeheure Vielfalt an kostbaren natürlichen Substanzen im Pollen hat zahlreiche Wissenschaftler dazu angeregt, Pollen auch als therapeutisches Mittel zur Behandlung verschiedener Krankheiten zu verwenden. Unter anderem wurde festgestellt, daß mit Pollen eine sehr gute Wirkung bei Blutarmut, vorzeitigem Altern, Arteriosklerose, zerebraler Sklerose, Obstipation und Verdauungsstörungen erzielt wird, daß er den Appetit und die Leistungsfähigkeit verbessert und die Darmtätigkeit normalisiert. Man kann ihn auch Rekonvaleszenten empfehlen, besonders nach schweren Operationen, Röntgenbestrahlungen oder starker Antibiotika-Einnahme.

Ebenfalls ist Pollen bei Übermüdung, besonders geistiger Übermüdung, bei Lebererkrankungen (Gelbsucht) und nervlichen Depressionen empfehlenswert. Die Erfahrungen weisen darauf hin, daß Pollen durch seine Bestandteile den Organismus nach schweren Operationen oder Krankheiten unterstützt, in depressiven Stadien das Gleichgewicht wiederherstellt und die Stimmung wesentlich bessert.

Pollen wird in seiner natürlichen Form mit verschiedenen Honigmischungen angeboten oder auch als Präparat in Form von Tabletten oder Kapseln. Als Prophylaxe empfiehlt man gewöhnlich gesunden Personen die Einnahme von täglich 20 g, Kranken, schwachen und Erschöpften täglich 30 g mindestens 1 Monat lang. Vorbedingung für die positive Wirkung von Pollen auf den Organismus ist die regelmäßige und langfristige Einnahme. Es ist sehr viel besser, Pollen vorbeugend einzunehmen und einer Erkrankung zuvorzukommen, als erst auf die Erkrankung zu warten und dieses kostbare Naturprodukt zu spät zu verwenden. Dies gilt besonders für ältere Leute, die mit verschiedenen Beschwerden und Störungen im Organismus zu rechnen haben.

Perga – Bienenbrot

Apitherapeuten versuchten, den mit Sammelgeräten am Eingang der Bienenwohnung aufgefangenen Blütenstaub zu analysieren sowie Blütenstaub, den die Bienen in den Stock schaffen und in den Zellen konservieren.

Die Ergebnisse waren überraschend.

Der Pollen aus den Zellen hatte eine andere, reichere chemische Zusammensetzung, größere Verdaulichkeit und Haltbarkeit, auch die positive Wirkung auf den menschlichen Organismus war schneller und intensiver.

Der französische Biologe und Naturwissenschaftler Jean Binz ist der Meinung, daß der in Zellen gelagerte Pollen unter dem Einfluß der Sekrete aus den Bienendrüsen fermentiert. Im Laufe dieser Fermentation wird der Pollen durch kostbare Aminosäuren (Lysin, Tryptophan), dextrine Milchsäure, lakto-digestive Fermente, Milchsäurebakterien, Zellulose, verschiedene Vitamine, Hefe und Mineralien biologisch bereichert.

Die auf diese Weise entstandene Enzymbildung weist besondere Merkmale auf: aktiv in saurem Milieu, die Wirkung des Enzyms beginnt sofort im Magen. Verschiedene enzyme Fermente aktivieren nicht nur die Wirkung von Pepsin (Addition), sondern dringen viel weiter in den digestiven Prozeß ein, da sie die Hydrolyse bis zum Grad der Aminosäure anregen, die sonst nur durch Trypsin aus dem Pankreas erreicht wird. Hieraus ergibt sich, daß reiner fermentierter Pollen auch von Personen eingenommen werden

Es gibt kein wissenschaftliches Labor auf der Welt, das imstande wäre, ein solch kompliziertes Produkt wie den natürlichen Blütenstaub herzustellen

kann, die Pollen sonst wegen gewisser Unverdaulichkeit vermeiden.

Hydrolyse von Eiweißstoffen und Kohlehydraten

Fermentierter Pollen fördert die Verdauung, d. h. erleichtert besonders die Verdauung von Fleisch, Eiern, Milchprodukten, Fisch und Gemüse. Tierexperimente haben gezeigt, daß die Tiere bei einem Additiv mit fermentiertem Pollen 15–20 % weniger essen als gewöhnlich, aber die Entwicklung normal weiter verläuft, wobei gleichzeitig eine bessere Fleischqualität und Gewichtszunahme festgestellt wird. Diese Experimente verweisen auf die Möglichkeit, Schlankheits-Diäten ohne die Gefahr schädlicher Defizite im Organismus durchführen zu können.

Die sowjetischen Autoren V. V. Rodionov und I. A. Šabaršev erklären in ihrem Buch „Wenn Sie Bienen haben" die wesentlichen Unterschiede zwischen dem Blütenstaub, der den Pflanzen entnommen oder mit Sammelgeräten vor dem Stock aufgefangen wurde, und dem Blütenstaub, der aus den Waben im Stock stammte:

„Blütenstaub – ist noch immer nicht die fertige Nahrung für die Bienen, sondern eigentlich Staubmehl, mit dem die Bienen in ihrem Haus Brot zubereiten. Während die Bienen Pollen sammeln, benetzen sie ihn mit dem Sekret aus ihren Drüsen, und wenn er in die Zellen geschafft wird, fügen sie noch Honig hinzu, so daß er wie ein durchgekneteter Teig aussieht.

Unter der Einwirkung pflanzlicher Hefepilze, die sich im Pollen befinden, und der Fermente, die die Bienen hinzufügen, kommt es im Blütenstaub zu biochemischen Prozessen, zu denen noch die innere Wärme von +33 bis 35 °C) und die Feuchtigkeit des Stockes beitragen. Als Resultat der fermentativen Reaktionen – Hydrolyse der Eiweißstoffe und Kohlenhydrate – entsteht aus dem Blütenstaub Perga – „Bienenbrot".

Das pflanzliche Eiweiß zerspaltet sich in Aminosäuren, die Zellulose der Pollenkörner löst sich auf, wodurch sich die Verdaulichkeit dieser Nahrung vergrößert. Die bei der Auflösung der Kohlenhydrate entstandene Milchsäure ist dank ihrer konservierenden Eigenschaften imstande, Perga eine lange Zeit frisch zu halten.

Bedingungen für eine vollständige Entwicklung

Perga dient grundsätzlich zur Nahrungsvorbereitung für die Maden und zur Nahrung der Nährbienen, die die Brut versorgen, ebenfalls zur Nahrung der Baubienen. Ohne Perga können sich die Jungbienen nicht physiologisch voll entwikkeln.

Bei normaler Eiweißnahrung erhöht sich schon bis zum fünften Tag der Stickstoffgehalt in ihrem Körper um mehr als 60 %. Die Futtersaftdrüsen, die Wachsdrüsen und andere Materien können ohne Zufuhr von Perga nicht funktionieren. Perga wird auch von den älteren Bienen benötigt, und ohne Perga kommt es zu ungenügender Fermentation des Nektars im Stock.

Bei den Drohnen, die sich nicht mit Eiweißstoffen ernähren, nimmt die Funktion der Geschlechtsdrüsen ab. Ist im Stock kein Perga vorhanden, werden die Drohnen sogar mitten im Sommer hinausgetrieben. Die von den Bienen versorgten Königinnen werden bei minimalen Perga-Vorräten im Stock unfruchtbar und müssen oft vorzeitig ausgewechselt werden.

Die Bienen benötigen Perga auch zur Überwinterung, sonst beginnen sie schon im Dezember, unruhig zu werden.

Man hat ausgerechnet, daß ein starkes Bienenvolk im Laufe eines Jahres 35–40 kg Perga verbraucht.

Der sowjetische Experte und Verfasser vieler Bücher über medizinische Bienenkunde, Dr. N. P. Jojriš, hat Perga besonders hoch geschätzt: „Perga enthält alles, was der Organismus zum Leben braucht."

Konzentrat bioaktiver Materien

Viele Wissenschaftler behaupten aufgrund der außergewöhnlichen Zusammensetzung des Pollens, es handle sich hier um ein natürliches Konzentrat wertvoller und bioaktiver Materien in ausgeglichener Form. Wird der Pollen in den Zellen gelagert, setzen verschiedene biochemische Prozesse sowie strukturelle Veränderungen ein, wodurch das Naturprodukt Perga zusätzlich bereichert wird und weitere wertvolle Eigenschaften erhält.

Zwei Merkmale dieses Produkts haben besonders auf sich aufmerksam gemacht. Es handelt sich um freigesetzte Aminosäuren und um Rutin. Die Aminosäuren sind die Grundkomponenten der Albumine und spielen eine große Rolle bei der Zellteilung und -bildung. Alle Wachstums- und Regenerationsprozesse im menschlichen Organismus werden von ihnen unterstützt. Dies ist der Grund für die günstige Wirkung von Pollen als Zusatznahrung für Kinder und Erwachsene, die schwere Schädigungen des Organismus ausheilen.

Durch den Gebrauch besonderer Pollenfallen erhält man von einem Bienenvolk täglich bis zu 150 g Blütenstaub

Dank seiner Fähigkeit, Hautgewebe zu erneuern, wird Pollen auch erfolgreich in der Kosmetik verwendet. Im allgemeinen bessert sich spürbar der gesamte Gesundheitszustand, besonders bei Kranken, Älteren und Rekonvaleszenten, wenn Pollen zusätzlich eingenommen wird.

Die zweite wichtige Komponente von Pollen und Perga, die von den Wissenschaftlern immer häufiger hervorgehoben wird, ist Vitamin P – Rutin, ein aktives Element, das in keinem anderen Naturprodukt dermaßen konzentriert enthalten ist. Rutin hat die Fähigkeit, die Wände der Blutgefäße und ihre Durchlässigkeit (Permeabilität) zu regulieren. Diese aktive Substanz ist heute auch als Vitamin der Permeabilität bekannt.

Unterstützung der Darmflora

Die Konzentration von Rutin im Pollen ist sehr hoch, besonders im fermentierten Pollen, im Perga, das viel mehr Rutin enthält als Pollen, der den Bienen vor dem Stock entnommen wurde. 100 g Perga enthalten durchschnittlich 13 mg Rutin.

Die Fähigkeit von Rutin, die Wände der Kapillaren zu festigen, weist auf seine prophylaktisch-therapeutische Verwendung hin. Sehr nützlich ist es bei Blutergüssen in Gehirn, Herz und Netzhaut, für den Darmtrakt, auch bei Hypertonie und durch Strahlungen verursachten Hautschädigungen, besonders durch radioaktive Substanzen und x-Strahlen.

Es ist bekannt, welche Bedeutung die Darmflora für die Gesundheit hat. Häufig kommt es durch Antibiotika, durch mit Antibiotika (Giften) behandelte Nahrung oder einfach unbekömmliche Nahrung zur Erkrankung oder Zerstörung der Darmflora. In solchen Fällen wird der Darm mit bakteriellen Kulturen behandelt, oft ohne Erfolg.

Durch Zugaben von Perga fördert man die Entwicklung einer neuen, gesunden Darmflora und trägt direkt zur Besserung des Gesundheitszustandes bei.

Futtersaft (Gelee Royal) – Biostimulator

Schon seit Aristoteles fragen sich die Wissenschaftler, warum die Königin, die aus dem gleichen Ei geschlüpft ist wie die anderen Bienen, fast doppelt so lang und schwer wird wie die Arbeitsbiene. Warum lebt die Königin sechs Jahre lang und ihre Töchter, die Arbeitsbienen in der Trachtzeit nur 30–35 Tage?

Die Chemie half, dieses Rätsel der Natur zu lösen!

Nur in den ersten drei Tagen erhalten alle Maden die gleiche Nahrung: Futtersaft. Später werden die zukünftigen Arbeitsbienen mit gröberer Nahrung versorgt – die Königinnenmaden erhalten dagegen während ihrer ganzen Entwicklung Futtersaft.

Die reiche Nahrung der Königinnenmaden trägt zu einer schnelleren Entwicklung bei, denn allein in den ersten 5–6 Tagen wird die Königinmade 300mal schwerer, die Made der Arbeitsbiene 150mal schwerer. Die Bienen schaffen das Ei zum Schlüpfen der Königin in eine besondere eichelförmige Wachszelle, und später versorgen die Ammenbienen die Made mit der speziellen Nahrung – mit Futtersaft, einer zähflüssigen, gräulich-weißen Substanz, die von den Bienen aus ihren Milchdrüsen ausgeschieden wird. Dank dieser Spezialnahrung benötigt die Königin 16 Tage für die Entwicklung vom Ei bis zum Schlüpfen, die Arbeitsbienen dagegen 21 Tage.

Die beeindruckende biologische Produktion der Königin, die in der Trachtzeit allein an einem Tag mehr als 2000 Eier legt, wird auf die Wirkung dieser Spezialnahrung zurückgeführt, mit der die Bienen die Königin unablässig auf deren Legegang begleiten und ihr die wertvolle Nahrung geben.

Futtersaft unterstützt die Körperzellen der Königin und spendet unablässig neue Kraft. Eine solche Erneuerung ist sonst nirgendwo unter den Lebewesen bekannt.

Man vermutet, daß Futtersaft den Stoffwechsel auch bei anderen Tieren und beim Menschen stimulierend beeinflussen kann. Dies verweist auf die heilkräftige Wirkung des Futtersafts als natürlicher Stimulator des Organismus.

Herstellung und Lagerung des Futtersafts

Viele Imker haben schon Futtersaft gesehen und gekostet, der auf dem Boden jener Zellen zu erkennen ist, in denen die Maden aus den befruchteten oder unbefruchteten Eiern geschlüpft sind. Futtersaft kommt sowohl in den Waben der Arbeitsbienen, der Drohnen als auch der Königinnen vor. Hier ist er am meisten vorhanden und wird deshalb nur aus diesen entnommen.

Es bestehen Möglichkeiten, das Bienenvolk zu einer größeren Futtersaft-Produktion anzuregen. Durch den Eingriff des Imkers werden die Bienen dazu angeregt, eine größere Anzahl von Königinnen-Waben zu bauen. Dies ist der Fall, wenn die Bienen fühlen, daß sie weisellos sind, d. h. daß ihre Königin fehlt. Deshalb nimmt man dem Bienenvolk, das zur Futtersaft-Herstellung bestimmt ist, in der Trachtzeit als erstes die Königin weg. Daraufhin beeilen sich die Bienen, aus den Maden, die jünger als drei Tage alt sind, eine neue Königin heranzuziehen. Dieses Volk erhält vom Imker speziell dafür hergestellte Wachskapseln mit vorher „eingepflanzten" Maden, die jünger als drei Tage alt sind. Diese Kapseln befinden sich in besonderen Rahmen, die den weisellosen Bienenvölkern eingesetzt und von diesen zur weiteren Zucht angenommen werden.

Die Entnahme des Futtersafts, d. h. der Königin-Wabe, darf erst dann erfolgen, wenn die Kapseln genügend Futtersaft enthalten, aber doch rechtzeitig, bevor die Maden den größeren Teil dieser Nahrung verbrauchen.

Die günstigste Zeit dafür sind 48–52 Stunden nach dem Umbetten der Maden, denn sobald die Königinnen-Waben verschlossen werden, ändern sich Farbe und Konsistenz des Futtersafts durch die Veränderung des Madensekrets.

Zur Futtersaft-Entnahme wird mit einem scharfen Stockmeißel der obere Teil der Königin-Wabe vorsichtig bis zur Oberfläche des Futtersafts abgelöst. Aus diesen geöffneten Waben entfernt man die Maden mit einer entsprechenden Pinzette und dann erst den Futtersaft.

Dazu benötigt man ein besonderes hölzernes (oder Plastik-) Schäufelchen, für eine größere Anzahl von Waben auch ein spezielles Sauggerät.

Die Entnahme des Futtersafts muß so schnell wie möglich erfolgen, da er an der Luft seine Eigenschaften verändert. Den entnommenen Futtersaft muß man fachgerecht konservieren und aufbewahren, um die verschiedenen sehr empfindlichen und veränderlichen Bestandteile zu schützen.

Man hat nachgewiesen, daß frischer Futtersaft eine unstabile Materie ist, die leicht ihr Aussehen und ihre Eigenschaften ändert: Als Bienen Futtersaft erhielten, der einige Tage lang bei Zimmertemperatur aufbewahrt worden war, entwikkelten sich anstelle der Königinnen Arbeitsbienen. Wurden die Maden jedoch mit gut gelagertem und einwandfreiem Futtersaft versorgt, entwickelten sich Königinnen.

Die Expertin Dipl.-Ing. Vera Vukmirović meint, daß dem Futtersaft Wärme, Licht, Feuchtigkeit und chemische Mittel schaden. Unter Wärmeeinfluß verliert er die Feuchtigkeit, Licht beschleunigt die Reduktion des Sauerstoffs und wirkt als Katalysator chemischer Reaktionen; unter feuchten Bedingungen schimmelt er; an der Luft wird er trocken und klebrig, hart und dunkelgelb. Der Futtersaft muß also kühl und dunkel gelagert werden.

Vor der Weiterverarbeitung sollte er von den Imkern bei Temperaturen zwischen 0 und + 4 Grad Celsius aufbewahrt werden.

Wissenschaftliche Untersuchungen des Futtersafts

Zahlreiche Wissenschaftler auf der ganzen Welt haben den Einfluß des Futtersafts auf den menschlichen Organismus untersucht und festgestellt, daß diese rätselhafte Substanz ein äußerst wirksames natürliches Heilmittel ist. Doktor Betourne aus dem Pariser Krankenhaus Necker hat nachgewiesen, daß Futtersaft, regelmäßig in Dosierungen von einigen mg verschrieben, eine günstige Wirkung bei Senilität und Erschöpfung ausübt. Dr. Destrem hat Futtersaft erfolgreich zur Behandlung Jugendlicher mit Neuropsychosen angewendet, Dr. Prosperi, Ragazzini und Francelancia bei Neugeborenen und Kindern, die an Appetitlosigkeit, Gewichtsverlust und verschiedenen anderen Krankheiten litten.

Der französische Wissenschaftler Prof. Dr. Chauvin stellte fest, „daß bei intramuskulösen Injektionen benutzter Futtersaft dazu beiträgt, daß sich nach einer latenten Periode von 3–4 Tagen der Stoffwechsel sehr erhöht . . ." Doktor Decourt entdeckte, daß Futtersaft im allgemeinen und sehr schnell den Appetit bei verschiedenen Nervenerkrankungen erhöht und zur besseren Stimmung dieser Kranken beiträgt.

Doktor Martinelli und Dr. Caracristi wiesen nach, daß Futtersaft die Freisetzung von Glykose erhöht und somit auch den Grad des Metabolismus. Dr. Andry schreibt, daß die Wirkung von Futtersaft auf den menschlichen Organismus durch die Stimulation der innersekretorischen Drüsen zum Ausdruck kommt.

Die bulgarischen Ärzte E. Georgijeva und V. Vasiljev behandelten 42 Kranke mit Dickdarmgeschwüren und 8 Patienten mit Magengeschwüren mit einer Futtersaft-Honig-Mi-

Durch spezielle Kapseln mit „eingepflanzten" Maden können weisellose Bienenvölker zur größeren Futtersaftproduktion angeregt werden

schung im Verhältnis 1:100. Diese Mischung wurde den Kranken dreimal täglich einen Monat lang verschrieben, je 2 Teelöffel, die gesamte Dosis betrug 12–15 mg Futtersaft ... Die Behandlung erfolgte in der Klinik und ambulant, die Ergebnisse zeigten eine völlige Normalisierung der Magensäure bei 12 Patienten, bei 8 Patienten verringerte sich die erhöhte Säure, und bei 10 Patienten verheilte die durch ein Magengeschwür entstandene Wunde. Alle Kranken vertrugen den Futtersaft sehr gut, es gab keine unerwünschten Nebenerscheinungen.

Auch der tschechische Arzt Dr. I. Pavlik nutzte die heilsame Wirkung des Futtersafts bei der Behandlung von Bronchialasthma, und die bulgarischen Experten P. Pejčev und G. Dimitrov stellten fest, daß Futtersaft allgemein auf den menschlichen Organismus stimulierend wirkt und besonders heilsam für Kranke im Stadium der Rekonvaleszenz und für alte Menschen ist.

Fast alle Wissenschaftler sind sich einig, daß Futtersaft vor allem als Stimulator bedeutend ist, der durch die reichhaltige Quelle natürlicher bioaktiver Substanzen die Widerstandskräfte des Organismus stärkt und ihm so hilft, sich verschiedenen Erkrankungen zu widersetzen.

Propolis – die Heilsamkeit des Kittharzes

Von allen Bienenprodukten war Propolis noch bis vor kurzem am wenigsten bekannt und völlig unterschätzt.

Propolis ist ein besonderes pflanzliches Sekret, Harz, ein Ausscheidungsprodukt der Knospen- oder Baum- und Strauchrindengewebe und wird von den Bienen überwiegend im August, September und Oktober gesammelt, in der Zeit, wenn sie sich auf die Überwinterung vorbereiten.

Schon der Name (gr. pro = „vor", gr. polis = „Stadt") besagt, daß die Bienen mit diesem Stoff ihre Wohnung verschließen, kitten, schützen und festigen.

Mit Propolis verkitten die Bienen alle Ritzen und Fugen in ihrer Wohnung, sie überstreichen damit in einer dünnen Schicht alle Wände des Stocks und schützen auf diese Weise ihr Zuhause vor Zugluft, Unwetter und Erschütterung. Dieses Harz dient auch dazu, die Leiche eines feindlichen Eindringlings (Maus, Frosch, Wurm) zu überkleben, zu mumifizieren, die niemals im Bienenhaus verwesen und zerfallen kann. Auf diese Weise wird das Bienenvolk vor unangenehmen Gerüchen und schädlichen Bakterien geschützt.

Es ist auch bekannt, daß die Bienen alle neugebauten Waben vor der Eiablage durch die Königin mit Propolis „auswaschen" und desinfizieren.

Nachgewiesene antibakterielle Eigenschaften

Die Verwendung von Propolis zur Mumifikation der Leichen unerwünschter Eindringlinge verwies Wissenschaftler auf die Annahme, daß Propolis auch antibakterielle Eigenschaften enthalten könnte.

Eine große Anzahl von Ärzten, Biologen, Pharamazeuten, Biochemikern, Mikrobiologen, Wissenschaftlern und Fachleuten auf der ganzen Welt untersuchte in den letzten Jahren die Zusammensetzung und die Eigenschaften von Propolis. Die Anwendungsmöglichkeiten und die breite Verwendung in der Gynäkologie, Stomatologie, Dermatologie, Kosmetik und in anderen Bereichen der Medizin konnten argumentiert nachgewiesen werden.

M. J. Turell aus Großbritannien schreibt: „Propolis ist das Medikament der Zukunft", und Dr. Vladanov aus Bulgarien: „Die Vorzüge von Propolis bestehen in der Unschädlichkeit für den menschlichen Organismus und in der Möglichkeit, es allein oder mit anderen Medikamenten zugleich einzunehmen."

Während eines Aufenthaltes in Jugoslawien erklärte der bekannte Wissenschaftler Dr. Jožef Čišmarik, Professor der Pharmazeutischen Fakultät in Bratislava, seine Untersuchungen von Propolis hätten gezeigt, daß die heilsame Wirkung auf chemische, durch Enzyme hervorgerufene Prozesse zurückzuführen sei. Diese Enzyme würden aus den Drüsen der Bienen abgesondert, was zur Spaltung der Moleküle und zur Freisetzung von pharmakologisch aktiven Substanzen führe, vor allem von Flavon und Flavoniden, verschiedenen organischen Säuren und ätherischen Ölen, die im Harz mit verschiedenem Zucker verbunden sind.

Traditioneller Gebrauch

Wissenschaftliche Untersuchungen von Propolis machen deutlich, daß dieses kostbare Naturprodukt nicht ohne die Hilfe der Bienen hergestellt werden kann. Zusammensetzung und Eigenschaft dieses rätselhaften Harzes hängen nicht nur von der Pflanzenart ab, von der es die Bienen entnommen haben, sondern auch vom Zeitpunkt der Entnahme.

Nach alten Quellen wurde Propolis schon seit alters her in der Volksmedizin verwendet. Auch Hippokrates, der Begründer der medizinischen Wissenschaft, gebrauchte diesen Stoff, ebenso der berühmte persische Arzt und Philosoph Avicenna, der den angenehmen und besonderen Duft des „schwarzen Harzes" hervorhob und es als Wundsalbe lobte.

Besonders in Grusinien im Kaukasus sind Traditionen erhalten, die auf den Gebrauch von Propolis seit dem 17. Jh. und später hinweisen. Der grusinische Lexikograph Sulhan Saba schreibt, daß Propolis dem Harz ähnelt und sich auf dem Boden des Bienenstocks befindet. In der grusinischen Volksmedizin fand Propolis eine große Anwendung. Heutzutage ist die Sitte erhalten, dem Neugeborenen ein Plättchen Propolis auf den Nabel zu legen oder das Spielzeug der Kinder damit zu bestreichen.

Der Däne Karl Lund Auquard aus Dänemark hat Propolis für die heutige Zeit wiederentdeckt. Seit mehr als 25 Jahren arbeitete er an seinen Untersuchungen zur praktischen Anwendung von Propolis im Dienste des Menschen. Dank seiner Initiative wurden die dänischen Imker große Propolis-Produzenten, obwohl die dortigen natürlichen Bedingungen für diese Art der Herstellung nicht besonders günstig sind.

Ein reines natürliches Antibiotikum

Man hat festgestellt, daß Propolis dank seiner Eigenschaften ein reines natürliches Antibiotikum ist, das keine Immunität hervorruft und auch keine schädlichen Wirkungen zeigt wie bei verschiedenen synthetischen Präparaten. Aufgrund systematischer Untersuchungen wurde nachgewiesen, daß Propolis ca. 70 Komponenten enthält, von denen kaum mehr als ein Drittel genauer analysiert sind, und eine große Anzahl von grampositiven und gramnegativen Bakterien sehr erfolgreich beeinflußt.

Dabei ist die Wirkung von Propolis auf pathogene Bakterien besonders wichtig, denn es gibt heutzutage immer mehr Kranke, die überempfindlich auf synthetische Antibiotika reagieren. Überempfindlichkeit bei Propolis gibt es praktisch überhaupt nicht, denn viele Stoffe sind darin in äußerst kleinen Mengen enthalten. Sie sind ideal aufeinander abgestimmt und erreichen die Wirkung heute bekannter Antibiotika oder sind sogar bedeutend stärker, ohne zur Resistenz (Unempfindlichkeit) zu führen.

Propolis wirkt sehr schnell und stark bei eitrigen Entzündungen der Haut und der Schleimhäute des Verdauungs- und Atemtraktes. Heute werden häufig verschiedene Propolis-Präparate zur Behandlung von Schleimhautentzündungen im Mund, Rachen und in der Speiseröhre verwendet.

Prof. Dr. Heinz Rembold aus dem Max-Planck-Institut für Biochemie in München faßte seine Eindrücke zusammen, die er auf dem Internationalen Apitherapie-Symposium in Portoroz gewonnen hatte, und meinte: „Unser heutiges Ziel besteht darin, in erhöhtem Maße als bisher neue Wege zur Behandlung verschiedener Erkrankungen zu finden. Bekannterweise nimmt die Resistenz des menschlichen Organismus gegenüber vielen synthetischen Medikamenten immer mehr zu. Daher das Interesse der Wissenschaftler an intensiveren Untersuchungen der natürlichen Bienenprodukte. Die desinfizierende Wirkung des Bienenhonigs wurde bereits wissenschaftlich nachgewiesen, und jetzt entdeckt man immer mehr die kostbaren heilsamen Eigenschaften des rätselhaften Harzes aus dem Bienenstock – Propolis. Diese Wirkungen müssen noch umfassender untersucht und wissenschaftlich erarbeitet werden ..."

Bienenhonig – unersetzliche Nahrung

In der Natur besteht eine Fülle von Pflanzen, die aus den Nektarien ihrer Blüten eine süße, duftende Flüssigkeit absondern – Nektar. Nektar dient in erster Linie dazu, die Insekten als Bestäuber anzulocken, die auf diesen Blüten den mitgebrachten Blütenstaub auf die Stempel übertragen und sie so befruchten.

Für die Blütenbestäubung ist von allen Insekten die Biene am wertvollsten, die in der Natur Blüten mit Nektar findet, diesen aufsaugt, in ihrer Honigblase zum Bienenstock schafft und aus diesem Rohstoff Honig bereitet.

Um 1 g Nektar einzutragen, muß die Trachtbiene allein 125 Rotkleeblumen befliegen. Jede Blume besitzt durchschnittlich 60 Blüten, die Biene muß als 7500 Rotklee-Blüten „saugen", um nur 1 g Nektar zu sammeln.

Die Robinienblüten sind etwas ertragreicher, um 1g Nektar einzutragen, muß die Biene „nur" 5500 Robinienblüten befliegen.

Man berechnet, daß zu 1 kg Honig von den Bienen 120 – 150 Tausend Nektarernten eingetragen werden müssen. Für diese Menge müssen die Bienen ca. 10 Millionen Blüten befliegen und einen Weg von ca. 360–450 Tausend km überwinden.

Es ist nicht nur beeindruckend, mit welcher Präzision die Bienen Nektar und Blütenstaub an den verschiedenen Pflanzen entdecken und sammeln, auch die pharmazeutische und technologische Meisterschaft im Bienenstock ist faszinierend, wenn der Nektar zu Honig verarbeitet wird.

Zum Sammeln des Blütenstaubs benutzt die Biene Mundorgane, Beine und Härchen, mit denen ihr Körper bedeckt ist

Faszinierende Produktion im „lebenden Labor"

Wenn die Bienen von der Bienenweide zurückfliegen, werden sie im Bienenstock von ihren Schwestern, den Stockbienen, erwartet. Diese nehmen den Sammelbienen den Nektar ab, lagern ihn in ihrer Honigblase und lassen ihn dort eine Weile, wo er einer weiteren, komplizierten Behandlung unterliegt, die schon in der Honigblase der Sammelbiene auf dem Rückflug von der Bienenweide zum Stock begonnen hat.

Es ist interessant, wie die Stockbiene mit dem Nektar, den sie von der Sammelbiene übernommen hat, verfährt. Zuerst schiebt sie ihren Kiefer auseinander und bewegt den Oberkiefer etwas vor und zurück zum Rüssel, auf dessen Spitze ein Tropfen Nektar erscheint. Dann schluckt sie wieder diesen Tropfen. Dieses zeitweilige Herauslassen des Nektartropfens auf den erhobenen Rüssel und Aufsaugen in die Honigblase wiederholt sich 120- bis 200mal. Erst dann findet die Biene eine freie Wachszelle, in die der Nektartropfen geschafft wird.

Dieser Nektartropfen ist jedoch noch kein Honig. Andere Bienen im Stock setzen diese schwierige Arbeit fort, Nektar zu Honig zu verarbeiten. Es ist bekannt, daß Nektar bis zu 80 % Wasser enthält. Um diesen Wassergehalt im Nektar zu vermindern, wird jeder Tropfen noch mehrere Male in weitere Zellen herumgetragen, wobei die Bienen den wärmsten Ort auswählen und leere Zellen verwenden, die nicht ganz bis oben gefüllt werden. Auf diese Weise vergrößert sich die Verdunstungsfläche bedeutend, und durch schnelles Flügelschlagen, bei einer Geschwindigkeit von 264 000 Schlägen pro Minute, schaffen die Bienen noch eine zusätzliche Luftzirkulation im Stock, was den Verdunstungsprozeß vorantreibt.

Ein komplizierter chemisch-physikalischer Prozeß

Bei der Umwandlung von Nektar in Honig ist für dessen Zusammensetzung und Wert auch der komplizierte chemisch-physikalische Prozeß von besonderer Bedeutung, wobei die Einzelheiten bis heutzutage noch nicht völlig geklärt sind. Dieser Prozeß erfolgt auch im Organismus der Biene, wo der Nektar durch verschiedene Fermente, organische Säuren,

Hormonstoffe, Vitamine, antibiotische und andere Eigenschaften bereichert wird.

Der in den Zellen konservierte Blütenstaub – Bienenbrot oder Perga – enthält auch Substanzen aus dem Organismus der Biene

Durch die Fülle verschiedenster biologisch aktiver Bestandteile, die von Pflanzenteilen herrühren, und verschiedene körpereigene Stoffe, mit denen die Bienen den Nektar in ihrem Organismus bereichern, enthält Bienenhonig mehr als hundert Wirkstoffe, die für eine normale Entwicklung und Funktion der Organismus notwendig sind. Sein besonderer Nährwert beruht auch auf seinem hohen Gehalt an invertiertem Zucker – Glykose und Fruktose –, der imstande ist, sofort ins Blut aufgenommen zu werden.

Unter den natürlichen Nahrungsquellen, die dem Menschen als prophylaktische Mittel zur Verfügung stehen, nimmt Bienenhonig einen Ehrenplatz ein. Die modernen Ernährungswissenschaften schätzen Honig mehr und mehr, denn genaueste analytische Untersuchungen, die es ermöglichten, Zusammensetzung und Eigenschaften dieses Produkts besser kennenzulernen, führten zu dem Ergebnis, daß Bienenhonig außerordentlich wertvolle und verschiedenartige Wirkstoffe enthält und als Nahrungs- und Heilmittel zu betrachten ist.

Mehrfache Wirkung auf den Organismus

Der Honig besteht vor allem aus Zucker (79,59 % des Gesamtgehalts).

Am meisten ist Fruktose (Fruchtzucker) – 38,19 % –, dann Glykose (Traubenzucker) – 31,28 % – vertreten; Maltose und weitere Disaccharide machen 7,31 % aus, und höhere Zucker sind mit 1,50 % vertreten.

Auf den Wassergehalt im Honig entfallen 17–20 %, auf verschiedene Säuren (Glukose-, Zitronen-, Apfel-, Ameisen-, Milch-, Essigsäure u. a.), auf Eiweiß 0,26 %, verschiedene Mineralstoffe 0,17 %, verschiedene andere Komponenten (Pigmente, aromatische Verbindungen, Enzyme, Vitamine, Inhibine, Acetylcholin u. a.) 2,21 % des Gehalts.

Durch seine aktive Teilnahme an den Austauschprozessen im Organismus übt Honig eine heilsame Wirkung auf die Nervenzellen aus.

Die positive Wirkung von Glykose und Fruktose auf das Nervensystem ist bekannt. Unter ihrem Einfluß verbessert sich die Versorgung der Zellen, normalisiert sich die Oxydation und die Entgiftung im Organismus. Die Vitamine und Mineralstoffe des Honigs erhöhen noch mehr seine heilsame Wirkung. Das Vorkommen von Kalium und Natrium z. B. ermöglicht eine normale Ionisation im Organismus und verbessert die Funktion des Nervensystems. Gerade deshalb empfiehlt man erschöpften und nervösen Personen am Abend ein Glas warmes Wasser, vermischt mit 1 Eßl. Honig und dem Saft ½ Zitrone oder 1 Tasse Milch mit 1 Eßl. Honig.

Honig läßt den alten weisen Spruch wieder gültig werden: Lebe so, daß die Nahrung zum Heilmittel wird und das Heilmittel zur Nahrung.

Wissenschaftliche Standpunkte

Wissenschaftler auf der ganzen Welt haben den Wert des Honigs besonders gewürdigt:

Prof. Dr. Enoch Cander (Deutschland): „Die Natur hat uns mit dem Bienenhonig eine ihrer kostbarsten Gaben geschenkt ..."

Prof. Dr. F. K. Menjšikov (UdSSR): „Honig ist eine Materie, die sich im Darm sehr leicht auflöst. In der Leber wird sie zu Glykogen, und dort, wo es genügend Glykogen gibt, ist die fette Degeneration der Leber unmöglich, denn es handelt sich um antagonistische Materien ..."

Dr. E. Hirlimann (Schweiz): „Was Honig besonders auszeichnet, ist seine leichte Verträglichkeit. Ohne Veränderung und ohne Verarbeitung kann er direkt vom Blut aufgenommen und als großer Energiespender sofort genutzt werden. Durch diesen großen Nutzen überragt Honig alle anderen Nahrungsmittel, besonders bei der Ernährung von Kranken ... Dr. Loran (Frankreich): „Honig ist ein erstklassiges Mittel zur Herzernährung ..."

Mitglied der Akademie, Dr. Dušan Borić (Jugoslawien): „Die komplexe Zusammensetzung des Bienenhonigs überrascht jeden Wissenschaftler und stellt das beste Nahrungsmittel dar ..." Primarius Dr. Felix Klemens (Österreich): „Ich glaube, daß Bienenprodukte noch viele Schätze bergen, die wir Ärzte zu nutzen haben ..."

Dr. Stanley Kopok (USA): „Der Honig verdient eine medizinische Reputation. Die Untersuchungsergebnisse der Universität Arizona haben gezeigt, daß Honig eine bakterienhemmende Wirkung hat, ähnlich wie Penizillin."

Mitglied der Akademie, N. Tsitsin (UdSSR): „Bei systematischem Gebrauch übt Honig einen besonders guten Einfluß auf das Nervensystem und die Verdauung aus, er stärkt bedeutend die Widerstandskräfte des Organismus bei einer Reihe von Krankheiten."

Prof. Dr. Dušan Stanković (Jugoslawien): „Die Bienen saugen das Wertvollste aus der Heilpflanze, und deshalb gibt es keine Nahrung, die es mit dem Honig aufnehmen kann. Honig ist das seltsamste Elixier, einzigartig und durch nichts zu ersetzen. Vor allem ist er – eine absolut natürliche Nahrung ..."

Prof. Dr. Izar (Italien): „Die Wirkung des Honigs auf die Herztätigkeit ist zweierlei: einmal dank der günstigen Zuckerarten – Glykose und Fruktose – die Brennmaterial für die Funktion des Herzmuskels darstellen und so die systolische Energie unterstützen, wodurch sie als Glykoside der Digitalis wirken, die zur Behandlung des Herzmuskels benutzt werden. Durch die Wirkung von Cholin, das die Stärkung des Blutkreislaufs in den Herzblutgefäßen beeinflußt, normalisiert sich auch die Kraft ..."

Dr. N. Jojriš (UdSSR): „Die normale Funktion aller Organe im Menschen läßt sich mit einem gut eingespielten Orchester vergleichen, dessen Dirigent – das zentrale Nervensystem ist. Bienenhonig wirkt heilsam auf alle Organe im menschlichen Körper – auf die Mitglieder des Orchesters, und ebenso auf den Dirigenten – das zentrale Nervensystem ..."

Dr. Paul Karton (Frankreich): „Raffinade-Zucker ruft bei Kindern verschiedene Störungen im Blut hervor, wodurch im Körper die Basis für verschiedene Krankheiten gelegt wird – Blutarmut, Magen-, Darm-, Leber-, Zahnerkrankungen u. a. Bienenhonig dagegen enthält ein Teil des Kalziums und andere Mineralsalze, welche die Natur dem Menschen geschenkt hat. Deshalb sind regelmäßig mit Honig ernährte Kinder sehr viel widerstandsfähiger gegen viele Krankheiten ..."

Cecil B. Tonsley, Herausgeber der Zeitschrift „British Bee Journal": „Als man verschiedenen Diäten für Magen- und Dickdarmgeschwüre Bienenhonig hinzufügte, kam es sehr schnell zu einer wesentlichen Besserung. Dies war jedoch nicht der Fall, wenn derselben Nahrung Zucker beigegeben wurde."

Prof. Dr. Dragutin Popesković (Jugoslawien): „Heutzutage ist längst nicht alles bekannt, was man über Honig wissen müßte, obwohl die Menschen ihn mehr als 10 000 Jahre lang benutzen ..."

Dr. E. Teobald (Deutschland): „Bienenhonig leistet Herzkranken unschätzbare Dienste für die geschwächte Herzmuskulatur. Es ist bekannt, daß der Herzmuskel unermüdlich arbeitet, und Glykose ersetzt die verbrauchte Energie. Bienenhonig enthält große Mengen Glykose und wirkt so günstig auf die Herzmuskulatur."

Dr. F. W. Shulz-E. M. Nota (USA): „Da er einfach und überall zu bekommen ist, da er den Appetit verbessert und leicht bekömmlich ist, eine antiseptische und leicht sedative Wirkung hat, dem Organismus kostbare Mineralien, Vitamine und andere Schutzmaterien zuführt – ist Bienenhonig ein Kohlehydrat, das man immer mehr bei der Ernährung von Säuglingen verwenden sollte. Kinder, die Honig erhalten, haben selten Magenkrämpfe, und die schnelle Absorbierung des Honigs verhindert die Entwicklung schädlicher Fermentationsprozesse ..."

Der berühmte Fontaine: „Richtiger Honig ist wie ein gutes Heilmittel – er besitzt alle Heilkräfte der Natur. Es wäre falsch, den Honig verschlossen in der Hausapotheke zu halten und ihn nur für Krankheiten aufzubewahren. Honig gehört zu den Nahrungsmitteln, die für den alltäglichen Gebrauch leicht zugänglich sein müssen."

Die Bienenzucht verbindet das Schöne mit dem Nützlichen

Schatzkammer der Mikroelemente

Im Organismus von Menschen und Tieren erfolgt kein biochemischer und physiologischer Prozeß ohne Anteil der Mikroelemente. Sie nehmen teil an den Stoffwechselprozessen – des Metabolismus und der Eiweißstoffe, der Fette, Kohlehydrate, dann in der Synthese des Eiweißstoffes im Organismus, im Austausch der Wärme, des Blutkreislaufs, der Knochenbildung, Zellenvermehrung und bei immunologischen Reaktionen. Wissenschaftler haben die gegenseitige Verbindung der Spurenelemente mit Vitaminen, Fermenten und Hormonen nachgewiesen. Der menschliche Organismus erhält Mikroelemente vor allem durch Nahrung und Wasser. Es ist interessant hervorzuheben, daß die Mehrheit der in Bienenprodukten befindlichen Spurenelemente im Blut und in einigen Organen des Menschen entdeckt wurde. Es ist erwiesen, daß das Blut des Menschen 24 Spurenelemente enthält, von denen 22 ebenfalls zur Zusammensetzung der Bienenprodukte gehören.

Werden dem Organismus solche Mikroelemente ungenügend zugeführt, wie zum Beispiel Vanadium, Eisen, Kobalt, Kupfer, Mangan, Nickel und Zink, wird der Blutkreislauf gestört. Durch die Zufuhr dieser Mikroelemente, die im Honig und in anderen Bienenprodukten vorkommen, kann die Anämie verhindert werden.

Es ist bekannt, daß sich im menschlichen Organismus Mikroelemente ansammeln, die verschiedene Organe wählen: Zink – vor allem in den Geschlechtsdrüsen, in der Hypophyse und Bauchspeicheldrüse; Jod – in der Schilddrüse; Kupfer – in der Leber und im Knochenmark; Cadmium und Molibdän – in den Nieren; Nickel – in der Bauchspeicheldrüse; Lithium – in den Lungen; Strontium – in den Knochen; Chrom und Mangan – in der Hypophyse. Die Konzentration von Mikroelementen im Blut und in den Geweben des Organismus ist veränderlich: Sie ändert sich je nach Krankheit, Alter und anderen physiologischen Verhältnissen, sogar je nach der Tages- und Jahreszeit.

Stärkung der Widerstandskräfte des Organismus

Die biologische Aktivität vieler Mikroelemente zeigt sich dadurch, daß sie sich gegenseitig mit Fermenten und Vitaminen verbinden. Eisen z. B. wird Bestandteil der Atemfermente, Zink – der Fermente, die an dem Austausch von Kohlenhydraten und Eiweiß teilnehmen. Es besteht eine gewisse Abhängigkeit zwischen dem Vitamin-B-Gehalt, der sich im Organismus befindet, und dem Mangan-Gehalt, ebenfalls zwischen Vitamin B_{12} und Kobalt. Der Heilungseffekt mit Vitamin B_1 ist bedeutend größer, wenn man dem Organismus mit der Nahrung gleichzeitig auch eine genügende Menge Mangan zuführt. In der Periode der Gewebebildung sind Kobalt und Kupfer unerläßlich. Kupfer ist aktiv verbunden mit den Vitaminen A, B, C, E und mit der Nikotinsäure.

Dr. B. M. Geht hat in Experimenten nachgewiesen, daß die Zufuhr von Kupfer, Jod und Kobalt in phagozytäre Aktivität der Leukozyten und die Widerstandskräfte des Organismus gegenüber unterschiedlichen Infektionserkrankungen stärkt. Aus diesem Grunde trägt der regelmäßige Gebrauch von Bienenprodukten, die alle diese Mikroelemente enthalten, zu einer Stärkung der allgemeinen Widerstandskraft des Organismus bei.

Bei einigen Erkrankungen in den Geweben des Organismus wird der Metabolismus der Mikroelemente zerstört, was zu einer Verschlimmerung der Krankheiten führt. Zum Beispiel gehen einige Hauterkrankungen einher mit einer Verminderung des Kupfergehalts in den Geweben. Für die erfolgreiche Behandlung ist es neben einer komplexen Therapie auch unerläßlich, dem Organismus Kupfer in einer Mikrokonzentration zuzuführen.

Klinische und experimentelle Untersuchungen haben gezeigt, daß eine Mikrokonzentration von Zink den Cholesterolgehalt im Blut verringert und den Austausch normalisiert.

Durch zahlreiche Untersuchungen wurde bestätigt, daß gerade der Anteil der Mikroelemente den Wert der Bienenprodukte erhöht, und daß die Mikroelemente durch Austausch mit den Vitamin- und Fermentationsprozessen die Heilung von Anämie ermöglichen, Arteriosklerose verhindern, die immunobiologische Widerstandskraft des Organismus stärken, den Heilungsprozeß vieler Krankheiten kürzen und auch über gerontologische Merkmale verfügen – den Prozeß des Alterns verlangsamen.

Katalysator für Vitamine

Es ist schwierig, ein Gebiet in der Physiologie und Biochemie zu finden, das nicht auch mit den Problemen der Vitamine zusammenhängt.

Der Metabolismus, die Funktion des Nervensystems, fermentative Prozesse, Wachstum, Vermehrung u. a. – alle diese verschiedenartigen, grundsätzlich wichtigen Bereiche der biologischen Disziplinen stehen in enger Verbindung mit den Vitaminen.

Blütenstaub und Futtersaft – zwei Naturprodukte aus dem Bienenstock – sind wahre Multivitaminkonzentrate fast aller Vitamine. Wissenschaftler verweisen auf die falsche Einstellung jener, die meinen, daß Vitamine im Bienenhonig prozentual unbedeutend vorkommen, da für das physiologische Gleichgewicht im Organismus eine sehr geringe Menge dieser Bestandteile notwendig ist.

Zusammen mit Fermenten und Hormonen gehören Vitamine zur großen Gruppe der „aktiven Materien", und so heißen sie auch akzessorische Materien. Als Biokatalysatoren sind sie von großer Bedeutung bei der Regulierung verschiedener Prozesse im menschlichen Organismus. Die Bedeutung der Vitamine im Metabolismus der Materien wird verständlicher, wenn man betont, daß zum Beispiel der Mangel eines Vitamins oder dessen ungenügende Menge zu verschiedenen Störungen führt bzw. zu verschiedenen Krankheiten. In diesem Fall kann man helfen, wenn man der Nahrung eben diese fehlenden Vitamine hinzufügt oder Nahrung mit natürlichem Gehalt dieser Vitamine verwendet.

Der sowjetische Wissenschaftler N. Tsitsin betrachtet die Vitaminologie als Grundstein richtiger Ernährung: „Ohne Kenntnis der Vitamine kann es auch keine Kenntnis der Grundlagen moderner Biochemie und Ernährungsphysiologie geben. Es ist nachgewiesen, daß Vitamine an allen Prozessen der Lebensaktivitäten teilnehmen ..."

Es ist bekannt, daß Vitamine des Bienenhonigs, Pollens und Futtersafts für den menschlichen Organismus ungeheuer wichtig sind, unter anderem auch deshalb, weil sie mit anderen wesentlichen bioaktiven Wirkstoffen vermischt sind: Mineralstoffe, organische Säuren, Fermente, Hormone, Eiweißstoffe, natürliche Kohlenhydrate (Glykose, Fruktose). Weil die Magen- und Darmschleimhaut schnell und leicht Bienenhonig aufnimmt, erweist sich dieses Naturprodukt als einzigartiger Katalysator für Vitamine und Kalzium. Deshalb ist in einigen Ländern die Zugabe von Vitaminen oder einigen anderen Medikamenten in den Bienenhonig immer häufiger geworden, um dieses Produkt noch mehr zu bereichern und seine katalysatorische Wirkung im Organismus zu erhöhen.

Klinische Untersuchungen bestätigen die bessere Aufnahme auch synthetischer, industriell hergestellter Vitamine in den Organismus, wenn sie in Verbindung mit bioaktiven Wirkstoffen aus Bienenprodukten eingenommen werden.

Fermente – natürliche Reaktoren

Viele Wissenschaftler erklären die heilkräftige Wirkung des Honigs auch durch die größere Anzahl der im Honig vorkommenden Fermente. Laut N. P. Jojriš sind „Fermente jenes seltsame Elixier, von dem die Alchimisten im Mittelalter geträumt haben: sie sind ein besseres und wichtigeres Instrument des Organismus als die modernsten Reaktoren in den Händen erfahrener Chemiker ..."

B. H. Bukin, Ehrenmitglied der Akademie der Wissenschaften der UdSSR, äußert sich dazu: „Ohne Fermente würde der Organismus vor Erschöpfung absterben, auch bei stärkster Nahrung, die vom Organismus nicht aufgenommen werden könnte.“ Bienenhonig enthält folgende Fermente: Dyastase, Invertase, Katalase, Peroxydase, Lipase u. a. Durch den Gehalt an Fermenten nimmt Honig eine der führenden Stellen unter den natürlichen Nahrungsmitteln ein. Moderne biologische Analysen, besonders der molekularen Biologie, deuten darauf hin, daß Altern eigentlich die Folge eines allmählichen Verlustes der Erbsubstanz ist, die sich in all unseren Zellen befindet. Aus diesen Gründen verliert der Mensch allmählich die Möglichkeit, Fermente zu synthetisieren, die verschiedene Nahrung bilden können.

Honig hat durch den Reichtum kostbarer Fermente in diesem Sinn einen ungeheuren Vorsprung vor anderen Nahrungsmitteln, denn durch den Gebrauch von Honig werden dem Organismus auch jene Fermente zugeführt, die er allmählich durch das Alter verliert bzw. die er nicht mehr synthetisieren kann. Man kann deshalb behaupten, daß man über den biologischen Wert des Honigs genauso sprechen muß wie über den biologischen Wert der Eiweißstoffe.

Langsames Altern

Durch die regelmäßige Einnahme von Bienenhonig gewinnen ältere Menschen ihre Kraft wieder und verbessern die Leistungsfähigkeit fast aller ihrer Organe. Bienenprodukte werden in verschiedenen Kombinationen immer mehr zur Stärkung des menschlichen Organismus verwendet. Der deutsche Wissenschaftler Prof. Schmidt hat als einer der ersten auf die Bedeutung des Blütenstaubs, Futtersafts und Honigs für die Periode des Alterns hingewiesen. Nach Auffassung dieses Wissenschaftlers müßten diese natürlichen biologischen Stimulatoren vor allen anderen am meisten geschätzt werden.

Es besteht die berechtigte Meinung, daß diese Produkte die Funktion der innersekretorischen Drüsen regulieren. Diese natürlichen Präparate besitzen die Eigenschaft, die Regulierung des Metabolismus und die Normalisierung der Blutzusammensetzung zu ermöglichen. Tatsächlich tragen Bienenprodukte vor allem als starke biologische Stimulatoren dazu bei, das Altern des Organismus zu verlangsamen.

Der berühmte amerikanische Arzt Dr. D. C. Jarvis beschreibt den Honig foldendermaßen: „Durch seine vielfachen positiven Wirkungen erleichtert der Honig das Altern. Es tut mir immer leid, wenn mir einige Leute sagen, sie äßen keinen Honig, denn er sei teurer als Zucker. Ich versuche ihnen dann zu erklären, daß man für die Gesundheit niemals sparen darf. Irgend etwas müssen Sie zahlen, wenn Sie erkranken, und dann sehen Sie: das an den Nahrungsmitteln gesparte Geld geben Sie für Medikamente aus, um Ihre Gesundheit zurückzugewinnen. Durch rechtzeitigen Kauf richtiger Nahrung wie zum Beispiel Bienenhonig sparen Sie viel klüger . . ."

Der französische Wissenschaftler Dr. Balzli weist darauf hin, daß in Frankreich mehrere hundert Jahre alte Dokumente bestehen, die den Wert des Honigs für ältere Menschen preisen. Und auch im ältesten Denkmal der indischen Medizin, dem „Buch des Lebens", ist die Rede von einem Elixier, das aus Honig und Milch besteht und das Leben des Menschen verlängern kann.

Phytonzide vergrößern die Heilsamkeit des Honigs

Es bestehen verschiedene Theorien über die antibakteriellen Materien im Honig. Die neuesten Untersuchungen des bulgarischen Wissenschaftlers Dr. Mladenov zeigten, daß die antibakterielle Wirkung des Honigs nicht von Zucker, Fermenten, Säuren, albuminoiden Verbindungen und ätherischen Ölen abhängt, sondern von seiner Natur. Diese Materien befinden sich im Honig pflanzlicher Herkunft und sind von außen her von honigtragenden Pflanzen herangebracht worden. Hier ist es auch wichtig, die Ähnlichkeit von Honig und Phytonziden in bezug auf die antibakteriellen Aktivitäten zu betonen. Sie gelten als antibakterielle Substanzen, die von einzelnen Pflanzen zum Schutz vor Bakterien und Schimmel gebildet werden.

Die Phytonzide wurden 1928 von dem bekannten sowjetischen Wissenschaftler B. P. Tokin entdeckt. Ihre chemische Zusammensetzung und die Eigenschaften sind sehr unterschiedlich und hängen von der Pflanzenart ab. Es wurde nachgewiesen, daß einzelne Pflanzenarten eigene Phytonzide mit speziellen antibakteriellen Merkmalen bilden. Weiterhin zeigte sich, daß die antibakterielle Wirkung einzelner Honigsorten eben von den Arten der honigtragenden Pflanzen abhängt. Die Aktivität der Phytonzide wird auch von anderen Faktoren beeinflußt: Jahreszeit, Wärme und Licht. Diese Faktoren beeinflussen ebenso die antibakterielle Wirkung des Honigs.

Bei der Frage, wie die Phytonzide aus den Pflanzen in den Honig gelangen, hat man herausgefunden, daß die Pflanzensäfte, der Nektar und der Pollen sehr reicht an Phytonziden und eine Quelle der Materien sind, aus denen die Bienen Honig bereiten. Zusammen mit dem Nektar gelangen in den Honig auch die Phytonzide der Pflanzen. Ein Teil der Phytonzide bleibt im Körper der Biene. Die Vielseitigkeit der antibakteriellen Wirkung des Honigs erklärt man sich auch durch die Vielfalt der darin enthaltenen Phytonziden.

Bienen helfen dem Arzt

Der alte Spruch „Honig hilft Gesunden und Kranken" hat volle wissenschaftliche Gültigkeit erhalten, und nicht nur Honig, sondern auch andere Bienenprodukte werden von zahlreichen Wissenschaftlern und Experten in diesem Sinn anerkannt.

Auf allen internationalen Apitherapie-Symposien haben Wissenschaftler aus der ganzen Welt eine Fülle von Referaten und stichhaltigen Analysen über laboratorische und klinische Untersuchungen einzelner Bienenprodukte vorgelegt und die nützliche Wirkung dieser Produkte im Bereich des Gesundheitsschutzes und bei der Heilung vieler Erkrankungen nachgewiesen.

Als komplexe Mischung originaler, natürlicher, bioaktiver Bestandteile beeinflussen die Bienenprodukte äußerst günstig viele Funktionen des menschlichen Organismus, stimulieren gleichzeitig dessen eigene immunologischen Systeme oder stellen die gestörten Funktionen einzelner Organe wieder her. So ist es kein Wunder, daß Bienenhonig, Blütenstaub (Pollen); Futtersaft, Propolis und Gift aus dem Bienenstachel nicht nur die Mediziner, sondern auch die breitere Öffentlichkeit interessieren. Das erhöhte Interesse an wissenschaftlichen Arbeiten im Bereich der Apitherapie erklärt sich durch das zunehmende Bemühen des modernen Menschen, zur Natur zurückzufinden und die verschiedenartigen Naturprodukte in der Ernährung und Heilung besser und rationeller zu nutzen. Eine sehr grundlegende wissenschaftliche Dokumentation in Form von Sammelbänden aller originalen Referate und Mitteilungen von den bisherigen Apitherapie-Symposien und internationalen Bienenzucht-Kongressen ist in fünf Sprachen gedruckt (englisch, russisch, spanisch, französisch und deutsch), herausgegeben von der Internationalen Bienenzucht-Organisation „Apimondia", und immer häufiger erscheinen in verschiedenen wissenschaftlichen und fachlichen Publikationen auch individuelle Berichte zahlreicher Experten, die den unschätzbaren Wert der Apitherapie und ihre noch unentdeckten Potentiale im Bereich der rationellen Ernährung und des erfolgreicheren Gesundheitsschutzes in aller Deutlichkeit nachweisen.

An dieser Stelle werden nur einige dieser Hinweise in authentischer oder gekürzter Form vorgestellt.

Ischämische Herzkrankheiten

In der modernen Kardiologie werden allmählich immer häufiger verschiedene nichtmedikamentöse Heil- und Rehabilitationsmethoden wegen der zahlreichen physiologischen und psychologischen Vorteile angewandt. Zu solchen Methoden gehört auch die Krankengymnastik neben dem Gebrauch von Bienenprodukten in der Ernährung, die die Ergebnisse der sportlichen Übungen durch Erhöhung der Ausdauer des Organismus verbessern. Da Blütenstaub (Pollen) und Bienenhonig bedeutende Mengen leicht verdaulicher Kohlenhydrate, vollwertiger Eiweißstoffe, Aminosäuren, Vitamine, Mikroelemente und andere biologisch aktive Materien enthalten, wurde es zweckmäßig, den Einfluß dieser Bienenprodukte auf die Resultate der Krankengymnastik bei ischämischen Herzkranken klinisch zu untersuchen.

Die medizinischen Experten A. A. Gorbačenko, V. A. Dudaev und O. E. Holodova vom Lehrstuhl für innere Krankheiten der Medizinischen Fakultät Moskau untersuchten 60

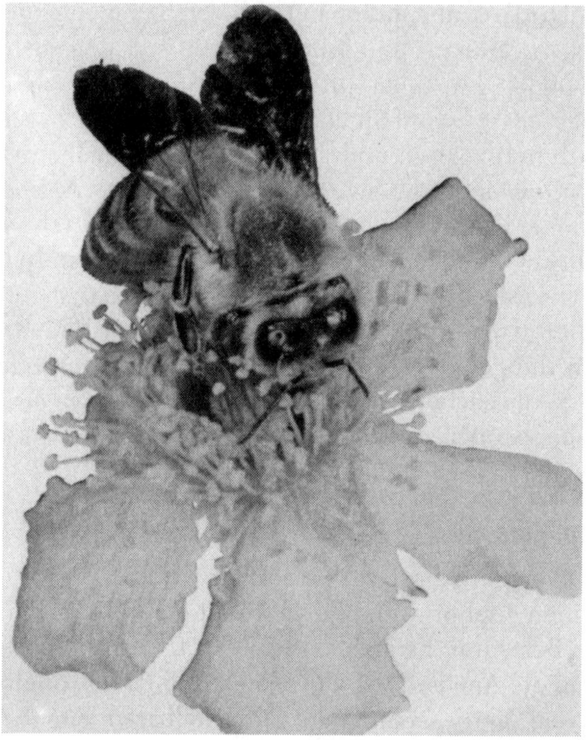

Die Bienenerzeugnisse werden von den Wissenschaftlern zunehmend untersucht

ischämische Herzkranke im Alter von 38–63 Jahren, die an einem zehntägigen sportlichen Programm teilnahmen, das sich aus 30 Aktivitäten zusammensetzte. Die Übungen erfolgten dreimal wöchentlich auf einem Trimmfahrrad, und jedes Training bestand aus Lockerungs-, Belastungs- und Abschlußübungen, die insgesamt 60 Minuten dauerten.

Es wurden in Intervallen Belastungen durchgeführt, die aus 4–5 Arbeitsperioden in der Dauer von 4 Minuten bestanden und von zweiminütigen kurzen Pausen unterbrochen wurden. Alle Patienten hatten 2–4 Monate vor Beginn des Trainings einen Myokardinfarkt gehabt.

Kontrollierender Vergleich der Patienten

Während des Trainings wurden einer Gruppe von 30 Patienten täglich 40 g Pollen (dreimal täglich je 2 Teelöffel) und 50 g Honig verabreicht.

Die zweite Gruppe, 30 Patienten, bestand aus Kranken, die nach Alter, Krankheitsmerkmal und funktionaler Klasse genau mit der ersten Gruppe übereinstimmte, aber in der Ernährung keine Bienenprodukte erhielt.

Während des Trainings wurde bei allen Patienten das Ausdauervermögen der Veloergometrie am Ergometer Siemens Elema aufgezeichnet und man stellte fest, daß es in beiden Gruppen hauptsächlich übereinstimmte. Nach beendetem Training war das Ausdauervermögen der Patienten, die Bienenprodukte erhalten hatten, auffallend stärker. Außerdem zeigten die Patienten aus dieser Gruppe eine bessere Stimmung, weniger Angst vor Belastung, und bei einigen stellte man einen euphorischen Zustand mit dem Wunsch nach erhöhter Belastung beim Training fest. Es wurde nachgewiesen, daß die Anwendung von Honig und Pollen zu einer wesentlichen Verbesserung der unmittelbaren Resultate des sportlichen Trainings bei den Patienten mit ischämischen Erkrankungen beigetragen hatte, und dies ist zu erklären durch den günstigen Einfluß der biologisch aktiven Materien der Naturprodukte aus dem Bienenkorb.

Probiotika helfen auch Gesunden

Werden dem Organismus verschiedene Materien, sogenannte Probiotika, zugeführt, verbessern sich die Widerstands- und Abwehrkräfte auch bei Gesunden. Zur Gruppe der Probiotika gehören die Kofermente des Vitamins B12, Glutaminsäure, Arginin und andere Aminosäuren. Diese Verbindungen gehören nicht zu den Dopingmitteln und üben eine unspezifische Wirkung auf den Organismus aus. Sie erhöhen die energetischen Potentiale auf dem Niveau der Zellen, ohne die Wege des Zellenaustauschs zu zerstören.

Die Ergebnisse des Trainings bei Gesunden hängt besonders von der vollwertigen Nahrung und vor allem vom Eiweiß ab, das die Muskelmasse und die Arbeit der Fermente erhöht. In der Zusammensetzung des Eiweißstoffes sind komplette Aminosäuren wichtig und unersetzlich. Außerdem muß die Ernährung unbedingt genügend Kohlenhydrate, Fette, Vitamine, Mineralsalze und Mikroelemente enthalten.

Alle diese Materien sind in idealer, ausgeglichener und natürlicher Form im Bienenhonig und Pollen enthalten!

Antioxydierende Wirkung von Pollen und Honig

Moskauer Wissenschaftler, die den Einfluß von Bienenprodukten bei der Behandlung ischämischer Herzkranker überprüft haben, meinen, die heilkräftige Wirkung dieser Produkte hänge mit dem großen Gehalt an Vitamin E, C und den Aminosäuren zusammen, die antioxydierend wirken. Man weiß, daß sich in 40 g Pollen, die tägliche Dosierung für Patienten, sogar ca. 12 mg Vitamin E und 20 mg Vitamin C befinden.

Die Pollen- und Honigdosis wurde von den Kranken sehr gerne eingenommen, obwohl die Experten zugeben, daß diese Mengen noch immer empirisch festgelegt sind.

Einige Autoren gehen zum Beispiel bei der Festlegung der täglichen Pollendosis auch von der Menge der anwesenden Aminosäuren aus, die unersetzlich für die täglichen Bedürfnisse des Menschen sind. So hat der berühmte französische Wissenschaftler Alain Caillas nur 20 g Pollen täglich für Erwachsene und 10 g für Kinder empfohlen.

Die Honigdosis wurde bei ischämischen Herzkranken auf

Bienenhonig enthält mehr als hundert biologisch aktive Bestandteile

50 g täglich beschränkt, damit es nicht bei größeren Dosierungen zu unerwünschter Zunahme des Körpergewichts kommt. Sonst gibt man gesunden Sportlern vor Wettkämpfen zur Verbesserung der Resultate und gegen Ermüdung nach dem Training ebenfalls Mengen von 50 g, aber in der Periode eines intensiven Trainings können die täglichen Hoingmengen auch auf 250 g und auf 300 g erhöht werden, natürlich nur bei ärztlicher Kontrolle.

Wichtiger „Ölwechsel" des Organismus

In seinem Bericht „Honig ist gut für Ihr Herz" schreibt der amerikanische Arzt Dr. D. C. Jarvis: „Sind Sie interessiert am Wohle Ihres Herzens und Ihrer Blutgefäße, die zusammen das Zirkulationssystem des menschlichen Körpers darstellen? Ob Sie versuchen, den Blutdruck zu regulieren, der zu hoch ist oder dem Herzen zu helfen, das allein ein ruhiges Leben ermöglicht? Ob Ihr Herz bei der Arbeit unregelmäßig schlägt?

Wenn ja – dann müssen Sie an Bienenhonig interessiert sein!

Denn Honig verhindert die abnormale Arbeit Ihres Herzens und der Blutgefäße. Honig muß Sie interessieren, weil er Ihr Zirkulationssystem verbessern kann, und auch dann, wenn Sie ein herzstärkendes Mittel suchen ...

Zeigt es sich, daß Ihr Herz nicht mehr richtig arbeitet, dann bedeutet es, daß die Mischung in Ihren Blutgefäßen zu dickflüssig ist und sie geändert werden muß, ebenso wie Sie das Öl in der Maschine Ihres Autos wechseln. Die nötige Änderung geschieht am besten, wenn Sie weißen Fabrikzucker und andere Süßigkeiten durch Honig ersetzen.

Verwenden Sie anstelle der anderen Süßigkeiten nur Bienenhonig, der dazu beitragen wird, daß Ihr Blut die normale Dichte erhält und leicht durch die winzigen Blutgefäße fließen kann ..."

Die Bedeutung des Honigs für Herz und Blutkreislauf

Das wichtigste Brennmaterial für die Muskeltätigkeit ist Traubenzucker (Glykose). Er bewegt alle Teile an dieser wundersamen Maschine. Der Herzmuskel arbeitet unermüdlich, das ganze Leben, pausenlos. Jeden Tag (24 Stunden) macht das Herz ca. 100 000 Bewegungen und verbraucht dabei soviel Energie, wieviel es benötigt, um 8 t Last einen Meter hochzuheben. Somit ist klar, daß der Herzmuskel bei so großem Energieverbrauch viel „Brennmaterial", d. h. Nahrung benötigt.

Diese Arbeit geschieht in erster Linie durch Traubenzukker (Glykose), deshalb geben Ärzte bei Herzschwäche intravenöse Injektionen mit 10 bis 20 % verdünntem Traubenzukker. Fast die gleiche Wirkung wird durch mit Wasser verdünnten Honig erzielt, da er einen natürlichen hohen Traubenzuckergehalt hat, schnell vom Blut aufgenommen wird und so die Herztätigkeit unterstützt.

Prof. Schimert erklärt die Wirkung des Honigs auf die Herztätigkeit folgendermaßen: „– Honig kräftigt das müde Herz durch seinen hohen Zuckervorrat und verstärkt die Wirksamkeit der Herztätigkeit, nicht nur durch den Reichtum leicht bekömmlichen Zuckers im Honig, sondern auch durch den Gehalt vieler anderer nützlicher bioaktiver Bestandteile.

– Die schlechte Blutzirkulation im Herz wird durch Honigzufuhr verbessert. Bei vielen Menschen verengen sich nervös die Blutgefäße, so daß die Blutversorgung zur Ernährung des eigenen Herzens gestört wird. Daher kommt es zu Schmerzen und zum Nachlassen der Herztätigkeit. Honig hilft, diese Störungen zu beseitigen.

– Zufällig entstandene Unregelmäßigkeiten der Herzschläge lassen nach oder hören völlig auf bei der Verwendung von Honig. Honig stellt den normalen Metabolismus wieder her und beseitigt so die erhöhte Reizbarkeit des Herzmuskels.

– Wenn die Störungen der Herztätigkeit zunehmen, ist der Gebrauch von Honig nicht ausreichend, er unterstützt jedoch im wesentlichen die bessere Wirksamkeit der anderen Medikamente.

– Nach schweren Operationen stellt Honig eine Hilfe für das Herz dar. Man empfiehlt, abends vor dem Schlafengehen oder nachts bei Schlaflosigkeit ein Glas Wasser mit 1 Eßl. Honig und etwas Zitronensaft zu trinken.

Prof. Dr. M. Latinski, Spezialist für Nervenkrankeiten, hat durch klinische Untersuchungen festgestellt, daß bei Erschöpfung der Herztätigkeit das unmittelbare Einspritzen von Trauben- und Fruchtzucker in das Blut ein wirksames

Mittel darstellt. Dies ist besonders wichtig in Fällen akuter Krankheiten, wenn dem Organismus Nahrung in kleinen Mengen zugeführt wird und die Glykogenreserven, die in der Leber abgebaut werden, verbraucht oder schon erschöpft sind. Eine solche nahrhafte Wirkung hat Honig auch während der Rekonvaleszenz nach schweren Erkrankungen, wenn die Gefahr einer Unterbrechung der Herztätigkeit droht.

Heilsame Wirkung auf das Nervensystem

Das Nervensystem, das Gehirn und die geistige Arbeit des Menschen werden vom Honig direkt und indirekt beeinflußt. Die indirekte Wirkung auf das Gehirn erfolgt durch den Gehalt an Phosphor, Eisen und ätherischen Ölen, und die direkte Wirkung liegt an der Fähigkeit des Honigs, die Herztätigkeit zu stärken und auszugleichen.

Medizinische Experten meinen gewöhnlich, daß ohne Phosphor kein Denken möglich sei. Honig ist gerade durch den allergünstigsten Gehalt an Phosphor bedeutsam, deshalb stellt er einen idealen Ersatz für den verbrauchten Phosphor in den Nervenzellen dar und wird besonders geistig Tätigen und Schülern als Nahrung empfohlen.

Doktor Tobaršev meint, daß Experten und Wissenschaftler, die regelmäßig Honig zu sich nehmen, das gefährliche Alter der Erschöpfung (professionelle Erkrankungen) 8 – 10 Jahre später antreten als diejenigen, die in der Nahrung keinen Honig gehabt haben.

Es ist bekannt, daß die Funktion der automatischen Gehirnzentren mit der Leichtigkeit und Schnelligkeit der Bewegungen koordiniert. Deshalb verbrauchen diese Zentren Eisen aus dem Blut als Grundmaterial für die Arbeit. Da Honig Eisen in schon gelöster und vorbereiteter Form enthält, ist er ein sehr wirksames Mittel zur Unterstützung der automatischen Gehirnfunktion und vergleichbar mit den besten pharmazeutischen Eisenpräparaten.

Außerdem sind die ätherischen Öle, die sich in gelöster Form im Honig befinden, besonders wichtig für die Funktion der Nervenzentren. Deshalb ist Honig ein ausgezeichneter Anreger des ermüdeten Gehirns, denn er wirkt gegen Apathie, Resignation und Depression.

Dr. Bici, Spezialist für Geisteskrankheiten aus Imola, gelang es, mit Honig einige Patienten von Melancholie und Manie zu heilen, und Professor Bogoljepov und Dr. Sisiljeva heilten mit Honig Nervenkranke im Laufe von drei Wochen; in dieser Zeit erhielten die Patienten keine anderen Medikamente. Die Ergebnisse waren dennoch äußerst gut, denn diese Patienten konnten wieder schlafen, die Reizbarkeit verringerte sich, und sie sahen erfrischt aus.

Untersuchungen im Krankenhaus Berbox in den USA zeigten, daß Honig erfolgreich zur Ernüchterung verwendet werden kann, daß Alkohol im Blut schneller eliminiert wird. Man stellte fest, daß nach Honigeinnahme Alkohol im Blut um 20–40 % schneller eliminiert wird als gewöhnlich.

Die Experten empfehlen Autofahrern, vor oder im Laufe einer längeren Fahrt etwas Honig einzunehmen, denn die erhöhte Glykosemenge im Blut trägt zu verstärkter Aufmerksamkeit und Sicherheit bei.

Pollen in der Psychiatrie

Der spanische Arzt Dr. Lopis Paret erklärte den Teilnehmern des Ersten Internationalen Apitherapie-Symposiums im Jahre 1974 in Madrid, daß er seit 1971 Blütenstaub (Pollen) zur Behandlung von Krankheiten angewandt hätte, die in den Bereich der Psychotherapie gehören, besonders zur Behandlung von Alkoholismus. Er verwandte Pollen in zahlreichen Fällen und erreichte sehr gute Resultate. Für seine Darstellung wählte Dr. Paret drei Krankheitsgruppen: depressive Syndrome, Fälle von Erschöpfung oder Asthenie und Alkoholismus.

Depressive Snydrome: In den meisten Fällen schwerer depressiver Syndrome hat Pollen allein nicht gewirkt, aber zusammen mit anderen antidepressiven Mitteln in kleiner Dosierung kam es schon zur Besserung; wurden diese Mittel ohne Pollen gegeben, war die Besserung geringer. Durch weitere Einnahme von Pollen gelang es, ein erneutes Auftreten von Depressionen zu verhindern.

Dr. Lopis Paret erreichte sogar auch dann gute Resultate, wenn er ganz kleine Dosen von nur 2,5 g Pollen täglich gab, deshalb betrachtet dieser Psychotherapeut Pollen als ein gutes Hilfsmittel zur Heilung von Depressionen und verschreibt ihn in solchen Fällen auch regelmäßig.

Kraftlosigkeit oder Asthenie: Im Bereich der Psychotherapie stellen die Patienten eine große Gruppe dar, die an Kraftlosigkeit, Asthenie, Melancholie, geschwächter Lebenskraft u. a. leiden. Die Hauptursachen einer solchen Verfassung sind die Charakteristiken des heutigen Alltags: übermäßige Arbeit, Schnelligkeit, ständige Kritik, schlechte zwischenmenschliche Beziehungen, Streß u. a.

In solchen Fällen erweist sich Pollen als ein energetischer Faktor von großer Bedeutung. Schon wenige Tage nach dem Beginn der Behandlung fühlen sich die Patienten besser, sie sind lebendiger, besser gelaunt und zeigen mehr Interesse an der Kommunikation mit der Umwelt. Erfolge werden durch eine länger dauernde Pollenzufuhr erzielt.

Alkoholismus: Auf diesem Gebiet erreichte man durch Pollen die besten Resultate, besonders bei chronischen Fällen, wenn der Organismus einen Vitamin- und Eiweißmangel aufweist. Weil Pollen ein wahres Naturkonzentrat verschiedenartigster Vitamine, Eiweißstoffe und Aminosäuren in idealer Form ist, kam es bei der Behandlung von Alkoholismus auch durch kleine Pollenmengen neben verringerter Librium-Dosis zu guten Ergebnissen.

Leber und Galleschutz

In vielen Kliniken untersucht man mit zunehmender Intensität die Anwendung der Bienenprodukte bei der Behandlung der Leber und der Gallenkanäle.

Der bekannte Spezialist Dr. Baumgarten erklärt die heilsame Wirkung des Honigs auf Leber und Galle folgendermaßen:

„Bevor ich etwas über die günstige Wirkung einzelner Bestandteile des Honigs auf die Leber sage, muß ich auf die Aufgabe dieses lebenswichtigen Organs im menschlichen Organismus hinweisen. Die Leber ist das größte Drüsenorgan zur Verdauung. Das Blut des gesamten Verdauungskanals, das alle genutzten Nahrungsstoffe enthält, fließt durch die Aorta in die Leber. Die aus dem Organismus übernommenen Substanzen werden dort aufgelöst, verarbeitet, verteilt und reserviert, sozusagen vollständig genutzt. Doch hiermit ist die komplexe und vielseitige Tätigkeit der Leber nicht beendet.

Die Leber leitet die Gallenflüssigkeit, ohne die eine gleichmäßige Fettverdauung nicht möglich ist, in den Darm. Die Gallenfarbe wird von der Leber durch die gefärbten Materien der roten Blutkörperchen gebildet. Weiterhin kann sie als außerordentlich fähige ‚chemische Fabrik' zahlreiche Gifte, die im Körper entstehen, abbauen und absondern. Und wenn sich der menschliche Körper gegen die verschiedenen, durch Bakterien hervorgerufenen anfänglichen Krankheiten verteidigt, spielt die Leber eine wichtige Rolle. Außerdem kann die Leber auch sehr viel Blut aufnehmen, wenn es der Organismus nicht benötigt, und es dann wieder zur Verfügung stellen.

Aus diesen Gründen muß man wissen, daß eine Lebererkrankung immer ernsthaft ist und diese Krankheit nicht leichtgenommen werden darf.

Vorbedingungen zur Bildung von Glykogen

Wie ist die günstige Wirkung des Bienenhonigs auf die Leber zu erklären?

Durch seine Zusammensetzung, und zwar in erster Line Zucker – Frucht- und Traubenzucker. Traubenzucker dient seit jeher als wichtiges Heilmittel für die erkrankte Leber. Fruchtzucker jedoch wird erst in letzter Zeit genutzt. Beide Arten zeichnen sich durch leichte Verdaulichkeit aus, das heißt, sie erfordern keinen Abbau durch die Verdauungssäfte, sondern werden direkt vom Blut, also auch von der Leber, aufgenommen. Dort bilden sie das sogenannte „Leber-Glykogen", dem Stärkemehl ähnlich, das bei Menschen und Tieren einen Zuckervorrat, einen wichtigen „Kraftstoffvorrat", darstellt. Die Leber enthält viel Glykogen, vor allem, wenn sie gesund ist. Sie kann daraus, wenn nötig, Zucker bilden, der mit dem Blut in die Muskeln und Organe gelangt und die für den Organismus erforderliche Kraft darstellt.

Wenn die Leber erkrankt oder beschädigt ist, verliert sie sehr schnell Glykogen, und an dessen Stelle treten Fette. Dann entwickelt sich die sogenannte „Fettleber", und es kommt zu einem ungünstigen Gesundheitszustand. Dennoch kann eine solche Fettleber wieder funktionieren, wenn sie Material zum Aufbau von Glykogen erhält, zum Beispiel Trauben- und Fruchtzucker. Glykogen drängt daraufhin das schädliche Fett zurück.

Die nützliche Wirkung von Honig für die Verdauung entsteht durch den Gehalt an Fermenten wie Diastasen, Invertasen und Katalasen. Wenn die Leber erkrankt, werden in der Regel fast alle Verdauungsfunktionen gestört, so daß die Zufuhr von Fermenten in den Organismus durch Honig sehr nützlich ist. Sehr oft tritt bei erkrankter Leber und Galle ein Mangel an Magensäften auf, wodurch der natürliche „Filter" fehlt, der bei Gesunden imstande ist, die Bakterien zu hemmen, also entgiftende Wirkungen auszuüben. Dadurch kommt es meistens zu chronischen Entzündungen dieses

Organs. Weil im Honig Inhibine vorkommen, die Infektionen verhüten, ist die Einnahme von Honig besonders wichtig bei Leber- und Galleerkrankungen. Auch den hohen Gehalt an Phosphor, Kalium und die vielen anderen Spurenelemente sollte man nicht vergessen, die Honig aufweist. Gerade Phospor ist wichtig für die Leber bei der chemischen Bearbeitung von Zucker und den anderen Nährstoffen wie Eiweiß und Fette.

Mitarbeiter und nicht Ersatz des Arztes

Bei welchen Lebererkrankungen kann Honig als Heilmittel verwendet werden?

Die Antwort lautet: Bei allen! Doch zur Verdeutlichung wollen wir hier die wichtigsten anführen. Das ist vor allem die häufige Leberentzündung, die vielmals epidemisch auftritt (Hepatitis epidemica) und dann Gelbsucht hervorruft. Sie kann auch durch verschiedene Injektionen hervorgerufen werden. Auch bei anderen Arten der Gelbsucht (Ikterus) kann Honig verwendet werden, zum Beispiel bei Entzündung des Gallengangs (Cholangitis) und bei Behinderung durch Gallensteine. Dann ist in der Regel auch eine schnelle Operation erforderlich.

Honig hilft auch bei Beschädigung der Leber durch Vergiftung, zum Beispiel in der Schwangerschaft, er ist sehr wirksam bei Parasitenbefall, bei Leberschrumpfung und schließlich auch als erleichterndes Mittel bei Leber- und Gallenkrebs.

Honig kann auf keinen Fall den Arzt ersetzen, aber dennoch ist er eine ausgezeichnete Hilfe bei der Heilung aller Lebererkrankungen sowie bei anderen Erkrankungen, welche die Leber mit einbeziehen", lautet die Schlußfolgerung von Prof. Baumgarten.

Selbstverständlich kann in all diesen Fällen Honig nicht

das einzige Medikament sein. Vor allem sollte man auf strenge Diät, längere Bettruhe und Wärme achten.

Vorteile natürlicher Präparate

Aufgrund der außergewöhnlichen Aktualität der Leberbehandlung sind auch die Erklärungen der rumänischen Wissenschaftler Doz. Dr. A. Čiplja, Dr. N. Dragulesku und Dr. Joana TenaseMogoš interessant, die auf dem Internationalen Apitherapie-Symposium in Bukarest 1976 über die „Perspektiven der Apitherapie bei chronischer Hepatitis" folgendes zu sagen hatten:

„Die Lebensbedingungen in Industriegebieten, der zunehmende Gebrauch konservierter Lebensmittel und die starken nervlichen Belastungen heutzutage wirken ungünstig auf die Leber, dieses wichtige Laboratorium des menschlichen Organismus, das mit dem zentralen Nervensystem verbunden ist . . .

Obwohl die Leber über die bewundernswerte Fähigkeit verfügt, sich zu erneuern, verringert das nicht ihre Empfindlichkeit bei irgendwelchen Belastungen durch Ernährung, Gifte oder anderes, und wenn diese sehr stark sind oder sich wiederholen und verlängern, führt dies zur funktionalen hepatitischen Dekompensation und Störung des Metabolismus aller Zellen und Gewebe des Organismus . . .

Antimetabolische und hormonale Präparate, angefangen mit Cortison-Mitteln, sind für die kranke Leber verhängnisvoll, und die Festlegung individueller Dosierungen ist ein sehr komplexer Vorgang. Die Aufnahme von Nahrungsmitteln ist manchmal von der dekompensierten Leber schwer zu ertragen, besonders, wenn sie synthetische Stoffe enthalten.

Obwohl die Schutzrolle der Kohlehydrate bekannt ist, bemerkt man gleichzeitig auch den negativen Einfluß von Raffinadezucker, der sich in der Zusammensetzung der Nahrung oder der Perfusion von Glykose und Dextrose befindet. Aus diesen Gründen richtet sich die Aufmerksamkeit der Physiopathologen und Therapeuten darauf, therapeutische Lebermittel zu entdecken, die so wenig wie möglich schaden – natürliche Mittel, die man häufig im Leben und im Alltag antrifft. Als Untersuchungsergebnis besteht die allgemeine Tendenz einer Revision der Diätkuren und Anwendung von Naturprodukten als Heilmittel . . ."

Anwendung bei chronischer Hepatitis

„Bienenprodukte als natürliche Produkte sind durch ein reiches Vorkommen an Fermenten, Vitaminen und Aminosäuren gekennzeichnet und üben somit eine heilsame Wirkung auf den menschlichen Organismus bei einer erkrankten Leber aus. Deshalb haben wir die Bienenprodukte bei der Behandlung chronischer Hepatitis systematisch angewandt", sagen die rumänischen Experten.

„In Fällen ständiger chronischer Hepatitis und evolutiver aggressiver Hepatitis haben wir Futtersaft verschrieben. Die Patienten haben ihn während des Frühstücks um 10 Uhr mit Honig vermischt gut vertragen. Blütenstaub verschrieben wir in Fällen chronischer Hepatitis im Anfangsstadium und bei fortgeschrittenen Formen der Zirrhose – 1 Teelöffel 2–3 mal täglich vermischt mit Honig, gewöhnlich zusammen mit Milch oder Tee.

Nach der Einnahme dieser Bienenprodukte kam es zu erhöhtem Körpergewicht der Patienten und zur Entwicklung der Muskelgewebe, und in Fällen einer vaskulär-dekompensierten Zirrhose verbesserte sich die Wirkung der Diätkuren.

Wir bemerkten, daß die Patienten die Bienenprodukte gut vertrugen und keine unerwünschten Nebenfolgen auftraten. Da bei hepatitischen und Pankreas-Erkrankungen, bei der Verwendung von Zucker und Mehlprodukten der Austausch der Kohlenhydrate zerstört wird, ist die Anwendung von Bienenhonig anstelle dieser Produkte völlig berechtigt.

Aus diesen Gründen werden in der nächsten Zeit Bienenhonig, Pollen und Futtersaft bei der Behandlung chronischer Hepatitis immer häufiger Anwendung finden und in der Medizin an Bedeutung gewinnen", so äußerten sich die rumänischen Mediziner zum Abschluß ihrer Mitteilungen.

Honig für das dritte Lebensalter

Die Blutströme in das Gehirn sind im Alter nicht mehr so ergiebig wegen verhärteter Blutgefäße, und das Gehirn wird besonders empfindlich gegenüber der verringerten Zuckerzufuhr ins Blut. Deshalb kann nicht genug darauf hingewiesen werden, wie wertvoll und wichtig Honig in der Ernährung für das sogenannte dritte Lebensalter ist.

Der Mediziner Dr. Schweisheimer aus New York, Spezialist für Alterskrankheiten, bemerkte eine ungewöhnliche jugendliche Frische bei einigen Patienten und stellte fest, daß es sich entweder um Bienenzüchter handelte oder um solche, die regelmäßig Honig in ihrer Ernährung verwendeten. Alterserscheinungen waren geringer bei denjenigen anzutreffen, die außer Honig täglich viel frisches Obst, Gemüse und Obstsäfte zu sich nahmen.

In zahlreichen Versuchen wurde nachgewiesen, daß Honig Frische verleiht und das Leben verlängert. Die sowjetische Akademie der Wissenschaften stellte bei einer Umfrage von 130 über hundert Jahre alten Menschen fest, daß sich darunter mehr als 80 % Imker befanden. Ein sehr hohes Alter erreichten auch viele weltberühmte Bienenzüchter wie Jerson, Cander, Rut, Baldenspreger und der irische Dichter Bernard Shaw, der ebenfalls Bienenzüchter war. Pythagoras bezeugte sein hohes Alter durch regelmäßigen Honiggenuß: „Ohne Honig wäre ich 40 Jahre früher gestorben." Plutarch

Die Bienen saugen aus den Blüten die heilsamen Wirkstoffe auf, die in natürlicher Form die Zusammensetzung des Honigs bereichern

sagte von Hippokrates, dem „Vater der Medizin", dieser sei älter als 100 Jahre alt geworden, weil er Honig als Nahrungs- und als Heilmittel verwendet habe.

Der polnische Dichter Trembesky, der mit 80 Jahren sehr frisch, heiter und vital wirkte, gab zu, mehr als 30 Jahre lang regelmäßig Honig gegessen zu haben.

Behandlung klimakterischer Beschwerden

Man weiß, daß in einer bestimmten Lebensphase der Frau die Eierstöcke durch den Übergang auf ein von der Hypophyse gelenktes Hormonsystem mit ihrer Funktion aufhören. Während die Östrogen- und Progesteron-Produktion nachläßt, werden gonadotrope Hormone abgesondert. Dies führt zu sogenannten klimakterischen Problemen, zum Beispiel zu Hitzewellen, Depressionen, Nervosität, Unruhe, Müdigkeit, Reizbarkeit, Herzklopfen, Konzentrationsschwäche oder zu unerwünschten Fettablagerungen. Die Periode der Wechseljahre, in denen sich die Frau mit körperlichen und geistigen Alterserscheinungen auseinandersetzen muß, kann mehrere Jahre lang dauern, bis sich der Organismus an den neuen Zustand gewöhnt hat, was von der Fähigkeit der einzelnen Person abhängt, mit dem Alter fertigzuwerden.

Man schätzt, daß heutzutage ungefähr jede siebte Frau an ausgeprägten klimakterischen Beschwerden zu leiden hat. Und immer mehr Männer klagen von einem gewissen Alter an über fehlende Vitalität, Konzentrationsschwäche und wechselnde Stimmungen. Noch bis vor kurzem wurden zur Behandlung klimakterischer Schwierigkeiten hauptsächlich Hormontherapien angewandt, ebenso verschiedene Psychopharmaka und Mittel gegen Nervosität, so schreibt der Hamburger Gynäkologe Dr. Werner Salomon. Die Zunahme unerwünschter Nebenfolgen und die persönliche Angst der Frauen vor hormonalen Therapien führten zu der Entwicklung anderer Methoden und der Entwicklung neuer, in einigen Fällen sehr wirksamer Präparate.

Zahlreiche Untersuchungen, Studien und sogenannte Doppelblindversuche (wenn Arzt und Patient nicht wissen, wer das untersuchte Heilmittel nimmt, und wer Placebo), die in Wien, Ljubljana, Sarajevo und Hamburg erfolgten, verwiesen auf ausgezeichnete Ergebnisse bei der Heilung klimakterischer Syndrome, sogar bei 80–90 % der Patienten, wenn eine Futtersaft- und Pollen(Perga)-Mischung angewandt wurde.

Empfehlungen aus Hamburg

Dr. Werner Salomon erklärte seine Erfahrungen und Erfolge bei der Anwendung von Bienenprodukten zur Heilung klimakterischer Beschwerden folgendermaßen:

„Zufällig bin ich auf die wissenschaftlichen Arbeiten von Prof. Dr. Izet Osmanagić gestoßen, einem bekannten Gynäkologen aus Sarajevo, Jugoslawien. Mit besonderem Interesse habe ich seine umfangreichen und sorgsamen Studien über die Erscheinungen hormonaler Störungen in den Wechseljahren gelesen. Professor Osmanagić kam mit dem natürlichen Präparat ‚Melbrosia', das aus fermentiertem Pollen und lyophilisiertem Futtersaft besteht, zu Resultaten, die mich beeindruckt und überrascht haben."

Von diesen Resultaten angeregt, erprobte Dr. Salomon in Hamburg „Melbrosia p. l. d.", und zwar zuerst bei 24 Patientinnen, von denen jede an mindestens 4–9 verschiedenen Arten klimakterischer Beschwerden zu leiden hatte.

Die Therapie dauerte 30 Tage lang. Nach dem Test waren bei 82 % der Patientinnen die Schwierigkeiten völlig verschwunden, und bei den übrigen 18 % der Patientinnen waren sie auf ein erträgliches Maß reduziert.

Alle Teilnehmerinnen dieses Tests nahmen weiter regelmäßig je eine Kapsel „Melbrosia p. l. d." täglich. In der Zwischenzeit begann eine sehr große Anzahl von Frauen auf Anraten der Ärzte mit der Einnahme dieses natürlichen Präparates, und es wird auch den anderen Frauen als präventives Mittel zum Gesundheitsschutz und zur Bewahrung ihrer Frische und Vitalität empfohlen.

Die größte Kontrolle der Präparate

Im Juni 1990 wurden die Ergebnisse der bisher größten Untersuchung zur Anwendung natürlicher Bienenpräparate veröffentlicht, die mit den Kapseln „Melbrosia p. l. d." in der Bundesrepublik unter ärztlicher Aufsicht erfolgt war. Insgesamt hatten an der Untersuchung 260 Gynäkologen aus dem gesamten Land teilgenommen, und jeder von ihnen behandelte je 5 Patientinnen die dieses Präparat einnahmen.

Für jede Patientin wurden präzise Angaben über alle Manifestationen vorklimakterischer und klimakterischer Syndrome gesammelt, weiterhin über Veränderungen im Laufe der 30tägigen Therapie mit einer genauen Beschreibung der Ergebnisse der Schlußbehandlung.

Da einige Patientinnen die Therapie nicht zu Ende führten, andere in den Fragebogen nicht alle notwendigen Angaben eintrugen, wurden die Kartons von insgesamt 1061 Patientinnen benutzt, und nach fachlicher Bearbeitung stellte man einen eindrucksvollen Heilungseffekt fest. Nach 30 Tagen Therapie mit Bienenprodukten waren bei 78,8 % aller Patientinnen die klimakterischen Beschwerden völlig verschwunden.

„Nach langjähriger Erfahrung mit der ‚Melbrosia-Therapie' betrachte ich dieses Naturprodukt als ein sehr nützliches alternatives Mittel zur Heilung von klimakterischen Beschwerden, besonders, wenn Kontraindikationen zur Substitution der Hormone vorkommen. Ich bin überzeugt, daß kein anderes Naturprodukt besteht, das auf kleinstem Raum über eine solche Konzentration wichtiger Nähr- und Schutzstoffe sowie Aufbaustoffe für den menschlichen Organismus verfügt. Dieses Präparat, das aus fermentiertem Pollen (Perga) und Futtersaft besteht, wirkt nicht nur bei klimakterischen Beschwerden, sondern trägt auch zu einer wesentlichen Verbesserung des allgemeinen Gesundheitszustands bei", heißt es in dem Referat von Dr. Werner Salomon.

Gynäkologische Experimente in Sarajevo

An der Endokrinologischen Abteilung der Frauenklinik der Medizinischen Fakultät Sarajevo wurde unter Leitung von Prof. Dr. Izet Osmanagić eine klinische Untersuchung des Präparats „Melbrosia" durchgeführt. Die Aufgabe des Experiments bestand darin, die Wirkung dieses Präparats bei der Beseitigung neurovegetativer Störungen und Abweichungen des zentralen Nervensystems bei Frauen im Klimakterium und in der Menopause festzustellen.

Die Hauptursache dieser Erscheinungen ist die Dysfunktion der Eierstöcke oder deren völliger Stillstand, was zu Störungen des funktionalen Gleichgewichts zwischen den Hormondrüsen führt.

Die Untersuchungen wurden bei 40 Frauen mit ausgeprägten kimakterischen Beschwerden unternommen, bei teilweise erhaltener oder völlig eingestellter Funktion der Gonaden. Es handelte sich um Patientinnen im physiologischen Vorklimakterium, Klimakterium und der Menopause mit klimakterischem Syndrom oder um Patientinnen, bei denen eine operative oder iradiatione, komplette oder partielle Kastration erfolgt war, was zu den klimakterischen Beschwerden führte.

Alle Fälle wurden nach der Ätiologie der Beschwerden in zwei Gruppen eingeteilt: In der ersten Gruppe waren Patientinnen, wo das Klimax artefiziell aufgetreten war, in der zweiten Gruppe waren Patientinnen mit spontanem Klimax. Die Patientinnen hatten sublingual 60 Tage je eine Kapsel „Melbrosia" täglich eingenommen, ohne andere Medikamente.

„Auf Grund der Ergebnisse der beiderseitig offenen klinischen Experimente sind wir der Auffassung, daß ‚Melbrosia' ein vielfach wirksames und sehr gutes präorales Medikament ist. Bei den meisten Patientinnen – 90 % – hatten wir einen mehr oder weniger ausgeprägt positiven Heilungseffekt", so teilte Prof. Dr. Osmanagić mit.

„Die Frauen verloren nicht nur völlig oder teilweise ihre klimakterischen Beschwerden, sondern fühlten dank der Wirkung der Präparats aus Futtersaft und fermentiertem Pollen eine Besserung des allgemeinen Zustands; sie wurden psychisch ruhiger, frischer, dynamischer und aktiver ..."

Wirkung von Flavon und Pflanzenhormonen

Die günstige Wirkung von Präparaten aus Futtersaft und fermentiertem Pollen zur Beseitigung von Klimax-Beschwreden erklärt man durch reichen Gehalt an verschiedenen natürlichen Substanzen, die man – Biokatalysatoren nennt. Es handelt sich in erster Linie um ca. 20 Aminosäuren, verbunden mit Proteinen, von denen sich besonders die essentiellen Aminosäuren durch ihre positive Wirkung auf das endokrine und neurovegetative System hervorheben.

Fermentierter Pollen enthält alle Vitamine, die ein normal funktionierender Organismus braucht. Besonders wichtig sind die Vitamine B 2, Pantothensäure, Foliensäure und Riboflavin. Es kommt auch Tokoferol vor, das die Durchblutung der Hypophyse beeinflußt.

Eine günstige Wirkung auf den Sympatikus-Parasympatikus schreibt man den vorkommenden Flavonen und Pflanzenhormonen zu, Phytosterole, die den humanen Ketosteroiden ähneln. Diese dienen wahrscheinlich dazu, das Defizit an östro-gestagenen Hormonen im Klimax auszugleichen.

Komplimente aus Österreich

Im allgemeinen Spital Klosterneuburg in Österreich wurde die Anwendung von Bienenpräparaten in einer Gruppe von Patienten mit der Diagnose Klimakterium virile geprüft. Die

Resultate teilte Primarius Dr. F. K. Feiks mit, Leiter der Abteilung für Innere Krankheiten in diesem Krankenhaus:

„Zahlreiche Untersuchungen, die den biochemischen und psychiatrischen Aspekt betreffen, haben bestätigt, daß es sich bei klimakterischen Beschwerden nicht nur um einen Androgen-Mangel handelt, sondern auch um einen psychischen Prozeß in der zweiten Lebenshälfte, der bei den Menschen unter anderen Diagnosen versteckt abläuft, und bei dem es sich in erster Linie um Depressionen, Schlafstörungen, Hypertonie, Kopfschmerzen handelt.

Wir haben 38 Patienten im Alter zwischen 49 und 71 Jahren ambulant ausgewählt, die Anzeichen von Beschwerden hatten, aber bei denen keinerlei ernstere organische Erkrankungen festgestellt wurden. Die Patientinnen erhielten im Laufe von vier Wochen das Präparat ‚Melbrosia', je zwei Kapseln dreimal täglich.

Als Kontrolle diente eine Gruppe von 38 Patientinnen, die anabole Hormone erhielten, eine andere Gruppe, ebenfalls 38 Patientinnen, erhielten milde, antidepressive Medikamente.

Erstaunlich war für uns am Ende des Tests die Wirkung des Präparats ‚Melbrosia'. Wir erreichten mit ihm die gleichen Effekte wie mit den bekanntesten Medikamenten.

Wenn man berücksichtigt, daß es sich bei beiden Gruppen, die gewöhnliche Medikamente erhielten, um sehr spezifische Substanzen mit all ihren unerwünschten Nebenerscheinungen handelt (bei der Hormontherapie – Atrophie der Gonaden, bei der Therapie mit Psychopharmaka – Parkinsonismus), dann können wir mit Genugtuung hervorheben, daß uns mit dem Bienenpräparat ein neues wirksames, natürliches Heilmittel gegen klimakterische Beschwerden zur Verfügung steht, ohne schädliche Folgen für den Organismus" –, schlußfolgerte Prim. Dr. Feiks.

Freunde der Verdauung

Schon im frühen Altertum, das wir mit berühmten Namen wie Hippokrates, Abu Ali ibn Sina und anderen verbinden, kannte man die heilsamen Eigenschaften des Bienenhonigs bei der Behandlung von Magen-Darm-Erkrankungen. In einem Volksspruch heißt es: „Honig ist der größte Magenfreund.“ Zahlreiche laboratorische und klinische Untersuchungen haben dies bestätigt.

Dr. M. O. Brunner, Spezialist für Innere Krankheiten, hält Industriezucker (Saccharose) schädlich für den menschlichen Organismus, weil er im menschlichen Organismus einen Vitamin-B- und Kalzium-Mangel hervorruft. Besonders gefährlich ist das bei einer Ernährung, die arm an Vitamin B ist. Der Gebrauch von Zucker führt auch zu einer schwereren Verdauung vitaminreicher Nahrung.

Dies gilt besonders für Personen, die an Magen-, Darm-, Leber, Gallen- und Bauchspeicheldrüsenerkrankungen leiden, die besonders die Verwendung von Zucker vermeiden müßten.

Langjährige Beobachtungen verweisen darauf, daß die systematische Verwendung von Bienenhonig in der Ernährung zur Normalisierung der Funktion der Verdauungsorgane beiträgt. Deshalb empfehlen viele Ärzte, unter anderem auch der bekannte Wissenschaftler und Autor des Lehrbuchs „Dijetoterapija“, Prof. Dr. Fedor Kuzmič-Menšikov aus der UdSSR, Patienten mit einem Magengeschwür, in der Ernährung Zucker völlig durch Honig zu ersetzen. „Ich war sicher, daß Honig nicht nur bei Magenkrankheiten, sondern auch Leber- und Darmkrankheiten wertvoll ist. Wegen der Besserung der metabolischen Prozesse ist es notwendig, ihn in die Ernährung mit einzubeziehen, was wir durch laboratorisch-instrumentale Methoden auch nachgewiesen haben“, sagt Prof. Dr. Menjšikov.

„Hinsichtlich des hohen Kaloriengehalts und der sehr guten Absorption des Honigs im Darm ist meiner Meinung nach die Verwendung bei Magen-, Leber-, Nieren-, Herz- und Kreislauferkrankungen sehr nützlich. Es ist jedoch notwendig, den Einfluß des Honigs in verschiedenen Mengen auf die metabolischen Prozesse im Organismus weiter zu untersuchen. Dieses Präparat, ein Geschenk der Natur, verdient zweifellos mehr Aufmerksamkeit der Mediziner, als es bisher der Fall war", betont Prof. Dr. Menjšikov.

Die Magengeschwür-Therapie von Dr. Jojriš

Die Wirksamkeit des Bienenhonigs bei Magengeschwüren hat auch Dr. N. P. Jojriš überprüft. Dieser kam der Bitte nach, etwas mehr über seine Beobachtungen zu sagen, und erklärte die Art der Anwendung von Honig bei Geschwürkranken anhand der Resultate.

„In der Klinik für Innere Krankheiten in Kiew habe ich feststellen können, daß Honig bei der Behandlung von Magen- und Zwölffingerdarmgeschwüren ein kostbares Mittel für die Diät ist. Bei der Einnahme von Honig lassen Schmerzen, Sodbrennen und Übelkeit nach, der Gehalt an Hämoglobin im Blut erhöht sich wesentlich, die Stimmung der Patienten bessert sich.

Ich habe jedoch bemerkt, daß Honig schlecht wirkt, wenn man ihn mit Brot u. a. anbietet. Zu Heilzwecken muß Honig unbedingt in Wasser aufgelöst werden, denn er enthält zahlreiche verschiedene nützliche Stoffe, die aufgelöst schneller und leichter vom Magen aufgesaugt werden und ins Blut gelangen.

Eine gute Wirkung erreicht man, wenn Honig in warmem Wasser aufgelöst wird. Der Gebrauch einer solchen Honiglösung trägt zur Öffnung der Magenschleimhaut und zum schnelleren Aufsaugen bei, ohne den Darm zu reizen, wobei sich die Säure verringert.

Ebenfalls stellte ich fest, daß auch die Zeit der Einnahme

wichtig ist. Wenn der Patient Gastritis mit Magensäureüberschuß hat, dann muß er Honig 90–120 Minuten vor dem Essen einnehmen, denn dann verhindert Honig die Absonderung von Magensaft. Und umgekehrt: Ist jemand an einem Magengeschwür erkrankt und hat wenig Säure, dann nimmt er Honig unmittelbar vor dem Essen ein, denn so wird die Absonderung von Magensaft kräftig angeregt.

Honig hat sich auch als verdauungsregulierendes Mittel erwiesen. Dabei ist es jedoch äußerst wichtig, ihn richtig zu verwenden. Handelt es sich zum Beispiel um Verstopfung, dann nimmt man Honig aufgelöst in kaltem Wasser ein, besonders morgens, und ist das Gegenteil der Fall, muß Honig unbedingt mit warmem Wasser eingenommen werden."

Dr. Jojriš empfiehlt, bei der Behandlung von Gastritis, Magen- und Zwölffingerdarmgeschwür mit Magensaftüberschuß die Honig-Therapie zwei Monate lang durchzuführen, in der Menge von je 30 g Honig morgens und abends, und 40 g tagsüber. Diese Patienten sollten in ihrer Ernährung Zucker völlig durch Honig ersetzen, dies trägt zur Normalisierung der Magentätigkeit bei. Langjährige Beobachtungen haben ergeben, daß der systematische Gebrauch von Honig in der Ernährung dazu verhilft, daß der Magen wieder normal funktioniert.

Heilung psychosomatischer Erkrankungen

Dr. E. A. Ludjanski, Arzt im Vologodsker Krankenhaus, meint, daß von Jahr zu Jahr die Anwendung von Bienenprodukten bei der Heilung nervlicher und psychischer Erkrankungen zunimmt, und begründete auf der Wissenschaftlichen Apitherapie-Konferenz 1988 in Dnjepropetrovsk die Popularität dieser Heilweise folgendermaßen:

„Die Immunschwäche der Menschen, die nachlassenden Schutzfunktionen des Blutes und seiner Zusammensetzung, immer häufigeres Auftreten verschiedener Allergien und Infektionen, bei denen gewöhnliche Medikamente nicht wirken – all das hat uns dazu gezwungen, die Bienenprodukte als universale natürliche Mittel zur Behandlung und Prophylaxe psychosomatischer Erkrankungen heranzuziehen.

Unsere Untersuchungen haben gezeigt, daß bei der Behandlung dieser Erkrankungen die Vielfalt der Wirkungen bei gleichzeitiger Anwendung verschiedener Bienenprodukte eine große Rolle spielt: Pollen mit Honig; Futtersaft mit Pollen; Propolis mit Honig, da sich so die Wirkung jedes einzelnen Produkts wesentlich verbessert.

Zur erfolgreichen Anwendung von Bienenprodukten bei der Heilung und Prophylaxe von psychosomatischen Erkrankungen ist es unerläßlich, die pharmakologischen, immunologischen, antibakteriellen, tonisierenden und sedativen Funktionen zu kennen, und der Heilungseffekt hängt auch von den günstigsten Dosierungen ab. Durch kleine Dosen ‚Apilak' zum Beispiel heilt man erhöhten arteriellen Druck, in mittleren Dosierungen arterische Hypotonie usw."

Genaue Kontrolle der Dosierung

Dr. Ludjanski untersuchte Patienten mit Folgen von Gehirnverletzungen, bei Entzündungsprozessen der Magenschleimhaut und des Zwölffingerdarms (85 Patienten) und bei arterischer Hypertension, für die die Neigung zu Asymmetrie und Krisenzuständen charakteristisch war (64 Patienten).

Alle Patienten erhielten Bienenstiche (60–100 Stiche im Laufe einer Therapie-Kur) in die Akupunktur-Punkte im Bereich des äußeren Ohres.

Kranke mit einem Magengeschwür erhielten 1 Teelöffel Pollen 2- bis 4mal täglich, je nach Verschlimmerung der Krankheit.

Bei dem führenden Syndrom der arterischen Hypertonie wurde den Patienten das Präparat „Apilak" 0,01 verschrieben, zweimal sublingual der Zunge, im Laufe von 20–30 Tagen.

Allen Kranken wurde auch Honig von verschiedenen Pflanzenarten eingegeben, aber die Methode der Einnahme hing ab vom Charakter der Erkrankung. Bei Magen-Darm-Krankheiten wurde unabhängig vom Grade der Erkrankung 1 Eßl. Honig 2–3 mal täglich 1–2 Monate lang gegeben. Bei Kolitis wurde Honig 2–3 mal nach dem Essen gegeben.

Unter Beachtung des pathogenetischen Interesses der Niere bei erhöhtem arterischem Druck, Lebererkrankungen und sklerotischen Kreislauferkrankungen wurde Pollen auch Gruppen solcher Patienten gegeben. Labor- und Klinikuntersuchungen haben gezeigt, daß ein langdauernder Gebrauch von Pollen mit Honig oder Perga mit Honig – 2–3 Monate lang – zu einer wesentlichen Besserung der Nieren- und Lebertätigkeit führt, bei niedrigerem Cholesterolanteil und Triglyzeriden im Blut.

Untersuchungen haben bestätigt, daß bei nervlichen und psychosomatischen Erkrankungen dank solcher komplexer Nutzung von Bienenprodukten die besten Wirkungen erzielt werden, bei präziser Festlegung der Dosis und Methode ihrer Einnahme.

Überprüfung der Präparate in der Geriatrie

In der Abteilung für klinische Pharmakologie des Institutes für Pharmakologie und Toxikologie in Sarajevo wurden die Eigenschaften und Wirkungen des Präparates „Florapol" (Perga- und Futtersaft-Mischung) in der geriatrischen Symptomatologie überprüft.

Prof. Dr. Irfan Zulić, klinischer Pharmakologe, und seine Mitarbeiter Zoran Kontić und Dr. Adnan Kapidžić erfaßten in den Untersuchungen 37 Patienten, von denen sich 29 auch einer Kontrolluntersuchung in einem bestimmten zeitlichen Abstand unterzogen. Die Dosis betrug in der Regel drei Kapseln täglich, und in Fällen mit ausgeprägt subjektiven Symptomen 6 Kapseln täglich.

„Auf Grund der kurzen therapeutischen Erfahrung mit ‚Florapol' sind wir der Meinung, daß die heilsamen Wirkungen dieses Präparates auf die vasodilatatorischen Komponenten zurückzuführen sind. Sie bedingen eine Verbesserung der Blutzirkulation in allen Organen und besonders im zentralen Nervensystem, in Herz und Muskeln. Dadurch lassen sich die statistisch signifikanten Veränderungen erklären, die bei den subjektiven Symptomen der Patienten entstehen, und die 2- bis 3mal verbessert sind im Verhältnis zur Periode vor der Behandlung mit dem Bienenpräparat.

Es ist bekannt, daß die verschiedenen Bienenprodukte heutzutage Mittel darstellen, um veränderte physiologische Zustände zu behandeln, wie bei Veränderungen im dritten Lebensalter, in der Rekonvaleszenz oder bei Entwicklungsstörungen Jugendlicher. Die Bienenprodukte wurden chemisch analysiert, und man stellte das Vorkommen sehr aktiver Komponenten fest, die pharmakologische Wirkungen erzielen", äußerte sich zum Abschluß Prof. Dr. Irfan Zulić.

Wertvolle Erleichterungen für Diabetiker

Dr. Rudolf Frey, Chef der Abteilung im Allgemeinen Spital in Korneuburg, schreibt in seiner wissenschaftlichen Studie: „Unsere Erfahrungen mit ‚Florapol-Melbrosia' zeigen, daß es sich hier um ein wertvolles, unschädliches Naturpräparat handelt, das eine hohe Dosis Futtersaft in Verbindung mit Blütenstaub (Pollen) und Spurenelementen enthält, aber auch einen sehr wichtigen Stoff – Glutaminsäure, die für den Metabolismus des Zellkerns wichtig ist und sehr gute Resultate bei mehrfachen psychischen und somatischen Begleiterscheinungen und Erkrankungen der Diabetiker erzielt.

Die Anwendung von ‚Florapol-Melbrosia' bei Diabetes mellitus führte zu einer wesentlichen Besserung. Das Präparat schloß weder Insulin aus noch perorale Präparate in Form von Sulfonamiden und Nesulfonamiden, auch wurden die angewandten Diäten in keiner Weise verändert.

Besonders beachtenswerte Resultate wurden bei den Diabetikern erreicht, die ausgeprägte Ermüdungserscheinungen, Erschöpfung, physische und psychische Schwäche, den Beginn klaudikationer Beschwerden und körperliche und geistige Anspannung zeigten. Eine solch nützliche Wirkung wurde auch bei Diabetikern mit klimakterischen Beschwerden, Schlafstörungen, Rheumabeschwerden, Vergeßlichkeit, chronischer Opstipation und dystonischen Kreislaufbeschwerden festgestellt. Bei einer Behandlung mit dem Futtersaft-Pollen-Präparat kam es zu spürbarer Besserung.

Außer der antidiabetischen Therapie und der entsprechenden Diät dauerte die Kur mit ‚Florapol-Melbrosia' 14 Tage lang, jeden Morgen schluckten die Patienten, ohne zu beißen, eine ganze Kapsel auf leeren Magen, ein bis zwei Stunden vor dem Frühstück.

Auf Grund der eigenen Erfahrung haben wir erkannt, daß die Anwendung dieses Präparats auf der Basis natürlicher Bienenprodukte als Hilfsmittel bei der Heilung der Diabetes völlig berechtigt und empfehlenswert ist."

Erfahrungen der Chirurgen

Auf dem Symposium in Bukarest 1976 diskutierte der rumänische Wissenschaftler Prof. Dr. Š. Roman über die Anwendung der Apitherapie in der Periode bis zur Operation oder nach der Operation und sagte:

„Der Chirurg hat längst aufgehört, ein besonders geschickter Techniker zu sein. Heutzutage tritt er als Kliniker mit ausgezeichneten physiopathologischen Kenntnissen auf (und dazu ist er verpflichtet), der in den Fragen der Biochemie, Physik, sogar der Genetik bewandert ist . . ."

Es ist zum Beispiel bekannt, daß für den operierten Patienten eine wertvolle, rationelle Ernährung, die vor allem Kohlenhydrate und Eiweißstoffe in leicht bekömmlicher Form enthält, ebenso nützlich ist wie das beste Medikament. In der Phase der postoperativen Genesung verbraucht der Patient, der sich schon durch irgendeine chronische Erkrankung schlecht ernährt hat, fortgesetzt seine eigenen Eiweißstoffe und Glykogen-Vorräte, gerade dann, wenn sein Organismus sie in größeren Mengen für die Verheilung von Wunden und zur Aufrechterhaltung der Funktionstätigkeit der Leber benötigt.

Andererseits setzen die meisten Patienten mit schweren Erkrankungen des Verdauungstraktes auch nach der Operation fort, die Nahrungsaufnahme zu verweigern, obwohl dem kranken Organismus eine Menge von Kohlenhydraten zur Verfügung gestellt werden muß, die den täglichen Bedarf decken (min. 5020 bis 6332), was dem Organismus durch intravenöse Perfusionen an Glykosesalzen zugeführt wird.

Jedoch darf die parenterale Ernährungsweise nicht allzu lange dauern, und sie ist auch nicht immer empfehlenswert, da sie bestimmte Reaktionen hervorruft und von vielen Patienten schwerer ertragen wird. Deshalb schlägt man vor, so früh wie möglich zur peroralen Ernährung überzugehen, weil bekannterweise die Schleimhaut des Verdauungstraktes der selektivste Filter für die Nährstoffe des Organismus ist.

Die Bienenprodukte – Honig, Blütenstaub und Futtersaft – stellen nach Meinung von Prof. Roman eine ideale Ernährung vor und nach der Operation dar, weil sie auch in kleiner Menge und hochkonzentriert alle für den Organismus notwendigen Elemente enthalten: Glyzide, die, durch den Filter des Verdauungstraktes gelangt, direkt vom Blutsystem zur Wiederherstellung der Glykogenvorräte in der Leber beitragen, weiterhin unersetzliche Aminosäuren, Mineralsalze und eine Vielzahl an Vitaminen, von denen die Vitamin-B-Komplexe und Folacin (Folsäure) am wichtigsten sind.

Pollen erneuert die Peristaltik des Darms

„Bienenprodukte, besonders Blütenstaub, enthalten auch Fermente, wie Amilase, Katalase, Diastase, Invertase, Phosphatase, Lipase u. a., die in der postoperativen Phase im Verdauungstrakt nicht ausreichend vorhanden sind. So wird durch Pollen die Drüsensekretion des Verdauungstraktes erneuert, was wiederum den Appetit fördert und die Peristaltik des Darms wiederherstellt.

Hinsichtlich der Eigenschaften der Bienenprodukte und deren biostimulativer Wirkung gaben wir diese den Patienten mit schweren Erkrankungen des Verdauungstraktes und der Gallengänge, die chirurgischen Interventionen unterlagen. Solchen Patienten gaben wir zweimal täglich, morgens und abends, zwei Teelöffel Blütenstaub vermischt mit zwei Löffeln Honig und Futtersaft (im Verhältnis von 1 %).

Auf Grund unserer Untersuchung zahlreicher Patienten kamen wir zu folgenden Ergebnissen: Für die Phasen vor der Operation wurde auch bei minimaler Anwendung der Apitherapie, die nur 4–7 Tage dauerte, erhöhter Appetit und Zunahme des Körpergewichts festgestellt, und bei Patienten mit neurovegetativer Dystonie, Erregung und Schlaflosigkeit, kehrte durch die Verwendung der Bienenprodukte das nervlich-psychische Gleichgewicht wieder zurück, und sie ertrugen die Operation besser.

In der Phase nach der Operation normalisierte sich der Appetit, gleichzeitig auch der Verdauungsgang (wahrscheinlich durch die Erneuerung der Verdauungsdrüsen).

Die Angaben zur schnellen Wiederherstellung des Körpergewichts, der körperlichen Kräfte und der Arbeitsfähigkeit haben bestätigt, daß der Gebrauch der Bienenprodukte vor und nach chirurgischen Eingriffen sehr wirkungsvoll und empfehlenswert ist" – schlußfolgert Prof. Dr. Š. Roman.

Honig-Pollen-Mischungen

Die Kombination von Honig und Blütenstaub (Pollen) im Verhältnis 1:1 oder 2:1, sorgfältig vermischt und kühl aufbewahrt, wurde auch in der Sowjetunion bei der Ernährung erschöpfter und chronisch erkrankter Patienten, ebenfalls bei Patienten vor und nach Operationen erprobt.

A. I. Bašmakov und V. K. Černov aus dem Institut für klinische und experimentelle Chirurgie von Kasachstan empfehlen, als Biostimulator zur Erhöhung der Immunität des Organismus diese Mischung zu geben, die eine unspezifische, aber vielfältige positive Wirkung auf den menschlichen Organismus ausübt.

„Dank dieser Honig-Pollen-Mischung normalisieren sich Schlaf und Appetit, Körpergewicht, auch die Stimmung bessert sich. Die Mischung trägt auch zur Normalisierung des Blutes bei: Die Hämoglobin- und Erythrozytenmenge erhöht sich. Das Vorkommen sehr wichtiger Schutz- und Nährstoffe, wie Eiweißstoffe, Fermente, Vitamine, Minerale, Kohlenhydrate und Fette, rechtfertigt diese Mischung als außerordentliches Mittel für die zusätzliche Ernährung.

Die anfängliche Dosierung ist ein Teelöffel Mischung dreimal täglich vor dem Essen, aufgelöst in $^1/_8$ und $^1/_{10}$ l warmem Wasser oder Tee. Nach 3–5 Tagen werden die Dosierungen von Tee- auf Eßlöffeln erhöht, abhängig von Gewicht und Alter der Patienten.

Bei Patienten, die vor einer Operation stehen, dauert die Honig-Pollen-Therapie in der Phase der Vorbereitung 20–30 Tage, nach der Operation 15–20 Tage. Bei geschwächten Patienten mit Vergiftungen wird die Therapie bis zu zwei Monaten verlängert, mit einer Pause von 10 Tagen nach dem dreißigsten Tag" – so präzisierten die Wissenschaftler Basmakov und Cernov ihre Erfahrungen.

Absolute Verbote, diese Mischung anzuwenden – bestehen nicht. Nur ausgeprägte Diabetes kann ein Grund sein, diese Mischung zu vermeiden oder erhöhte Empfindlichkeit einiger Personen gegenüber Honig und Pollen. In solchen Fällen könnte es zu Ausschlag, Kopfschmerzen, Niesen, Husten, Juckreiz u. a. kommen.

Bei Kleinkindern, jünger als 5 Jahre, sollte man besonders vorsichtig sein, da sie in diesem Alter zu Diathese neigen.

Für Magen-Darm-Erkrankungen

Die Ärzte Bašmakov und Černov aus Kasachstan haben die Honig-Pollen-Mischung bei der Heilung von Gastritis und Magengeschwüren untersucht und beachtenswerte Resultate erreicht.

Wie sie auf der Apitherapie-Konferenz in Dnjepropetrovsk mitteilten, ist für den Erfolg bei einer solchen Behandlung die Beachtung des Säurezustands des Magensaftes unerläßlich. „Bei Magensäureüberschuß (in Fällen hyperacider Gastritis und bei Magengeschwür) wird die Mischung 1,5 bis 2 Std. vor dem Essen oder 3 Std. nach dem Essen verabreicht, aber unbedingt in warmem Wasser oder Tee. Eine solche Lösung ermöglicht die Verdünnung der Magenschleimhaut und die schnellere Aufnahme der Mischung, wobei die Säure abnimmt.

Bei geringer Magensäure muß die Mischung unmittelbar vor dem Essen in kaltem Wasser aufgelöst eingenommen werden. Auf diese Weise unterstützt die Wasserlösung die Bildung des Magensaftes, erhöht die Säure, bewahrt den Mageninhalt und reizt den Darm.

Die Mischung hat zweifache Wirkung: lokal – durch die

Möglichkeit, die Oberfläche des Geschwüres durch die Magenschleimhaut zu erneuern (Honig heilt äußere Verletzungen und Geschwüre) und – allgemein stärkend, besonders das Nervensystem betreffend.

Die Magenuntersuchungen, die wir an 43 mit Honig und Pollen geheilten Patienten unternahmen, zeigten mit Hilfe der Fibrogastroskopie auch nach der Behandlung, daß die Geschwüre bei solchen Patienten sehr viel schneller zusammenwachsen und auch völlig entfernt werden können. Bei verstärkten Schmerzen im epigastralen Bereich muß man diese Mischung vermeiden. Ist die Reaktion auf diese Mischung günstig, wie bei den meisten Patienten, lassen die Magenschmerzen allmählich nach, kehrt der Appetit zurück, die Patienten können wieder schlafen, und das Körpergewicht nimmt zu.

Der Gebrauch dieser Mischung schließt nicht die Anwendung allgemein bekannter Therapien aus. Wie unsere Untersuchungen gezeigt haben, beeinflußt eine komplexe Therapie wesentlich schneller und günstiger den Heilungsprozeß als nur eine spezifische Therapie.

Die Dauer der Therapie mit der Honig-Pollen-Mischung beträgt im Durchschnitt 1–2 Monate. Nach einer Pause von 10–15 Tagen wird sie fortgesetzt", raten die sowjetischen Experten.

Der Arzt bestimmt erhöhte Dosierungen

Den heilsamen Einfluß der Honig-Pollen-Mischung auf die Leber erklärt man einerseits durch den Glykose-Gehalt im Honig, andererseits durch die reichhaltigen Mineralstoffe, Vitamine, Fermente, Hormone u. a. im Pollen.

Die Mischung wurde Patienten mit Hepatitis verschiedener Etiologien gegeben: Leber-Echinokokkus, Leberzirrhose, und sie war auch bei Cholezystitis wirksam.

Den Patienten kann man Pollen und Honig auch in der Periode voroperativer Vorbereitungen, 10–15 Tage und 1–2 Monate nach Tumor-, Leber-Echinokokkus- und Gallensteinoperationen u. a. geben. Bei konservativen Therapien für Lebererkrankungen wird diese Mischung 2–3 Monate länger verschrieben.

„Unsere Anwendung der Mischung bei 32 Kranken führte zu verringerter gelblicher Hautfarbe, besserem Appetit, weniger Schmerzen. Die Blutanämie, die Bilirubin-Menge, ging auch zurück, und der Zucker im Blut normalisierte sich.

Kindern und Jugendlichen empfehlen wir einen Teelöffel in warmem Wasser aufgelöst, dreimal täglich vor dem Essen. Erwachsenen: einen Eßlöffel dreimal täglich vor dem Essen.

In besonderen Fällen ist individuell eine Erhöhung der Dosierung möglich, aber nur unter ärztlicher Kontrolle, denn erhöhte Mengen Honig können die Widerstandskraft des

Die Natur hat dem Menschen mit ihren Bienenerzeugnissen eines der wertvollsten Naturprodukte geschenkt

Magens gegenüber Kohlenhydraten überfordern ..." sagen die Ärzte Bašmakov und Černov.

Energetisches Material für den Herzmuskel

Es ist bewiesen, daß Glykose von Honig und Pollen als unersetzliches energetisches Material für den Herzmuskel zu betrachten ist. Deshalb trägt bei Herzerkrankungen – Myokarditis verschiedener Ätiologien, Herzfehlern u. a. – die Honig-Pollen-Mischung zu verstärkter Kraft des Myokards bei und zur Verringerung der Herzgröße. Man muß die Mischung in warmem Wasser, Tee oder Milch aufgelöst einnehmen, 1 Eßl. 2- bis 3mal täglich vor dem Essen, und dies 2 Monate lang.

Bei der Behandlung von 37 Patienten mit verschiedenen herzkardiochirurgischen Pathologien wurde die Mischung nach chirurgischen Eingriffen genutzt. Außerdem erhielten 18 Patienten die Mischung bei therapeutischer Pathologie der Herzblutgefäße (Myokarditis, Myokardiotrophie, Herzfehler).

Zusammen mit anderen Heilmitteln wurde die Wirkung bei den meisten Patienten durch die Honig-Pollen-Mischung wesentlich erhöht.

Für verringerte Entzündungsprozesse der Lunge

Bei chronischen Lungenerkrankungen – bronchoektatische Krankheit, Abszeß-Pneumonie, chronische Pneumonie u. a. – die einhergehen mit langer eitriger Vergiftung, Anämie, Schwäche, Husten mit Auswurf und anderen charakteristischen Anzeichen, wirkt die Honig-Pollen-Mischung nicht als spezifisches Mittel, sondern hilft durch den Einfluß auf einzelne Funktionen im System des Organismus dem Organismus im ganzen.

Die Patienten bemerkten außer allgemeinen Zeichen der

Besserung, Normalisierung des Appetits, des Schlafvermögens und bessere Stimmung auch verringerten Husten mit weniger Auswurf. In den Lungen ging der Entzündungsprozeß zurück, im Blut erhöhte sich die Anzahl der Erythrozyten, des Hämoglobins; die giftige Körnigkeit, eine Reaktion der Ablagerung von Erythrozyten und Leukozyten, ging zurück.

Eine solche Mischung schließt nicht die Nowendigkeit aus, die Lungenerkrankungen spezifisch zu behandeln. Wie jedoch Untersuchungen gezeigt haben, ist eine komplexe Therapie wesentlich wirksamer als eine nur spezifische.

Zusammenfassendes Urteil über die Honig-Pollen-Mischung

Nach langer mehrfacher Überprüfung beurteilten die Kasachstaner Ärzte Bašmakov und Černov die günstige Wirkung der Honig-Pollen-Mischung:

1. Blütenstaub (Pollen) ist ein kostbares Heilmittel aus dem Bienenstock, das unerläßliche Komponenten zur Normalisierung und Unterstützung der Homöostase bei geschwächten und schwerkranken Patienten enthält. Diese Mischung dient auch als wirksames Mittel für Vorbereitungen auf chirurgische Eingriffe und ebenfalls für die schnelle Genesung in der nachoperativen Periode.

2. Die Honig-Pollen-Mischung besitzt außer der heilsamen Wirkung auch wichtige Nähreigenschaften. Ihr Gehalt an Eiweißstoffen, Fetten, Kohlehydraten und Vitaminen macht sie zu einem unersetzlichen Produkt für erschöpfte und chronische Patienten, und sie kann auch erfolgreich als Zusatznahrung genutzt werden.

3. Da sie über eine ausgeprägt hämostimulierende Wirkung verfügt, wird die Honig-Pollen-Mischung auch bei Anämie verschiedener Ätiologien empfohlen. Durch ihre Anwendung erhöht sich der Hämoglobin- und Erythrozyten-Gehalt, verringert sich die Verbindung der Erythrozyten, die

Anzahl der Leukozyten und verschwinden die giftigen Elemente im Blut.

4. Bei Fällen individueller Überempfindlichkeit gegenüber Pollen und Honig muß von der Mischung ganz abgesehen oder sie muß verringert und die Dosis unter ärztlicher Kontrolle eingenommen werden.

Strahlenschutz

Können Bienenprodukte auch als Schutz des menschlichen Organismus vor schädlichen Folgen der ionisierenden („X"- und „Gamma-Strahlen") Strahlen genutzt werden, wo immer mehr Menschen der Radioaktivität ausgesetzt sind? Auf diese Frage hat der Wissenschaftler Prof. Dr. Izet Osmanagić in seinem Referat „Radioaktivität als morbogener Faktor der Umwelt und die Rolle der Apitherapie" auf dem 3. Internationalen Symposium in Portoroz 1978 eine sehr interessante Antwort gegeben.

Unter Hinweis auf 180 Verbindungen mit radioaktiven Eigenschaften, von denen 23 in der Landwirtschaft, 32 in der Industrie, 17 als Nahrungszusatz und sogar 82 in der Medizin genutzt werden, machte Prof. Osmanagić darauf aufmerksam, daß die Menschen durch den ständig zunehmenden Gebrauch der nuklearen Energie in Landwirtschaft, Technik, Industrie und Medizin fortwährend mit den verschiedensten Strahlungsquellen in Berührung kommen:

„Die lebenden Organismen absorbieren nicht nur aus künstlichen Quellen und der Atmosphäre radioaktive Strahlen, sondern sie werden von ihnen auch direkt über die Nahrung angegriffen, da sie sich auch in einigen Lebensmitteln ansammeln, in den Blutkreislauf gelangen und sich in den Knochen ablagern, von wo aus sie unablässig das Knochenmark bestrahlen und die Erkrankung dieses blutbildenden Organs hervorrufen.

Die Menschen haben heutzutage die globale Gefahr erkannt, ihre gesunde Umwelt plötzlich zu verlieren, eine der wichtigsten Bedingungen für ihre Lebens- und Arbeitsfähigkeit, und sind darauf eingestellt, jede konstruktive Idee anzunehmen, die sie vor morbogenen Faktoren schützt.

Der bestrahlte Organismus ist spontan darum bemüht, sein inneres energetisches und biochemisches Gleichgewicht wiederherzustellen. Es sollte unsere Aufgabe sein, daß wir als Mediziner und Pharmakologen diese Bemühungen durch entsprechende Mittel unterstützen, welche die Erneuerung der somatischen Stabilität erleichtern. Hier bieten sich für uns neue Perspektiven in der Apitherapie und Apiprophylaxe, und besonders in dem sehr ausgedehnten Bereich des Schutzes vor Radioaktivität als moderner morbogener Faktor.

Nicht nur Personen, die zu therapeutischen Zwecken bestrahlt werden, sind diesen Gefahren ausgesetzt, sondern auch solche, die unablässig, meistens professionell, in kleineren Mengen Strahlungen ertragen müssen, die sich im Körper ansammeln und ihn permanent beschädigen.

Diese Menschen, und es sind nicht wenige, klagen über ständige Müdigkeit, Adynamik, Ohnmacht, Schweißausbrüche, Impotenz, Apathie usw. – und bezeichnen diese Beschwerden als ‚Manager-Krankheit'.

Ein Beitrag zur Heilung beschädigter Organe

Um ihre Beschwerden zu bekämpfen, sind Personen mit dem ‚radioaktiven Syndrom' dazu gezwungen, aus eigener Initiative oder laut Empfehlung des Arztes verschiedene Pharmaka einzunehmen, von Anabolika bis zu Sedativa, die bei längerem Gebrauch unerwünschte Nebenwirkungen im Organismus hervorrufen können. Viele wissen nicht, daß verschiedene pharmazeutische Präparate erfolgreich durch Bienenprodukte ersetzt werden könnten, die auch bei ständigem Gebrauch keine Funktionsstörungen irgendeines Organs oder negative Reaktionen hervorrufen.

Die natürlichen Bienenprodukte – Bienenstaub und Futtersaft – sind reich an Aminosäuren, Eiweißstoffen, Vitaminen und Mineralien, und sie schließen sich erfolgreich dem Bemühen des Organismus an, die durch Strahlungen hervorgerufenen Veränderungen zu überwinden. Sie unterstützen die Fermentierung und kompensieren den Mangel an Eiweiß und Elektrolyt, somit tragen sie zur Wiederherstellung der durch Strahlungen beschädigten Organe bei und das bioenergetische Gleichgewicht des Organismus wieder her.

Im Zagreber Institut für Gesundheitsschutz, später auch in Ljubljana veröffentlichte Analysen haben 15 im Blütenstaub vorkommende, freie oder an Eiweißstoffe gebundene Aminosäuren vorgestellt. Unter ihnen nehmen die essentiellen Aminosäuren eine besondere Stelle ein.

Bei den Patienten, die wegen bösartiger Prozesse behandelt werden, muß man beachten, daß ein großer Teil von ihnen auch durch Zytostatika geheilt wird. Meistens rufen diese, ähnlich wie die Strahlung, Veränderungen an den Schleimhäuten, blutbildenden und parenchymatösen Organen hervor. Die entstandenen Veränderungen führen auch zu Beschwerden, die den radioaktiven ähneln. Diese Tatsache verleiht der therapeutischen Bedeutung der Honig-Pollen-Präparate eine neue Dimension und eröffnet neue Möglichkeiten ihrer Anwendung."

Prof. Dr. Osmanagić hebt hervor: „Es ist nicht überflüssig, darauf hinzuweisen, daß die gemeinsame Eigenschaft der Zystostatika und der radioaktiven Bestrahlung die Inhibition der immunen Kräfte des Organismus ist (durch Hemmung der Antikörper-Produktion). Dieser Prozeß, durch den die Heilungschancen verschlechtert wurden, verläuft ebenfalls über die Leberzellen als wichtiges entgiftendes Organ im Körper. Er enthüllt noch eine Indikation für die Apitherapie und bietet den Bienenprodukten eine neue Chance, durch unmittelbare günstige Wirkung auf die Leber ihre Möglichkeiten zu beweisen, die allgemeine Immunität zu erhöhen."

Zahlreiche klinische Tests

Im Laufe langjähriger Untersuchungen an der Gynäkologischen Klinik und im Radiologischen Institut in Sarajevo untersuchte Prof. Dr. Izet Osmanagić den heilsamen Einfluß von Futtersaft und Blütenstaub an Krebskranken, die wegen stärkerer Bestrahlung das sogenannte Strahlungssyndrom oder die „Röntgenkrankheit" zeigten.

In einem Interview für die populäre Zeitschrift „Zdravlje" aus Ljubljana äußerte sich Prof. Osmanagić folgendermaßen: „Früher haben wir Patientinnen, die durch die Strahlenbehandlung wesentlich geschwächt waren, Glykose, Litison, Vitamin C, verschiedene Anabolika und Essentiale, Reduktin und andere Stärkungsmittel gegeben. Viele Kranke jedoch konnten nicht mehr die immer größeren Dosierungen dieser pharmazeutischen Präparate einnehmen, die nach längerem Gebrauch unerwünschte schädliche Nebenfolgen hervorrufen können. Das brachte uns auf den Gedanken, diesen Patientinnen durch Futtersaft und Pollen zu helfen, um leichter die Folgen der Bestrahlung zu ertragen, zwei Naturprodukte, deren Einfluß auf den geschwächten Organismus in der Welt mehrfach nachgewiesen worden ist.

Wir untersuchten ca. 200 Patientinnen mit bösartigen Tumoren. Die Labor- und radiologischen Befunde stellten die Anzeichen der Röntgenkrankheiten fest und die Heilerfolge durch die Bienenprodukte.

Während des letzten Tests gaben wir den Patientinnen zwischen dem dritten und sechsten Tag, sobald sich die ersten Folgen der Bestrahlung zeigten, dreimal täglich eine Tablette ‚Apipola', die 40 % Blütenstaub und 3 % Futtersaft enthalten.

Nach der Dosis von 60 Tabletten beurteilten wir die Wirkung des Präparats, das von den Patientinnen ohne Störungen ertragen worden war. Schon nach der dritten oder vierten Einnahme des Präparats fühlten sie sich besser in physischer und psychischer Hinsicht, sie bewegten sich leichter, schliefen besser und ertrugen die letzte vorgesehene Bestrahlung leichter.

Bei den zu 88,8 % mit Futtersaft und Pollen versorgten Patientinnen verbesserte sich der Zustand wesentlich, und nur bei 11 % wurde keinerlei Besserung festgestellt. In der kontrollierten Gruppe, in der die Patientinnen Placebo genommen hatten, verbesserte sich der Zustand nur bei 16 % der untersuchten Patientinnen."

Harmonisches Gleichgewicht der Komponenten

Auf die Frage, warum bei den bestrahlten Patientinnen vor allem die Leber Ziel der Untersuchungen gewesen war, antwortete Prof. Dr. Osmanagić:

„Bestrahlungen beeinflussen außer dem Knochenmark und den Geschlechtsdrüsen sehr stark die Leber – das wichtigste chemische Labor des Organismus. Die Verdauungsorgane werden vom Blut versorgt, das in der Leber die notwendigen Nährstoffe aufnimmt und dann wieder in die Leber zurückkehrt. In der Leber werden die Materien verarbeitet und von den Giften befreit, so daß das Blut aus der Leber allen anderen Geweben des Organismus die gereinigte und den Zellen entsprechende Nahrung zuführt, so wie die Zellen sie zur Funktion, Erneuerung und zum Schutz benötigen. Man könnte sagen: Der Mensch fühlt sich so, wie seine Leber funktioniert.

Haben wir zum Beispiel am Abend vorher zuviel Alkohol getrunken, ist der morgendliche Kater vor allem die Folge der gereizten und überlasteten Leber, die an der Neutralisierung des giftigen Alkohols arbeitet. Auf diese Weise hilft die Leber dem Organismus auch sehr wirksam dabei, unerwünschte Folgen der Bestrahlung zu überwinden.

Für den Patienten, dessen Organismus durch die Bestrahlung wesentlich geschwächt ist, bedeutet es etwas ganz anderes, wenn er einen Löffel guten Honig verwendet, dem Blütenstaub und Futtersaft hinzugefügt sind, als eine Injektion zu erhalten, das nur begrenzt wirkt und möglicherweise unerwünschte Nebenerscheinungen aufweist. Zur Verwendung von Honig gibt es noch einen Grund: Glykose ist Glykose, Vitamin C ist Vitamin C. Jedoch sind Honig, Pollen und Futtersaft gleichzeitig auch die Vitamine C, E, B, Traubenzucker, Fruchtzucker und ein ganzer Komplex von 20–30 Pflanzenhormonen, Fermenten und Mikroelementen in einem harmonischen natürlichen Gleichgewicht, und sie haben dazu noch angenehmen Geruch und Geschmack.

Wichtig ist es auch zu wissen, daß die Bienenprodukte ruhigen Gewissens zusammen mit anderen Medikamenten eingenommen werden können, denn sie beeinflussen in keiner Weise ihre Wirkungsweise, sondern im Gegenteil, sie unterstützen und verstärken diese Wirkung –" sagt Prof. Osmanagić.

Propolis in der Otorhinolaryngologie

Wie Dr. P. N. Dorošenko aus Kiew mitteilte, verwendete man in der Sowjetunion immer mehr Propolis und seine Präparate zur Behandlung zahlreicher otorhinolaryngologischer Erkrankungen.

Es wurde festgestellt, daß Propolis auf mehr als 100 Typen von Mikroorganismen tödlich wirkt. Seine ausgeprägte viruzide Aktivität wurde auch an einem im Eiembryo kultivierten Grippevirus getestet. Nach der Wirkungskraft übertrifft dieses Präparat das bekannte lokale Betäubungsmittel Kokain und Dikain um das Dreieinhalbfache, Novokain um das 5,2fache.

Durch richtige Lagerung erhalten sich die heilsamen Eigenschaften von Propolis bis zu 5 Jahren.

Zur Heilung otorhinolaryngologischer Erkrankungen

wird Propolis als Wasser- und Alkoholextrakt (5–15 %) und als Salbe und Emulsion (3–20 %) angewendet. Bei chronischer Rhinopharingitis werden Propolis-Öl-(Olivenöl-)Applikationen im Verhältnis 1:2 oder 1:3 verwendet, ebenfalls Propolis-Honig-Inhalationen (100,0 ml destilliertes Wasser, 2,0 ml Propolis in einer Alkohollösung von 15–20 % und 10,0 ml natürlicher Bienenhonig).

Die Therapie der Behandlung umfaßt 10–15 Inhalationen.

„Die Anwendung von Propolis und seiner Präparate bei der Heilung verschiedener ORL-Erkrankungen stand bei uns in den letzten 15 Jahren im Mittelpunkt des Interesses, vor allem, weil diese Mittel die Schutzfaktoren des menschlichen Organismus aktivieren, einen günstigen Einfluß auf die Regenerationsprozesse ausüben und wirksam die Infizierung der Schleimhäute herabsetzen", teilte Dr. Dorošenko in seinem Referat auf der Apitherapie-Konferenz in Dnjepropetrovsk mit.

Interessante Untersuchungen in Belgrad

In der Internen B-Klinik in Belgrad wurde das Präparat „Melbrosin-Propolis" intensiv untersucht und eine sehr nützliche Wirkung dieses Naturprodukts auf den menschlichen Organismus festgestellt.

Die Überprüfung des Präparates erfolgte an 24 kontrollierten Patienten, denen man täglich 1–2 Teelöffel des Präparats gab, und die Gesamtdosis für jeden Patienten betrug 2–4 Flaschen. Alle Patienten ertrugen das Präparat gut, außer einer Patientin, die vorübergehend an Durchfall litt.

Unter den Patienten gab es Krankheiten wie Angina pectoris, Hypertonie, posthepatische Beschwerden, überstandener Infarkt, klimakterische Beschwerden, Asthenie, vorzeitiges Altern.

Dr. M. Putnik schreibt. „Wir sind zu dem Schluß gekommen, daß ‚Melbrosia-Propolis' für den menschlichen Organismus tonisierende Eigenschaften besitzt, wahrscheinlich auf Grund des reichen Gehalts an Vitaminen, Aminosäuren, Fermenten und verschiedenen Arten der Kohlehydrate. Man beobachtet eine günstige regulierende Wirkung auf den Metabolismus, und vermutlich gibt es auch regenerative Folgen für das Gewebe.

Der positive Einfluß auf das System der Blutgefäße wird dem cholinergischen Faktor und der Routine zugeschrieben . . ."

Die schnelle Wirkung von Propolis

Am Katheder für pharmazeutische Technologie des pharmakologischen Instituts in Harkov arbeitete eine Gruppe von Wissenschaftlern und Experten an der Methode, Propolis als trockenes Extrakt zur Produktion von Heilsalben für die Anwendung in der Dermatologie und Sportmedizin zu gewinnen.

Bei der Bereitung dieser Salbe berücksichtigte man die Fähigkeit des trockenen Propolis-Extrakts, sich in Dimetilsulfoxid und Polyethylenoxyd-400 aufzulösen, und so wurde das Extrakt grundsätzlich als Lösung eingeführt. Dadurch unterscheidet sich die Technologie dieser Salbe von der bekannten Salbe „Propoceum", in der sich der zähflüssige Extrakt als Suspension befindet, was die therapeutische Wirkung sehr stark mindert.

Die Wissenschaftler A. I. Tihonov, V. G.887Gončarov u. a. betonten in ihrem Bericht, daß die Salbe mit trockenem Propolis-Extrakt über eine antimikrobische schnellwirkende Aktivität verfügt, die durch ihre heilsame Wirkung die Salbe „Propoceum" übertrifft.

„Es wurde nachgewiesen, daß Propolis bakterizide, lokal anästhesierende, entzündungshemmende und fungizide

Wirkungen ausübt, die Regeneration der Gewebe stimuliert und positiv die immunobiologischen Prozesse des Organismus beeinflußt.

Dank dieser Eigenschaften kann Propolis erfolgreich in der Chirurgie, zur Behandlung schwer heilender Wunden und in der Dermatologie, zur Heilung starker chronischer und mikrobischer Ekzeme, Hautpilzerkrankungen u. a. verwendet werden", empfehlen die Wissenschaftler aus Harkov.

Honig zur Wundbehandlung

Der Nobelpreisträger und berühmte Philanthrop Dr. Albert Schweitzer veröffentlichte kurz vor seinem Tod eine wissenschaftliche Arbeit, in der er eine sehr erfolgreiche Heilmethode aus seinem bekannten Krankenhaus in Gabun vorstellte: die Verwendung von Honig zur Wundbehandlung.

Die Antibiotika des Honigs begünstigen die Verheilung von Wunden. Unter dem Einfluß des Honigs wird die Zufuhr des Blutes und der Lymphe zur Wunde verstärkt. Die Bakterien werden von der Lymphe mechanisch fortgespült und von den Phagozyten verstärkt getötet. Viele angesehene Wissenschaftler empfahlen Honig als Heilmittel für Wunden, das besser sei als alle Salben und Balsame, wegen der bakterienhemmenden Eigenschaften. Nach den Worten des berühmten Wiener Arztes V. Zeiß „lindert Honig den Schmerz, treibt die Genesung voran und saugt gefährliche Keime in den Wunden auf . . ."

Mehrere Experten: Lucke, Krinickij, Budai u. a. verwandten erfolgreich Honig in der Kombination mit Lebertran zur Behandlung schwer heilender Wunden.

Der sowjetische Wissenschaftler, Dozent Dr. L. N. Danilov, erklärt diese günstige Wirkung des Honigs auf Wunden durch die heutzutage nachgewiesene bakteriziden, tonisierenden und epithelisierenden (beeinflußt die Erneuerung der

Haut und der Schleimhäute) Heilwirkungen, wobei auch die Energiequelle sehr wichtig für den Organismus ist, denn sie bessert den Metabolismus der Gewebe und die Funktion der fermenten Systeme.

Und Dr. M. V. Bulman, Chirurg und Gynäkologe in Norwich, Großbritannien, spricht ebenfalls positiv über die Methode, Wunden mit Honig zu behandeln:

„Trotz der heutigen zahlreichen antiseptischen Methoden ist der Umgang mit infizierten Wunden noch ein großes Problem", sagt Dr. Bulman. „Trockene Gaze und Verbände kleben an den Wunden fest, bei dem Verbandswechsel werden die Wunden und deren Oberfläche verletzt, die Patienten erleiden Schmerzen. Verwendet man feuchte Verbände, dann wird auch das Gewebe der Wunde feucht, was wiederum den Heilprozeß erschwert. Wird die Wunde eingesalbt, bildet sich darauf eine undurchlässige Schicht, die das Abfließen des Sekrets verhindert und so eine neue Infektion entstehen läßt.

Nach verschiedenen Versuchen entschlossen wir uns, flüssigen reinen Bienenhonig zu verwenden. Und was geschah? Honig als bekannter ‚Feind' aller schädlichen Bakterien wirkte sofort, besonders bei eitrigen Wunden. Den trokkenen Verband konnte man leichter wechseln, die Gaze blieb feucht und klebte nicht fest. Außerdem treibt Honig durch seinen Gehalt an Trauben- und Fruchtzucker, Mineralsalzen und besonders Eisen und Vitaminen B und C die Verheilung der Wunde voran. Es bilden sich schneller die neuen Gewebe, die Wunde verheilt schneller.

Auf Grund seiner natürlichen Heilkraft wirkt Honig günstig auf alle Wunden, und wenn er vollkommen sauber ist, kann er in keinerlei Hinsicht schädlich sein", sagt Dr. Bulman.

Futtersaft zur Regeneration des Organismus

Zwei Wissenschaftler aus Argentinien, H. R. Lambert und L. G. Korneho, unterrichteten die medizinische Öffentlichkeit über interessante Entdeckungen im Zusammenhang mit dem Einfluß des Futtersafts auf die Regeneration des menschlichen Organismus.

„Nach langjährigen chemischen, analytischen und klinisch-therapeutischen Untersuchungen des Futtersafts können wir feststellen, daß wir in der schon bekannten Zusammensetzung Globulin-Aminosäure entdeckt haben, unter dem Namen Gammaglobulin bekannt. Es gelang uns, dieses Element zu entdecken, das die Grundbestandteile des Proteins verbindet, dessen Funktion bakterien-, virus- und gifthemmend ist.

In der Protein-Gruppe des Futtersafts ist Aminosäure enthalten, Gelatine genannt, das eine wesentliche Komponente des Kollagens darstellt. Früher hieß es, daß der Zustand der Arterien das Alter eines jeden Menschen kennzeichne, heutzutage müßte man sagen, daß Kollagen vom Alter zeugt.

Das Leben verläuft unter den Bedingungen eines ständigen Metabolismus – des Verbrauchs und der Umwandlung.

In der Zusammensetzung des Futtersafts befinden sich viele Elemente, die der Organismus benötigt, und deshalb erscheint dieses Produkt als Nähr- und auch als Heilmittel, das die Aktivität der lebenden Zellen aufrechterhält. Die Entdekkung von Gammaglobulin im Futtersaft weist die Identifikation der vollwertigen Aminosäure nach.

Während der Untersuchungen des Futtersafts, seiner Zusammensetzung und Wirkung auf den menschlichen Organismus muß man unbedingt auch seine Wirkung auf den alternden Organismus beachten, ähnlich so, wie der Gerontologe diese Frage vom sozialen Standpunkt aus betrachtet, z. B. die Ernährung, das Leben, das progressive Altern eines Menschen.

Kostbares Gammaglobulin

Während des Alterns ist es unerläßlich, Kollagen zu bewahren und zu erneuern, ein Stoff, der im menschlichen Organismus eine wichtige Rolle spielt. Es ist bekannt, daß es in der Zusammensetzung des Futtersafts außer Vitaminen, Mineralen und Aminosäuren auch Gammaglobulin gibt. Dieses ist von erstklassiger Bedeutung zur „Heilung" des Alters.

In der Phase des Alterns vermindern sich progressiv die psychophysischen Funktionen, und dieses Stadium ist auch durch den verstärkten kanzerogenen Faktor gekennzeichnet. Deshalb ist die Anwendung moderner Prophylaxe gegen Zustände organischer Erschöpfung unerläßlich. Unter anderem sollte man Elemente mit ausgeprägt regenerativer Wirkung zu Hilfe nehmen, und genau das ist Futtersaft, eine natürliche Materie, die dem Menschen zugute kommt, und die den Einfluß schädlicher Begleiterscheinungen des Alterns, der Krankheiten und Vergiftungen verhindert.

Heutzutage läßt sich sagen, daß Futtersaft eine der führenden Stellen unter den therapeutischen Mitteln mit regenerativen Eigenschaften einnimmt. In seiner Zusammensetzung befinden sich Gammaglobulin und Gelatine – Elemente von unschätzbarer Wirkung auf den Organismus des Menschen, besonders wenn sie dem Organismus als Injektion zugeführt werden. Dank der Tatsache, daß Futtersaft unmittelbar vom Blut aufgenommen wird, ändert sich seine reichhaltige natürliche und kostbare chemische Zusammensetzung sehr wenig, die in dem rätselhaften Laboratorium des Bienenstocks entstanden ist.

Honig und Lungenkrankheiten

Der Gebrauch von Honig zur Heilung einiger Lungenkrankheiten, besonders der Lungentuberkulose, war schon seit uralten Zeiten bekannt. In dem berühmten Buch „Ajur-veda" (Buch des Lebens) kann man lesen, daß die alten Inder Honig als eines der besten Heilmittel zur Behandlung der Lungentuberkulose betrachteten.

Hippokrates sagte, daß der Honigtrank zum Aushusten des Schleims und zur Beruhigung des Hustens beitrage. Avicenna heilte Tuberkulosekranke mit Honig und Rosenblättern.

Und in neuerer Zeit wird immer mehr die Bedeutung des Honigs bei der Heilung von Tuberkulosekranken hervorgehoben. In der Klinik des berühmten Wissenschaftlers Prof. Udincevo in der Sowjetunion wurde eine Gruppe von TB-Kranken beobachtet, die täglich 100–150 g Honig erhielten. Es erwies sich, daß die Behandlung mit Honig ausgezeichnete Resultate zeigte. Die Kranken fühlten sich besser, das Gewicht erhöhte sich, der Husten ließ nach, die Magentätigkeit normalisierte sich, die Hämoglobinmenge im Blut nahm zu, die Sedimentation der Erythrozyten ging zurück usw.

Dennoch kann man Honig natürlich nicht als Allheilmittel gegen Tuberkulose bezeichnen, sondern nur die Eigenschaften nutzen, die den Organismus stärken und auf diese Weise zusammen mit anderen Heilmethoden und Medikamenten dem Patienten im Kampf gegen den Tuberkulose-Bazillus helfen. Der bekannte französische Spezialist für Lungenerkrankungen, Dr. Rikor, empfiehlt allen, die zu Erkältungen, Husten oder anderen Erkrankungen der Atemwege neigen, ein sehr nahrhaftes und gesundes Getränk aus Honig und frischen Eiern.

Dieses Getränk enthält viele Vitamine, Kalzium und verschiedene andere bioaktive und nahrhafte Stoffe, die zur Stärkung der Lungen und des gesamten Organismus beitragen. Das Getränk wird folgendermaßen zubereitet:

6 Eier (nicht älter als 1 Tag) in einer Schüssel nebeneinander legen, mit der breiteren Spitze nach oben. Mit dem Saft von 8–10 Zitronen bis oben übergießen, daß sie völlig bedeckt sind. Die Eier in dem Saft 3–4 Tage stehen lassen, bis sich die Schale auflöst. Zwischendurch das Gefäße mehrmals bewegen, um die Flüssigkeit zu mischen.

Nach 3–4 Tagen, nachdem sich die Eierschalen ganz aufgelöst haben und nur die dünnen Häutchen zurückgeblieben sind, alles gut vermischen und passieren. Unter ständigem Rühren 150–200 g Bienenhonig hinzufügen.

Kühl aufbewahren. Vor jeder Mahlzeit eine kleinere Tasse von diesem Getränk einnehmen.

Honigtherapie bei Katarakt

Eine Gruppe von Ärzten des Medizinischen Institutes in Omsk teilte mit, daß Bienenhonig zur Behandlung des beginnenden und unreifen Katarakts mit Erfolg verwendet wurde, und daß bei 83,4 % der Patienten ein günstiger Heileffekt beobachtet wurde, besonders bei der Unterbrechung des beginnenden Katarakts. Die sowjetischen Mediziner betonten und bestätigten auf der Internationalen Konferenz für Äthiopathogenese, Heilung und Prophylaxe des Katarakts 1987, daß die Pathologie der Augenlinse einer der wichtigsten Gründe für Blindheit und Sehschwäche ist, und daß weitere wirksame Methoden der Prophylaxe gefunden werden müssen, ungeachtet der großen Erfolge in der Mikrochirurgie des Katarakts. Sie hoben in ihrem Bericht auch hervor, daß die Pathologie des Katarakts in Verbindung steht mit der Zerstörung des Stoffwechsels nicht nur in den Augen, sondern auch im ganzen Organismus.

Das Vorkommen und Fortschreiten des Katarakts wird auch negativ durch Alkohol, Nikotin und andere Gifte beeinflußt.

Die Wissenschaftlerin N. A. Pučkovskaja beobachtete, daß bei 50–60jährigen, die Katarakt hatten, auch pathologische Veränderungen im Magen-Darm-Trakt bei 25,4 % Patienten vorkamen, im herz-koronaren System bei 25,3 % und an der Leber bei 23,4 % der Patienten.

Bei älteren Personen kam es zu Veränderungen in 65,6, 48,3 und 40,4 % Fällen. Deshalb ist es für die Prophylaxe und Heilung des Kataraks erforderlich, solche Mittel und Methoden anzuwenden, die allgemein die Prozesse des Stoffwechsels im Organismus verbessern.

Nur unter ärztlicher Kontrolle

In der Sowjetunion und in vielen anderen Ländern benutzt man bei beginnenden und unreifen Katarakta meistens verschiedene Tropfen, die Fermente, Vitamine, Kohlenhydrate, Mikroelemente, Aminosäuren und andere bioaktive Materien enthalten. Eine Gruppe von Ärzten des Medizinischen Instituts in Omsk benutzte zu diesen Zwecken sehr erfolgreich Bienenhonig, diesen natürlichen Komplex verschiedener bioaktiver Bestandteile. Honig darf wie jedes andere Heilmittel in der Augenpraxis nur unter systematischer Kontrolle des Augenarztes verwendet werden. Den von den Ärzten aus Omsk behandelten Patienten wurde sterilisierter Honig mit einem Glasstäbchen auf das untere Augenlid gesetzt.

Vor der Behandlung wurden die Patienten gewarnt, daß die Honig-Applikation zu gereizten, geröteten Augen und Tränen führen kann – was auch gut ist, denn dies trägt zu einer Erweiterung der Blutgefäße im unentzündeten Gewebe bei und verbessert die lokale Blutzirkulation.

Allmählich beginnt sich das Auge an den Honig zu gewöhnen, dessen Reizwirkung abklingt, und dies ist schlecht, deshalb muß die Honigbehandlung durch Vitamintropfen ersetzt werden im Rhythmus: 10 Tage Honig, 10 Tage Vitamintropfen.

Falls eine Möglichkeit besteht, wird diese Behandlung durch Elektrophono- und Magnetophorese-Therapien 2- bis 3mal jährlich verstärkt, und zwar in 20–40 Prozeduren pro Kur.

Ausführliche Kontrollen der Patienten haben erwiesen, daß die meisten Honig gut vertrugen, allergische Reaktionen wurden nur bei 7 Patienten beobachtet.

Die Augenuntersuchungen während und nach der Honigbehandlung zeigten bei allen Patienten Erweiterungen der Blutgefäße der Bindehaut und der Augennetzhaut.

Rheoophtalmographisch wurde eine Besserung des Blutkreislaufs registriert. Die Amplitude des Augenpulses erhöhte sich durchschnittlich um 22 % und der reographische Koeffizient um 28 %.

Bienenhonig und Nierenerkrankungen

Erkrankungen der Niere, der Harnleiter und der Blase faßt man in der modernen Medizin als Erkrankung des ganzen Organismus auf, da in diesen Fällen die normale Tätigkeit des Herzens, der Leber, des Nervensystems und andere Funktionen des menschlichen Organismus vernichtet werden.

Deshalb nennt man die Nieren auch biologische Filter, denn sie entfernen aus dem Organismus in hervorragender Weise überflüssige und schädliche Stoffe.

Jede Behandlung der erkrankten Nieren darf nur im Kontakt mit dem Arzt unter dessen strenger Kontrolle erfolgen, denn nur er ist in der Lage, die richtigen Medikamente und Diäten zu bestimmen.

Auch bei der Behandlung der Nieren übt Bienenhonig einen außerordentlich guten Einfluß aus. Die günstige Wirkung ist durch den völligen Mangel oder die ganz unbedeutende Menge an Eiweißstoffen und Salzen zu erklären, die kontraindiziert für diese Art der Erkrankung sind.

Die Vitamine im Honig spielen eine große Rolle bei der Heilung akuter und chronischer Nierenentzündungen. Die bakteriziden Stoffe des Honigs wirken desinfizierend auf die pathogene Mikroflora. Durch seine komplexe chemische Zusammensetzung, besonders den reichen Traubenzucker- und Vitamingehalt, normalisiert Honig die Diurese und die Ausscheidung von Toxin. Traubenzucker wird sehr leicht resorbiert, dient vielen Organen als Nahrung und reguliert auch den osmotischen Druck zwischen Blut und Gewebe, der oft bei akuter Nephritis gestört ist.

Bei Nierenerkrankungen empfiehlt man Honig auch als Heil- und prophylaktisches Mittel, in der Tagesdosis von 80 bis 120 g. Nicht nur zahlreiche Rezepte der Volksmedizin, sondern auch die Arbeiten von vielen medizinischen Experten und Wissenschaftlern beweisen die Wirksamkeit des mit medizinischen Pflanzenpräparaten kombinierten Honigs. So schlagen zum Beispiel die Ärzte Dr. A. Ertelj und Dr. E. Baner vor, bei einer Nierenerkrankung Hagebuttentee (15 g auf ½ l Wasser) zu trinken, der nach Wunsch mit Honig gesüßt wird. Sie empfehlen auch dünnen Hagebuttensaft, 100 g Saft mit 100 g Honig vermischt, dreimal täglich 1½ Std. vor dem Essen oder 3 Std. nach dem Essen.

Bei Nierensand oder Nierensteinen raten diese Fachleute zu einer Honig-Olivenöl-Zitronen-Mischung (½ Glas Honig, ½ Glas Olivenöl und der Saft 1 Zitrone). Diese Mischung kühl aufbewahren und dreimal täglich 1 Eßlöffel einnehmen.

Prof. Dr. A. G. Kirchenstein empfiehlt den Gebrauch von Honig bei Nieren- und Harnblasenschmerzen, ebenso die Professoren Koch, Zeis, Aninis und viele andere.

Dr. Heißler vertritt die Meinung, daß bei Harnleiter- und Harnblasenentzündung durch täglichen Honiggebrauch das Wasser schneller ausgeschieden wird. Auch bei akuter und chronischer Nierenentzündung „kann man neben der übrigen Diät mit Sicherheit Bienenhonig empfehlen", sagt Dr. Heißler.

Rationelle Sportnahrung

Bienenprodukte, die in die rationale Sportnahrung mit einbezogen werden, verbessern die physische Kondition und zahlreiche Funktionen des Organismus, sie beschleunigen den Prozeß des Wiederaufbaus nach körperlichen Anstrengungen und tragen zu einer besseren Stimmung bei.

Ihr besonderer Wert liegt in der natürlichen Herkunft, denn sie können als biologische Stimulatoren und als kostbare Energiequelle für Sportler genutzt werden.

Dank ihres Nährwerts erscheinen die Bienenprodukte sogar in kleineren Mengen als ideale Helfer des menschlichen Organismus. Besonders wichtig ist die schnelle Aufnahme der Bestandteile dieser Produkte in den menschlichen Organismus – des Invertzuckers (Frucht- und Traubenzucker), der Fette, Eiweißstoffe, Mikroelemente, Organsäuren, Vitamine, Fermente, Mineralstoffe u. a.

Für intensiv trainierende Sportler ist das Problem der körperlichen Kondition und der schnellen Wiederherstellung der Kraft sehr aktuell. Deshalb gibt man Sportlern außer nahrhafter und vitaminreicher Nahrung auch verschiedene pharmakologisch-synthetische Präparate (keine Dopingmittel), die häufig mit den natürlichen physiologischen Gesetzmäßigkeiten im menschlichen Organismus nicht übereinstimmen.

Die Wettkämpfe und Spitzenrekorde in den verschiedenen Sportarten führten in den letzten Jahren zu unvorstellbaren Manipulationen. Neben dem unmenschlich harten Training kommen immer mehr verschiedene stimulative Mittel in Gebrauch mit dem Ziel, aus dem Organismus des Sportlers Höchstleistungen „herauszupressen", ohne an die möglichen katastrophalen Folgen zu denken.

Anabolika vernichten Körper und Seele der Sportler

Die Weltpresse schreibt zunehmend über die verschiedenen Arten des Dopings im Sport, das sich immer mehr ausbreitet, obwohl die Mediziner einen wahren Krieg dagegen führen. Allein auf der Olympiade in Montreal zum Beispiel wurden mehr als 3 Millionen Dollar für die Dopingkontrolle ausgegeben.

Ein großes Übel des Dopings sind die Anabolika, die überhaupt schwer zu entdecken sind, Mittel, die die Muskelmasse vergrößern und es den Sportlern ermöglichen, in vier Trainingsstunden täglich Resultate zu erzielen, die sonst nur bei doppelt so vielen Übungsstunden erreicht werden. Die augenblicklichen Effekte sind außerordentlich, doch die Folgen sind verhängnisvoll.

Die Anabolika haben Körper und Seele der Sportler im wahrsten Sinne des Wortes verwüstet. Vergeblich warnen Ärzte die jungen Sportler nicht nur vor Krebs, Leberzirrhose, Urämie, sondern auch vor Impotenz, die Sportlerinnen vor „Behaarung", schwindender Brust und tiefer Stimme – Anabolika werden weiterhin gebraucht. Die Wissenschaft und Medizin sind so weit fortgeschritten, daß jetzt „Masken" bestehen, welche die Entdeckung der Anabolika nicht ermöglichen.

Der bekannte finnische Sportarzt, Mitglied des Olympischen Komitees Finnlands, Prof. Karlo Hartiala, teilte der Stockholmer Zeitung „Aftonbladet" mit, „daß eine bestimmte Anzahl von Spitzensportlern in der Welt an Leberkrebs, hohem Blutdruck und Muskelkrankheiten durch die Einnahme übermäßig hoher Dosierungen anabolischer Steroide erkrankt ist".

Alle Athleten und anderen Sportler, die sich praktisch mit anabolischen Steroiden „ernähren", um Körper und Muskeln zu stärken, setzen ihre Gesundheit großen Gefahren aus. „Wie sehr diese Präparate auch in erlaubter Menge positiv wirken, so muß man sich doch vor deren negativen Auswirkungen schützen" – teilte der finnische Spezialist mit. „Vor allem wird auf diese Weise die normale Funktion der Leber gefährdet, es kommt in der Regel zu erhöhtem Blutdruck, verschiedenen Kreislaufstörungen und Wasseransammlung in den Muskeln. Bei Jugendlichen, die sich im Wachstum befinden, können Steroide eine unregelmäßige Knochenbildung hervorrufen."

Richtige natürliche Ernährung

Es ist sehr wichtig, daß den Sportlern durch richtige Ernährung geholfen wird, bestimmte Anstrengungen zu überwinden und das erforderliche biologische Gleichgewicht im Organismus zu bewahren. Bei anstrengendem Training und Wettkämpfen vollbringen Sportler in einem begrenzten Zeitraum körperliche Höchstleistungen, wobei ihr Organismus eine ungeheure Energie verbraucht. Diese Verluste müssen schnell nachgeholt werden, was unter anderem auch durch den Gebrauch von Bienenhonig erreicht wird, denn der Traubenzucker aus dem Honig geht schnell in das Lymphsystem über und gelangt mit dem Blut in das Gewebe, so daß die Muskeltätigkeit verstärkt wird.

Für eine kräftige körperliche Kondition der Sportler ist es besonders wichtig, regelmäßig genügend Schutzstoffe zu erhalten, die alle Funktionen des Organismus versorgen, und gerade Honig enthält reichhaltig diese Materien.

Es ist daher verständlich, daß in einigen Ländern die Bedeutung des Honigs und anderer Bienenprodukte als ideale Nahrung für Sportler hervorgehoben wird. Das kanadische Sport College zum Beispiel empfiehlt seinen Sportlern auch Honig als „ausgezeichnete richtige und natürliche Nahrung zur Stärkung des Körpers, des Bluts und der Muskeln". Einem Artikel der Zeitung „New Earn" aus Pennsylvania zufolge benutzen Athleten in dreißig Ländern Honig-Päckchen von 28 g, um „schnelle Energie" während des Trainings und der Wettkämpfe zu gewinnen. Eine Firma aus Lancaster verkaufte allein ca. ½ Millionen solcher Päckchen mit Honig an Sportklubs, Schulen und Universitäten.

Amerikanische Sportler nehmen ½ Stunde vor den Wettkämpfen einige Eßlöffel oder ein Glas Spezialgetränk zu sich das aus 1½ l Milch, 250 g Honig, Eiern, Orange-, Zitronen- und Tomatensaft besteht.

Die Trainer behaupten, daß dieser natürliche Cocktail ungewöhnlich schnell den Organismus der Sportler stärkt und zur psychischen Konzentration beiträgt.

Tests litauischer Ärzte

Die Ärzte des Litauischen Staatlichen Sportinstituts in Wilna – I. J. Ivaškjavičeus, V. N. Željeznakeus und A. I. Baltuškjavičjus – gaben einer Gruppe von Sportlern im Laufe von 20 Trainingstagen zweimal täglich, morgens und abends nach dem Essen Bienenprodukte, und zwar eine Honig-Perga-Mischung (Blütenstaub aus den Waben im Stock) im Verhältnis 2:1 – 10 g, weiterhin 70 mg Futtersaft als Tablette zum Lutschen und noch 10 g gewöhnlichen Pollen.

Die Stimulierung der körperlichen Kondition mit Bienenprodukten erfolgte bei Leichtathleten (Werfern), Mitgliedern der staatlichen Repräsentation. Es nahmen insgesamt 20 hochqualifizierte Sportler im Alter von 18–24 Jahren teil, von der ersten Klasse bis zu Spitzensportlern von internationalem Rang.

Die von den Experten aus Wilna durchgeführten Experimente mit den Bienenprodukten fanden auf Empfehlung der Weltgesundheitsorganisation statt, wobei die Sportler sechsmal wöchentlich je drei Stunden täglich unter höchsten Belastungen trainierten.

Man verglich die Daten des kardiorespiratorischen Systems, Muskelkraft, Hämoglobin, Konzentration der Milchsäure, Harnstoff im Blut und die körperliche Kondition.

Die Ergebnisse zeigten, daß sich bei den mit Bienenprodukten versorgten Sportlern die körperliche Kondition, der Sauerstoffverbrauch und der Hämoglobinspiegel erhöhten. Am Ende des Tests gingen die Laktatanwerte im Blut nach körperlichen Belastungen zurück, verringerte sich der Harnstoff im Blut, und die Werte der Dynamothrie, Spirometrie und Pneumotachometrie verbesserten sich.

Sogar 80 % der Sportler dieser Gruppe verbesserten ihre Resultate.

Ein schnell und anhaltend wirkendes Mittel

Der deutsche Experte Prof. Nocker veröffentlichte ein Buch über die Ernährung von Sportlern, Studenten und Sportärzten.

Dieser medizinische Experte, der die deutsche Olympiamannschaft bei der Olympiade in Tokio 1964 leitete, schätzt Bienenhonig „als schnell und anhaltend wirksame Nahrung für Sportler" und als Mittel mit dem höchsten Nährwert.

Bei Honig gibt es keinerlei Verdauungsbeschwerden, und deshalb ist er zur Stärkung des Organismus von unschätzbarem Wert vor, während und nach sportlichen Anstrengungen. Sportler, die 30–45 Min. vor Wettkämpfen Honig eingenommen hatten, fühlten sich wesentlich stärker, ihre Fähigkeiten nahmen zu und blieben sehr viel länger als sonst erhalten.

Bekannterweise benutzte auch der berühmte erste Eroberer des höchsten Berges der Welt, des Mount Everest – Sir Edmund Hillary – Bienenhonig während der Besteigung der unzugänglichen Himalaya-Gebirge. Auch später, als er die Eisberge der Antarktis überquerte, nahm er Bienenhonig, denn Hillary ist selbst Bienenzüchter; er besitzt auf Neuseeland eine großen Bienenzucht mit 1300 Bienenstöcken, widmet einen bedeutenden Teil seiner Freizeit den Bienen und erfrischt seinen Organismus regelmäßig durch Honig.

Nach der Besteigung des Mount Everest erzählte Sir Edmund Hillary in einem Interview, daß er und die Mitglieder seiner Expedition während der ganzen Zeit Honig als kräftigendes energetisches Mittel ausgewählt hätten, da er schon in kleinen Mengen stärke, erfrische und den menschlichen Organismus schütze.

Vor einiger Zeit wurde auch in der Sowjetunion mitgeteilt, daß die Kosmonauten als zusätzliche Spezialnahrung gepreßte Pollen-Würfel erhielten, die sich als ausgezeichnete natürliche Biostimulatoren zur Stärkung des Organismus und zum Schutze der Gesundheit während des Aufenthaltes im Kosmos erwiesen hätten.

Pädiatrie und die „süße Therapie"

Medizinische Experten betonen mit Recht die besondere Bedeutung des Bienenhonigs für die richtige Entwicklung des kindlichen Organismus.

Dr. Filpots rät sogar dazu, in der Kinderernährung Raffinade-Zucker unbedingt durch Honig zu ersetzen, denn „Raffinade-Zucker ist so gutschmeckend, daß Kinder nicht damit aufhören können. Die Eltern meinen, der häufige Gebrauch des weißen Zuckers sei harmlos. Er wird jedoch als ‚Dieb' betrachtet, der die Kalziumsalze der Zähne stiehlt, und dies so lange, bis er sie völlig zerstört und dadurch günstige Bedingungen für verschiedene Körpererkrankungen schafft.

Honig dagegen enthält einen Teil des Kalziums und andere Mineralsalze, die die Natur dem Menschen zur Erhaltung der Gesundheit geschenkt hat . . ."

Die hochwertigen Zucker des Honigs, Trauben- und

Fruchtzucker, die Organsäuren, ätherischen Öle, Vitamine, Fermente und anderen wichtigen bioaktiven Bestandteile verbessern den Appetit der Kinder und stimulieren die Verdauung, außerdem ist Honig auch durch das Vorkommen kostbarer Minerale sehr wertvoll, vor allem durch Eisen, das weder in der Muttermilch noch in der Trinkmilch ausreichend vorhanden ist. Dank der Folsäure, die ebenfalls im Honig enthalten ist, wird die Zusammensetzung der roten Blutkörperchen verbessert – die Zahl der Erythrozyten und der Prozentsatz des Hämoglobins im kindlichen Organismus.

Viele Ärzte konnten durch Honig schwere Fälle von Magen- und Darmentzündungen bei Kindern heilen, und Honig wirkte auch günstig bei schwerer Diarrhoe, die bei Lungentuberkulose auftrat.

Dr. Michaelis gebrauchte Honig bei der Behandlung einiger Mund- und Darminfektionen und vertritt mit Nachdruck die Meinung, daß Industriezucker in größeren Mengen für Kleinkinder gefährlich sei, während Bienenhonig keinen dieser Mängel aufweise, sondern im Gegenteil dazu verhelfe, verschiedene Erkrankungen aufzuhalten und den kindlichen Organismus zu stärken.

Honig wirkt besonders günstig bei Rachitis von Kindern, die anfangen, festere Nahrung zu nehmen. Zu diesem Zweck ist die Anwendung einer Honig-Lebertran-Mischung als ausgezeichnetes Mittel gegen Rachitis und Blutarmut bei Kindern empfehlenswert.

Lebertran ist durch seinen Geschmack in der Kindermedizin fast nicht zu gebrauchen. Mit Honig vermischt verstärkt sich durch die hinzukommenden Mineralstoffe das Phosphat des Lebertrans, die Mischung gewinnt an Geschmack, und die Kinder können es leichter schlucken.

Wichtige Nahrung für anämische Kinder

In vielen Ländern wurden Labor- und Klinikuntersuchungen zur Rolle des Honigs in der Kinderernährung durchgeführt. Die Biologin Beatriz Perez Andujar aus Madrid meint dazu aufgrund sehr günstiger Ergebnisse:

„Wir stellten mit zwei Gruppen von Kindern Experimente an. Der einen Gruppe gaben wir außer einer bestimmten Diät auch Honig, der anderen Gruppe eine normale Diät ohne Honig. Die Ergebnisse zeigten, daß die mit einer bestimmten Menge Honig ernährten Kinder erhöhtes Körpergewicht, eine größere Hämoglobin- und Erythrozythenmenge im Blut und auch eine bessere Verdauung hatten.

Wir kamen zu dem Schluß, daß Bienenhonig von unschätzbarem Wert ist, besonders in der Ernährung von Kindern, die Frühgeburten sind, von anämischen Kindern und sich schnell entwickelnden Kindern", sagt Beatriz Andujar.

Auch der sowjetische Arzt Dr. Jojriš führte in einer Klinik in Moskau Untersuchungen mit einer Gruppe von 230 Kindern im Alter von 3 bis 15 Jahren durch. Die Kinder erhielten täglich als zusätzliche Nahrung Honig, und es kam zu beachtenswerten Resultaten.

„Wir versuchten, schwächlichen und blutarmen Kindern Bienenhonig in kleinen Mengen – einen Teelöffel täglich, zu geben. Nach 1½ bis 2 Monaten bemerkten wir eine Erhöhung des Hämoglobins und der roten Blutkörperchen. Deshalb empfehlen wir nachdrücklich den Eltern, ihren Kindern statt Zucker Honig zu geben . . ." sagt Dr. Jojriš.

Allgemein gesehen ist Honig für Kinder die ideale Grund- und Heilnahrung. Leicht verdaulich und süß schmeckend, wird er von fast allen Kindern gern gegessen. Für den kindlichen Organismus ist zum Beispiel Brot mit Butter und Honig ein wahrer Balsam für die Entwicklung. (Man kann sehr gut 250 g Butter und 250 g Honig zu einer Creme verrühren.)

Besonders wertvoll sind für Kinder verschiedene Getränke, Limonade, Tee, Obstsaft oder Milch, mit Honig.

Hilfe in der Schwangerschaft

Durch den regelmäßigen Gebrauch von Honig in der Ernährung stärken die werdenden Mütter sich selbst und ihr Kind, und sie sind weniger Schwächen und Schmerzen ausgesetzt. Die jugoslawischen Experten Prof. Dr. Dušan Stanković, Prof. Dr. Bogljub Konstatinović und Dipl.-Ing. Jovan Živanić schrieben über die Bedeutung des Honigs in der Ernährung für Schwangere, Säuglinge und Kleinkinder und betonten, daß Honig in der Ernährung dieser Kategorien ein unersetzli-

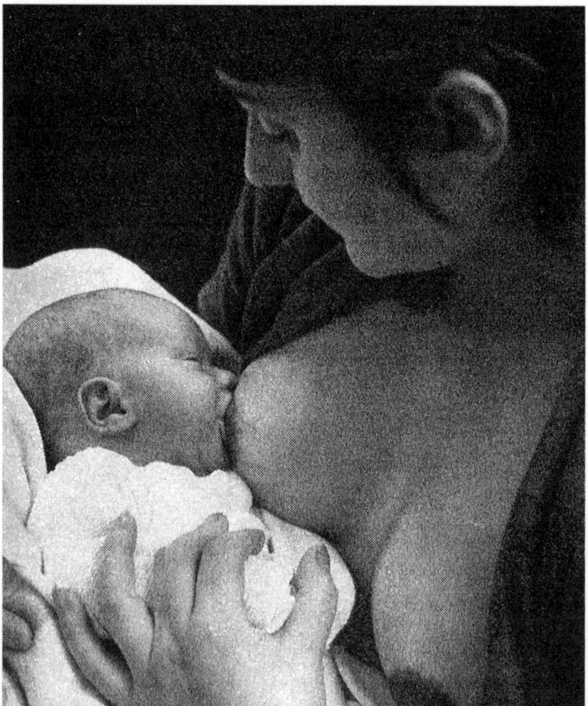

Honig ist für Schwangere und Säuglinge nicht nur erwünscht, sondern auch unersetzlich

ches Nahrungsmittel darstellt, was auch Wissenschaft und Praxis überzeugend bewiesen haben.

„Es ist eine bekannte Tatsache, daß Schwangere, und in geringem Maße auch stillende Frauen, die eine wichtige und schwere biologische Funktion zu erfüllen haben, in physiologisch-bioenergetischem Sinn zusätzlich noch wesentlich belastet sind. Die erfolgreiche Ausübung dieser Funktionen ist unvorstellbar ohne die entsprechende Ernährung, die diesen neuen physiologischen Verhältnissen angepaßt sein muß. Bienenhonig ist gerade eines der idealen Nahrungsmittel, weil es die allgemeine Vitalität des Organismus stärken und ihn befähigen kann, alle Belastungen zu ertragen, die den Funktionen der Schwangeren und Mütter entsprechen", sagen diese Autoren.

Diese mit Wasser, besonders mit lauwarmem Wasser verdünnte Nahrung wirkt sehr nützlich bei Beschwerden, denen Schwangere schon von den ersten Tagen der Schwangerschaft an ausgesetzt sind, wie Übelkeit, Erbrechen und Depression. Der Honig versorgt den Organismus der Schwangeren mit kostbaren Nähr- und Schutzstoffen, beseitigt Müdigkeitserscheinungen, verbessert das Blutbild und verhindert Blutarmut, wozu vor allem das im Honig vorkommende organische Eisen beiträgt.

Hinzu kommt, daß durch Honig die Entwicklung des Embryos außerordentlich günstig beeinflußt wird, und zwar durch bessere Versorgung mit dem nützlichen Traubenzukker und den zur Knochenbildung erforderlichen Stoffen (Kalzium), ebenso mit einer Reihe von Ionen, ohne die der notwendige Sauerstoffaustausch im kindlichen Organismus unvorstellbar ist, sowie mit Fermenten, Vitaminen und Hormonen – den wesentlichen Faktoren für ein normales Wachstum und die Entwicklung der Leibesfrucht.

Bedeutung der Ernährung im pränatalen Stadium

Die Folgen schlechter Ernährung können sich schädlich auf den Organismus auswirken, in jedem Alter und Entwicklungsstadium, vom Embryo bis ins hohe Alter hinein. Am schwersten sind die Folgen falscher Ernährung für das Kind in der pränatalen Periode (im Mutterleib) und in den ersten sechs Monaten der Geburt, in der sogenannten frühen postnatalen Periode. Was jetzt versäumt wird, kann nie wieder gutgemacht werden. Die Folgen ungenügender oder falscher Kinderernährung im frühesten Alter sind: verzögerte Vollendung zahlreicher biochemischer Prozesse und somit Störung der biochemischen Reife des Organismus, und unter bestimmten Umständen sogar Rückkehr zu einigen früheren Merkmalen.

Unzureichende Ernährung in der pränatalen und frühen postnatalen Periode wirkt sich besonders ungünstig auf die Entwicklung und Funktion des Gehirns aus und verstärkt die Empfindlichkeit der Kinder gegenüber Krankheitsursachen. Infolge des Eiweißmangels in der Ernährung werden zum Beispiel bei Kindern die immunologischen Funktionen und Mechanismen geschwächt. Es verringert sich auch die Menge einiger Schutzseren, das ganze Epithelium (Belag) der Atem- und Magenorgane wird zerstört, wodurch sich der Gesundheitszustand sehr viel leichter und häufiger verschlechtert und sich die Chancen einer Gesundung verringern.

Man kann sagen, daß Bienenhonig für die Ernährung der Schwangeren und Säuglinge nicht nur nützlich ist – sondern auch unersetzlich.

Die Honig-Therapie von Primarius Dr. Mićić

Außerordentliche Resultate bei der Ernährung von Kindern, besonders von Säuglingen, erzielte der jugoslawische Arzt

Primarius Dr. Žarko Mićić, Spezialist für Kinderkrankheiten. Im Jahre 1947 begann er in der Kinderklinik in Sarajevo mit Untersuchungen der Ernährung von Säuglingen und Kleinkindern. Später, als Chefarzt der Abteilung für Kinderkrankheiten des Krankenhauses in Tuzla, stellte er bei der Behandlung der vielen kleinen Patienten fest, daß die Hauptursache der Ernährungsstörungen bei künstlich ernährten Säuglingen die nicht genutzte Nahrung, in erster Linie des Zuckers, ist. Deshalb vertrat er die Meinung, die beste Diät und Therapie für diese erkrankten Kinder müsse die genügende Nutzung des Zuckers sein, demnach sei Fruktose der nützlichste Zucker.

Vor der Behandlung dystrophischer Säuglinge durch Dr. Mićić waren alle Versuche gescheitert, im Laufe mehrerer Monate verschiedene Therapien und Diäten durchzuführen. Als bei diesen Kindern in der Ernährung der gewöhnliche Zucker durch Fruktose ersetzt wurde, kam es zu sichtbarer Besserung.

Zwei Kinder, die fünf Monate lang von mehreren Spezialisten behandelt wurden, unter anderem durch systematische Bluttransfusionen, Blutplama und Leber- und Vitaminpräparate, nahmen in den 5 Monaten nur 400 g zu. Als ihnen Dr. Mićić jedoch zusätzlich noch Fruktose zuführte, nahmen diese Kinder in 12 Tagen 500 g zu, und es ging ihnen bedeutend besser.

Da die zur Verfügung stehenden Fruktose-Mengen gering waren und schnell verbraucht wurden, konnte diese Diät nicht lange durchgeführt werden, und statt Fruktose wurde wieder gewöhnlicher Zucker verschrieben. Daraufhin ging das Körpergewicht der kleinen Patienten wieder zurück.

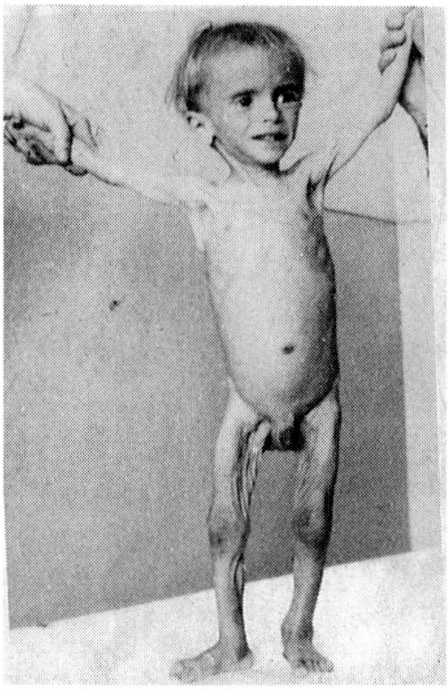

Der kleine Patient von Dr. Mićić – vor der Behandlung mit Honig

Rettende Honig-Fruktose

Auf der Suche nach der natürlichen Quelle der Fruktose stießen Dr. Mićić und seine Mitarbeiter auf Äpfel. Bei jeder Mahlzeit fügten sie 50–60 g süße, geriebene und passierte Äpfel hinzu. Das Körpergewicht der Kinder nahm wieder zu.

Leider kam es bei den geriebenen Äpfeln zu technischen Schwierigkeiten. Man konnte nicht schnell genug die größere Fruktose-Konzentration finden, welche die Säuglinge benötigten. So beschloß man, in der Ernährung Bienenhonig als natürliche Fruktose-Quelle zu verwenden.

Bienenhonig erwies sich als die günstigste Nahrung, da er immer zur Verfügung stand, sogar 40–45 % Fruktose und viele andere nützliche Stoffe enthielt.

Honig wurde bei der Behandlung des dritten Kindes gebraucht, das zu den schwersten und hartnäckigsten Krankheitsfällen gehörte. Nach 10monatigem Aufenthalt in der Klinik bestanden kaum noch moderne diätetisch-therapeutische Methoden, um es zu retten – in den letzten 65 Tagen der Behandlung verlor es sogar 150 g Gewicht – dann übernahm

So sah das Kind nach der zweimonatigen Behandlung mit Honig aus

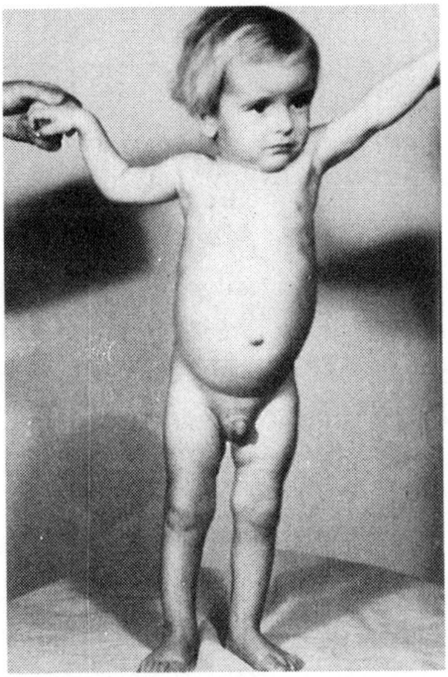

Dr. Mićić das Kind und begann, ihm zu jeder Mahlzeit zusätzlich Honig zu geben.

Die Behandlung begann bei einem Gewicht von 3650 g, und schon nach 66 Tagen wog der kleine Patient 6500 g. Er hatte in der kurzen Zeit 2850 g zugenommen, und sein allgemeiner Zustand war entscheidend verbessert worden, das Kind wurde lebhaft und heiter und machte den Eindruck eines normalen Säuglings.

Wir fassen noch einmal die Gründe von Dr. Mićić zusammen, warum Säuglinge Honig anstatt Zucker (Saccharose) erhalten sollten:

Bessere Ernährung aller Zellen

„Honig ist nichts anderes als invertierte Saccharose, die sich aus Glykose und Fruktose und anderen unschädlichen Elementen zusammensetzt.

Wenn wir dem Säugling Trauben- und Fruchtzucker geben

anstatt Saccharose, dann erhält er Monosaccharide (einfacher Zucker), die leicht aufgenommen werden.

Zur Resorption der Glykose muß diese zuerst phosphorig sein, und die Darmschleimhaut eines jeden gesunden Säuglings ist von Geburt an dazu in der Lage.

Damit Saccharose in Glykose und Fruktose invertiert, ist ein Ferment nötig – Saccharase, das nicht in der Muttermilch vorkommt. Die Darmschleimhaut des Säuglings muß sich daran gewöhnen, es zu bilden, und das dauert eine gewisse Zeit. Außerdem sind auch die Bedingungen erforderlich, unter denen das Ferment auf Saccharose einwirkt – das saure Milieu pH-4."

Die Fruktose des Bienenhonigs begünstigt die körperliche und geistige Entwicklung, ebenso die Verdauung. Säuglinge, die bis dahin nach jeder Mahlzeit erbrechen mußten, hörten nach einigen Tagen damit auf. Nach 3–4 Tagen kam es auch zum ersten spontanen Lächeln, die Gesichter hellten sich auf, die Kinder begannen zu gurren und verschiedenste Laute von sich zu geben.

Nach Meinung von Dr. Mićić ist dies das Resultat der Fruktose, die mit dem zugeführten Honig die Ernährung aller Zellen im kindlichen Organismus verbessert hat.

Honig für Erkrankungen der Atmungsorgane im Kindesalter

Seit neuerer Zeit legen medizinische Experten immer mehr Wert auf Bienenprodukte bei der Behandlung starker Atemerkrankungen der oberen Luftwege.

Dank seiner günstigen Zusammensetzung erwies sich Bienenhonig als kraftvolles, aktiv biologisches Mittel, dessen Heileffekt auf die bakterizide, bakteriostatische, entzündungshemmende, antiallergische und biostimulative Wirkung zurückzuführen ist, ebenso auf das Merkmal, die

Schutzmechanismen des menschlichen Organismus schnell zu aktivieren und zu stärken.

Der sowjetische Arzt Dr. M. A. Kačnaja aus Černigov teilte mit, daß er schwere Atemerkrankungen bei Kindern sehr erfolgreich mit Waldhonig geheilt habe. Die Behandlung erfolgte in zwei verschiedenen Etappen: 15 Tage als Aerosol-Inhalation zweimal täglich 10 Minuten lang. Bei der Inhalation atmeten die Kinder durch die Nase ein und durch den Mund aus, in der zweiten Hälfte entgegengesetzt. Dazu wurde Honig in abgekochtem lauwarmem Wasser (bis 40 °C) im Verhältnis 1:5 aufgelöst. Die zweite Behandlung bestand aus Gurgeln und Einträpfeln von Honig in die Nase, der in warmem Wasser im Verhältnis 1:2 aufgelöst wurde. Dies geschah unter zeitweiliger Aufsicht des Arztes innerhalb des Hauses. Die Kinder beider Gruppen erhielten während dieser Zeit einen Tee- oder Eßlöffel Honig für die Nacht, um ihn langsam im Mund zergehen zu lassen.

Durch die erste Art der Behandlung wurden 73 Kinder geheilt, durch die zweite Art 137 Kinder. Das Alter der Kinder lag zwischen 3 und 13 Jahren. Während dieser Behandlung wurden keine anderen Therapien durchgeführt.

Bessere Wirkung durch Aerosol-Inhalationen

Alle Kinder hatten bis zur Honig-Therapie Antibiotika und andere Medikamente erhalten, jedoch ohne größere Wirkung. Sie wurden ärztlich untersucht, vor allem erfolgte eine sorgfältige allergologische Anamnese gegenüber Bienenprodukten. Die Honig-Behandlung wurde bei den Kindern durchgeführt, die keine ausgeprägte Fieber-Reaktion zeigten.

Die grundsätzlichen Beschwerden der kleinen Patienten waren Husten, starker Schnupfen, Halsentzündung und Schwäche. Schon nach den ersten 3 Tagen der Behandlung hatten die meisten Kinder weniger Halsschmerzen, leichteren Schnupfen, und nach 5 Tagen kam es zu einer spürbaren Besserung: Halsschmerzen und Niesen waren verschwunden, der Husten ließ nach, und nach 10 Tagen stellte sich der Geruchssinn wieder ein. Am Ende der 15tägigen Behandlung klagten die Kinder über keinerlei Beschwerden mehr, und die Schleimhaut der oberen Atemwege nahm wieder eine hellrosa Farbe an.

Während der ganzen Behandlung kam es zu keinen Beschwerden, auch nicht zu Allergien. Die Ergebnisse der ersten und zweiten Gruppe der behandelten Kinder wurden verglichen, und man stellte die besseren Resultate durch die Anwendung von Bienenhonig bei Aerosol-Inhalation fest.

Propolis in der Stomatologie

Aufgrund umfassender Untersuchungen an der Stomatologischen Klinik in Ljubljana wurde Propolis erfolgreich zur Behandlung einiger Zahn- und Mundkrankheiten benutzt. Prof. Dr. Milan Perušek versuchte in Zusammenarbeit mit Prof. Dr. Jelka Korbar-Šmid von der pharmazeutischen Abteilung der naturwissenschaftlichen und technologischen Fakultät in Ljubljana ein Propolis-Präparat zur lokalen Behandlung von Schleimhauterkrankungen des Mundes herzustellen.

Die positiven Resultate dieser Wissenschaftler regten den jüngeren Stomatologen Dr. Matjaž Rode an, den Anteil von Propolis bei Parodontose-Erkrankungen zu untersuchen, deren Hauptursache die zahlreichen in der Mundhöhle vorkommenden Bakterien sind. Es wurde festgestellt, daß Propolis eine gleichmäßige, sehr starke Reduktion der Bakterien im Mund herbeiführt und gleichzeitig zur schnellen Verheilung der Wunden bei Entzündungen der Mundschleimhaut beiträgt.

Ähnliche Untersuchungen der Wirkung von Propolis in der Stomatologie erfolgten auch an der Stomatologischen Fakultät in Zagreb. „Wir Stomatologen sind sehr an wirksamen Medikamenten interessiert und haben deshalb Propolis untersucht. Es geht um ein Problem, das wir noch nicht gelöst haben: über die Mundhöhle, die ohnehin durch Mikroben vergiftet ist, versuchen wir, den Patienten zu behandeln, der durch andere, von außen herangetragene Mikroben erkrankt ist.

Die Bienenprodukte sind schon seit langem durch ihre Heilkraft bekannt. So hat man in letzter Zeit auch im Propolis Eigenschaften nachgewiesen, die wir Stomatologen sehr gut für die Gesundheit der oralen Mundschleimhaut nutzen könnten.

Es ist zum Beispiel bekannt, daß im Mund viele Wunden auftreten, die lange, sogar jahrelang dauern können. Antibiotika und andere Mittel, mit denen wir die Bakterien vernichten, sind für solche Behandlungen nicht ausreichend. Es ist noch eine Komponente erforderlich, die die Mundschleimhaut des Patienten gesunden läßt. Vielleicht enthält Propolis dieses Etwas, und deshalb haben wir an der Stomatologischen Fakultät in Zagreb experimentell die Propolis-Lösung verabreicht, mit dem Ziel, durch wissenschaftliche Methoden festzustellen, ob Propolis positiv oder negativ auf die Mundschleimhaut wirkt . . ."

Die von Dr. Zdravko Rajić an der Stomatologischen Fakultät in Zagreb durchgeführten Untersuchungen gingen in zwei Richtungen: „Zum einen richteten wir unsere Aufmerksamkeit auf die mumifizierende Wirkung von Propolis, denn bekannterweise wurde es schon von den alten Ägyptern für deren Mumien benutzt. Wir fragten uns, ob und wie Propolis auch auf die Zähne bzw. die Pulpa mumifizierend wirkt, denn wir würden auf diese Weise das ideale Mittel für die Zahnfüllung erhalten; zum anderen mußten wir herausfinden, ob Propolis auf einzelne pathogene, in der Mundhöhle vorkommende Mikroorganismen selektiv wirkt", sagte Dr. Rajić.

Wissenschaftliche Arbeiten zum Thema Propolis und Zahnheilkunde

Es gibt überzeugende wissenschaftliche Beweise, daß Propolis, auf die Zahnpulpa aufgetragen, eine günstige Wirkung ausübt und die regenerativen und reparativen Prozesse beschleunigt, indem es die Bildung des sekundären Dentins anregt.

Dies bestätigte die junge Zahnärztin Hamijeta Hajdaragić-Ibričević aus Sarajevo 1982 in ihrer Magisterarbeit „Die Wirkungen von Propolis auf die Reparationsprozesse der Pulpa", die komparative pathohistologische Untersuchungen an Hundezähnen durchgeführt hatte.

Das Ziel ihrer Versuche war, auf die vorbereitete, artifiziell offene Pulpa Propolis-Extrakt aufzutragen und noch einige andere Mittel zur direkten Abdeckung der Pulpa, und dann die Wirkungsweise eines jeden einzelnen Mittels in komparativer pathohistologischer Form zu beobachten.

Zur Abdeckung der Pulpa wurden Kalcipulpit (Originalverpackung), Goldfüllungen (wie Placebo) und Propolis-Paste verwendet. Die Paste wurde direkt vor der Applikation hergestellt, eine Mischung aus ZnO (Zink)-Staub und äthanolem Propolis-Extrakt (10 %) auf steriler Platte.

Dr. Hajdaragić-Ibričević hatte sich zu dieser Paste entschlossen, da man dem äthanolen Propolis-Extrakt ein Mittel hinzufügen mußte, das sich zur Pulpa indifferent verhalten und mit Propolis keine chemische Reaktion hervorrufen würde. Die chromatographische Analyse an der Pharmazeutischen Fakultät in Sarajevo bestätigte dies. Durch Auftragen dieser Paste wird eine längere Wirkung von Propolis ermöglicht und gleichzeitig die Einwirkung von Faktoren zur Minderung der Qualität vermieden.

Medikament zur Abdeckung der Pulpa

Vergleichende Befunde der Pulpa 24 Stunden nach direkter Abdeckung und jener nach 28, 60 und 80 Tagen unter dem Einfluß von Propolis bewiesen auch die antiinflammatorische Eigenschaft von Propolis.

Früher hatten die Wissenschaftler Kern (1978), Boljšakova (1974), Suhi (1975) und Osmanagić (1978) ebenfalls schon nachgewiesen, daß Propolis eine antiinflammatorische Eigenschaft besitzt.

„Wenn schon nachgewiesen wurde, daß Propolis die Verheilung postoperativer Wunden, Verbrennungen und verschiedener Dermatosen beschleunigt, setzten wir voraus, daß es auch günstig auf die Pulpa wirkt und sie unterstützt, sich schnell zu regenerieren. Unsere Ergebnisse haben dies bestätigt. Propolis hat sich wirklich auffallend besser erwiesen als Placebo und die Kontrollgruppe.

Unsere Resultate, die mit denen von Dr. Scheller und dessen Mitarbeitern übereinstimmen, bestätigen Propolis als das beste Medikament zur Abdeckung der Pulpa. Propolis scheint als Sammlung verschiedenster aktiver Komponenten ausgezeichnet auf die verletzte Pulpa einzuwirken", schrieb Dr. Hamijeta Hajdaragić-Ibričević in ihrer Magisterarbeit.

Desinfektionsmittel für den Zahnarzt

Die jugoslawischen Wissenschaftler M. Rode, B. Filipić und O. Herman aus Ljubljana bestätigten die außerordentliche Wirkung von Propolis auf Bakterien, Viren und Pilze sowie die Möglichkeit seiner praktischen Anwendung als Desinfektionsmittel.

Die Hautflora besteht aus Mikroorganismen, die apathogen sind, aber bei geschwächtem Organismus virulent werden.

Die Hände des Stomatologen sind besonders Infektionen ausgesetzt und spielen die größte Rolle bei der Infizierung von Patient zu Patient. Das Ziel der Desinfektion ist es, Infizierungen zu vermeiden und das ganze zahnärztliche Team zu schützen.

Verschiedenste Mittel sind in Gebrauch. Wissenschaftlich wurde bestätigt, daß das routinemäßige Händewaschen mit Seife ungenügend, fast symbolisch ist. An die Hände des Arztes gelangen die Bakterien aus dem Munde des Patienten, von den Instrumenten und Apparaten und häufig auch vom Handtuch und der Seife. Die häufige Benutzung der in den Ordinationen üblichen Desinfektionsmittel ist nicht unschädlich für die Hände, deren Haut rötlich gereizt und rauh wird.

Deshalb versuchte man, die Fingerabdrücke eines Stomatologen, d. h. drei Finger der rechten Hand, zu vergleichen: vor Arbeitsbeginn des Stomatologen, dann unmittelbar nach der Arbeit im Mund des Patienten, nach der Reinigung mit Seife und zum Schluß nach der Desinfektion der Hände mit 10prozentiger Alkohol-Propolis-Lösung.

Die Gefäße mit dem Blutagar blieben 24 Stunden im Thermostat, und auf den ersten drei entwickelte sich eine Vielzahl von Bakterien, während der vierte Abdruck (Propolis-Desinfektion der Finger) völlig steril blieb. Der Versuch wurde mehrmals mit verschiedenen Stomatologen wiederholt, doch die Resultate änderten sich nicht.

Auf die Hygiene der Hände in den zahnärztlichen Ordinationen muß noch mehr geachtet werden. Propolis ist einfach anzuwenden, unschädlich und äußerst wirksam – es könnte sehr gut als Desinfektionsmittel in der Medizin verwendet werden, nicht nur für die Hände, sondern auch für die Haut an anderen Körperteilen und die Schleimhaut.

Für Zahnbetterkrankungen

In der Fachliteratur gab es Hinweise auf die Verwendung von Propolis zur Behandlung von Zahnbetterkrankungen und die günstigen Resultate bei lokaler Anwendung oder in Kombination mit anderen Heilmitteln.

Dies läßt sich durch die zahlreichen positiven biologischen Eigenschaften von Propolis erklären: stark anästhesierend, entzündungshemmend, antibakteriell, mumifizierend, desodorierend und stimulierend.

Die Anwendung biogener Stimulatoren ergänzt die pathogene Behandlung und übt einen stimulierenden Einfluß auf die Verteidigungsmechanismen des Organismus aus. Die Berechtigung der Anwendung einer stimulierenden Therapie hängt zusammen mit der zeitweiligen Wiederherstellung der tonisierenden Wirkung der Zahnfleischkapillaren bei allen Stadien der Zahnbetterkrankungen.

Die Behandlung von entzündlichen Formen der Zahnbetterkrankung ist eine schwere Aufgabe und verlangt einen komplexen Zugang in chirurgischer, ärztlicher, physiotherapeutischer und orthopädischer Hinsicht. Gleichzeitig weiß man, daß die Empfindlichkeit der Mikroorganismen in der Mundhöhle gegenüber den meisten medizinischen Präparaten in der heutigen Zeit bedeutend abgenommen hat. Deshalb sind die Kliniker auf der Suche nach neuen Heilmitteln, die in der Lage sind, auf die Mikroflora des entzündeten Zahnbetts einzuwirken, die somit therapeutischen Effekt haben.

Immunologisches Mittel aus dem Bienenlabor

Der amerikanische Arzt Dr. Charles Mraz aus Vermont benutzte das Gift des Bienenstachels (Apitoxin) zur Behandlung verschiedener rheumatischer Erkrankungen und erzielte ausgezeichnete Resultate bei vielen Patienten.

„Die Mehrheit der Wissenschaftler, die Bienengift untersucht und ausgewertet haben, ist von dessen immunologischer Funktion und der Funktion als Stimulator der metabolischen und schützenden Fähigkeiten des Organismus überzeugt. Ich behaupte, daß Bienengift eines der wirksamsten immunologischen Mittel ist . . .", sagt Dr. Mraz. Heutzutage gibt es viele Beweise über die Wirkung und Heilkraft von Bienengift. Auf dieser Grundlage stellt die pharmazeutische Industrie schon verschiedene Präparate mit Apitoxin-Substanzen her.

Es wurden auch zahlreiche Methoden entdeckt, diese Präparate dem menschlichen Organismus zuzuführen: innerhalb der Haut, durch Einreiben (Salbe), Elektrophorese, Phonophorese u. a. Es bestehen auch Versuche, die Apitherapie mittels der Akupunktur anzuwenden. Bei dieser Behandlungsweise werden Mikrostiche durch Bienenstachel auf die klassischen Punkte der Akupunktur gesetzt.

Von allen Methoden ist dennoch diejenige am gebräuchlichsten, die Stiche mit lebenden Bienen nutzt. Die Wissenschaftler des Kemmer-Instituts für Medizin erfanden zusammen mit lokalen Bienenzüchtern sogenannte „medizinische Bienenstöcke", die die Bienenhaltung in geschlossenen Räumen ermöglichen, um Bienen auf die erforderlichen Hautstellen der Patienten setzen zu können. Dadurch ist die Methode, Stacheln von lebenden Bienen zu benutzen, das ganze Jahr über anwendbar.

Erforderliche Allergie-Proben

Vor Beginn der Behandlung ist es unbedingt erforderlich, mindestens zwei biologische Proben zur Bestimmung der Empfindlichkeit des Organismus gegenüber Bienengift durchzuführen.

Laut Empfehlung von G. P. Zajcev, V. T. Porjadin und E.

M. Alesker gibt man am ersten Tag einen Bienenstachel in den Rücken (Lendengegend) und zieht ihn nach 5–10 Sekunden wieder heraus (damit der Organismus des Patienten die minimale Giftdosis erhält). Am nächsten Tag erfolgt die Blut- und Urinprobe, wobei man besonders auf den Zustand der Blutgerinnung achten muß. Einen Tag später erfolgt die zweite biologische Probe: Der Stachel wird nach einer Minute herausgezogen und wiederum erfolgt eine Blut- und Urinuntersuchung. Kommt es zu keinerlei allergischen Reaktionen auf Grund der Angaben über Blut, Urin und den Prozeß der Hämokoagulation, wird die Behandlung im Zyklus fortgesetzt.

Diese Prozedur sollte man am besten jeden zweiten Tag zur Prophylaxe vor allergischen Reaktionen durchführen. Wird sie gut ertragen, kann das Bienengift täglich verwendet werden.

In den ersten Behandlungstagen setzt man abwechselnd zwei, dann vier, dann sechs Bienen auf und zieht die Stachel jedesmal nach einer Minute heraus. Die Stelle des Einstichs und die Menge hängt ab von der Art der Erkrankung, dem Alter, Geschlecht und den individuellen Charakteristiken des Patienten.

In den letzten Jahren ist die Methode sehr verbreitet, das Gift in die aktive Stelle einzustechen – durch Apireflexotherapie, und es ist sehr praktisch, das Bienengift durch Einreiben einer auf der Basis von Apitoxin hergestellten Salbe in den Organismus des Patienten zu bringen.

Berechtigte breite Anwendung

Der positive Effekt von Bienengift wurde nicht nur bei der Behandlung des erkrankten peripheren Nervensystems, sondern auch bei vielen Gelenkerkrankungen nachgewiesen. So hat Dr. M. P. Guseva gute Resultate bei Radikuloneuritis und einigen anderen Erkrankungen des peripheren Nervensystems erzielt – die Behandlung war zu 80 % erfolgreich, und bei infektiver Polyarthritis rheumatica gelang im Komplex mit anderen Methoden eine erfolgreiche Behandlung bei 70 % der Patienten.

„Biochemische und pharmakologische Untersuchungen des Bienengifts zeigten, daß es Komponenten enthält, die verschiedenartige entzündungshemmende Eigenschaften haben, von denen einige steroiden und andere nicht steroiden entzündungshemmenden Mitteln eigen sind. Außerdem kann der entzündungshemmende Effekt auch durch die Wirkung auf das Chinin-Kalkrein-System des Organismus erfolgen", schreibt Dr. Omarov.

Der zweite wichtige Faktor der Wirkung des Giftes ist seine ganglioblockierende Eigenschaft, was den heilsamen Effekt bei Hypertonie und Erkrankungen der inneren Arterienwände (Endarterosa) reklärt. Nicht weniger wichtig ist die schmerzlose Wirkung des Giftes, grundlegend bedingt durch die Aktivität seiner Hauptkomponente Melittin.

Auf der Suche nach wirksamen Mitteln bei Radiokultitis, Neuralgie und anderen Erkrankungen des peripheren Nervensystems, auch bei Gelenkerkrankungen – Arthritis, Ostearthrose u. a. – entschloß man sich in der Sowjetunion zur breiten Verwendung von Bienengift in der neurologischen und arthrologischen praktischen Medizin.

Es muß betont werden, daß die Behandlung mit Bienengift nur unter ärztlicher Kontrolle erfolgen darf. Die Selbstheilung mit Bienenstichen oder Präparaten auf der Basis von Bienengift ist nicht erlaubt, denn sie kann schädlich sein", sagt Dr. Omarov.

Allergie gegen Bienengift

In der Praxis vieler Bienenzüchter geschieht es oft, daß jemand aus der näheren Umgebung überempfindlich auf Bienenstiche reagiert und ernsthafte Komplikationen entstehen. Es sind Fälle bekannt, daß nur ein einziger Stich zu einer Reaktion führen kann, die tatsächlich als äußerst kritisch zu bezeichnen ist. Auf dem 22. Weltkongreß der Imker, der 1969 in München stattfand, erwähnte Dr. K. A. Forster in seinem Referat den Brief eines Imkers, der mitteilte, daß seine Frau nach jedem Stich ernsthaft erkranke. „Ich weiß einfach nicht, was ich tun soll, mich von meiner Frau trennen oder von meinen geliebten Bienen", klagte der Imker in seinem Brief und bat Dr. Forster um Rat, da er gehört hatte, daß eine Immunität gegenüber Bienenstichen möglich wäre.

Angaben aus der Fachliteratur weisen darauf hin, daß 0,5–2 % der Menschen überempfindlich auf Stiche der Hautflügler reagieren. Obwohl Fälle des sogenannten anaphylaktischen Schocks von nur einem Wespenstich oder Bienenstich schon in der Literatur im 19. Jh. und auch früher erwähnt werden, beginnen klinische und immunologische Untersuchungen der Reaktion auf das Gift der Hautflügler in den sechziger Jahren des 20. Jh. – M. H. Lovelles 1956; J. A. Porošina – S. M. Totova 1963; J. Liška 1964; S. A. Arbesman, C. Langolois, S. Shulman 1965; H. Brown, H. Bernton, S. Stauch 1966; J. Barnard 1970; A. V. Artomosova, S. M. Titova 1970 u. a.

Nach der Schwere des klinischen Bildes teilt man die Reaktionen nach Wespen- oder Bienenstichen in drei Grade ein: leichte, mittlere und schwere. Je kürzer das Intervall zwischen dem Einstich und der Entwicklung der klinischen Reaktionen, um so schwerer die allergische Reaktion. Zum Beispiel entwickelt sich die Reaktion dritten Grades plötzlich, nur 2–3 Minuten nach dem Einstich. Außerdem erfolgt die spätere Reaktion bei wiederholtem Stich immer schwerer als die vorhergehende. Die Reaktion dritten Grades entsteht niemals

Der Imker Franc Šivić aus Ljubljana zeigt hier, wie Bienen auch friedlich sein können

bei dem ersten Insektenstich; gewöhnlich gehen ihr 2–3 Reaktionen ersten oder zweiten Grades voraus.

Therapie für Allergie gegen Insektenstiche

Die Behandlung von Patienten, die überempfindlich auf Insektenstiche reagieren, muß unbedingt in zwei Etappen erfolgen: erste Etappe – unvermeidliche Therapie zur Entschärfung der starken allergischen Reaktion und zweite Etappe – prophylaktische Therapie, eine spezifische, durch Allergen hervorgerufene Hypersensibilisierung, deren Ziel es ist, die hohe Empfindlichkeit bei Berührung mit Insekten herabzusetzen.

Therapie für die Reaktion 1. Grades: – Vor allem vorsichtig den Stachel entfernen, die bedrohte Einstichstelle – falls möglich – abbinden. Die Stelle des Einstichs mit 0,1 %iger Adrenalin-Lösung (0,3–0,5 ml) behandeln, unter die Haut 1 ml irgendeines Antihistamin-Präparates (Suprastin, Pipolfen . . .). Bestehen keine Möglichkeiten für diese Maßnahmen, dann die Tabletten Suprastin 0,025 g / Efedrin 0,025 g / Prednisolon 5 mg einnehmen, und auf die Stelle des Einstichs Eis oder einen kalten Gegenstand legen.

Therapie für die Reaktion 2. oder 3. Grades: – In diesen Fällen muß sofort geholfen werden. Sofort die Stelle des Einstichs mit 0,1 %iger Adrenalin-Lösung (0,5 ml) behandeln und an einer anderen Stelle unter die Haut noch 0,3 ml Adrenalin-Lösung bringen. Unbedingt erforderlich ist das Zuführen von 1–2 ml Antihistamin-Präparaten, und ebenfalls auch 1 ml 30 %ige Prednisolon-Lösung.

Hypersensibilisierung durch Allergien

Ein junger amerikanischer Imker konnte auf Grund seiner Überempfindlichkeit gegenüber Insektenstichen auf der väterlichen Bienentracht mit 1000 Bienenstöcken nicht arbeiten, wie er wollte, und suchte deshalb einen Arzt, der ihm helfen würde, sich allmählich an das Bienengift zu gewöhnen.

Er erhielt von einem Arzt alle 10 Tage die Dosis 1/5 Bienenstich, und später, je nach Verträglichkeit, wurde diese Giftmenge dem Organismus einmal, und dann zweimal wöchentlich zugeführt. Nach zwei Jahren Gewöhnung des Organismus an Apitoxin (Bienengift) war der junge Imker soweit, daß er auf einmal ohne Folgen fünf Stiche ertragen konnte.

„Zur Behandlung von Patienten mit Allergie gegen Insektenstiche haben wir ein Schema angewandt, das im Allergologischen Kabinett im Ersten Hospital in Moskau, die klinische Basis der Akademie der Medizinischen Wissenschaften der UdSSR, benutzt und von Prof. A. D. Dado geleitet wird.

Die Behandlung bestand aus drei Kuren, je einmal jährlich. Die Wirksamkeit der Methode spezifischer Hypersensibilisierung bewegt sich laut Angaben verschiedener Autoren zwischen 85 und 90 %.

Von unseren 30 Patienten, die eine spezifische Hypersensibilisierung von einer bis zu drei Kuren mitgemacht haben, wurden sechs wieder gestochen. Bei fünf von ihnen wurde weder eine lokale noch allgemeine Reaktion festgestellt. Eine Patientin, die früher die Reaktion 3. Grades bei nur einem Bienenstich gehabt hatte, war am Ende der ersten Behandlungskur erneut einem Stich ausgesetzt und erlitt eine leichtere Reaktion 1. Grades.

Aus einer Gruppe von Imkern, die vor der Behandlung bei uns bei Bienenstichen Bronchialasthma, allgemeine Hautrötung und Dermatitis der Hände hatten, gelang es drei von ihnen, nach 1–2 Kuren wieder die Arbeit mit ihren Bienen aufzunehmen", schreiben die Ärzte Dr. Artomosova und Dr. Titova.

Honig und Pollen als Antiallergene

Aus der Fachliteratur sind Fälle der Desensibilisierung des menschlichen Organismus durch Honig in der Rolle eines Antiallergens bekannt.

Bei einigen Menschen kommt es durch den Komplex von Heufieber und Asthma zu besonderen Störungen der Atmungsorgane. Die Ursache dieser Allergie sind in der Luft befindliche Pflanzenpollen und Staubkörnchen.

Der Organismus einzelner Personen reagiert so heftig,

daß aus der Selbstverteidigung eine Krankheit entsteht. Die Ärzte müssen oft langwierig ermitteln und prüfen, bis sie in jedem einzelnen Fall die Ursache entdecken. Dann versuchen sie durch allmähliches Angewöhnen und vorsichtige Erhöhung der Dosis den Körper des bedrohten Patienten unempfindlich zu machen.

Diese Erkenntnis ließ einige amerikanische Ärzte schlußfolgern, der Honig aus der Gegend des Patienten enthalte sicher nicht nur Pollen, auf den seine Atemorgane und die Luftröhre heftig reagieren, sondern auch viele andere Stoffe, die ähnlich wirken. Deshalb sei auch keine lange Suche nach dem gewissen, die Allergien hervorrufenden Stoff erforderlich, denn Honig aus dieser Gegend habe sicherlich in entsprechender Menge alle diese Stoffe aufzuweisen. Somit versuchten sie die an Heufieber leidenden Patienten mit Honig zu immunisieren.

Dr. W. G. Peterson berichtet von Untersuchungen mit 22 Patienten, die an allergischen Erkrankungen, Heufieber und Asthma litten. Durch den täglichen Gebrauch von nur 1 Teelöffel Honig, der aus der Gegend des Patienten stammt, wurden 90 % der Patienten geheilt oder ihr Zustand wesentlich verbessert.

Man betont, daß dies „roher", d. h. natürlicher Honig sein muß. Er kommt in fast ganz Europa vor, während in Amerika Honig bis zu + 75 Grad Celsius erwärmt wird, um alle Pilzchen zu vernichten und die Kristallisation möglichst zu vermeiden. Später wird dieser Honig durch ein feines Quarzsieb gegossen, anschließend werden dem Honig noch die letzten biologischen und therapeutischen Werte genommen.

Wissenschaftler raten dazu, Honig nicht über + 37 Grad Celsius zu oder überhaupt nicht zu erwärmen – dazu rät auch der Österreicher Jechimowitz auf dem Apitherapie-Symposium in Portorož – denn dies ist unsere normale Körpertemperatur, auch im Bienenvolk geht die offene Brut schon bei über + 37 Grad Celsius zugrunde.

Verschiedene Präparierungen und Behandlungen werden

hauptsächlich wegen des dekorativen und schönen Aussehens vorgenommen – der Honig soll möglichst hell und nicht grob kandiert (kristallisiert) sein und dem Geschmack einer breiten Schicht von Verbrauchern entsprechen.

Honig und die darin befindlichen Pollenkörner, die als Antiallergene zur Immunisierung gegen Heufieber genutzt werden, müsse aus einer Zone kommen, die 16 km im Umkreis des Wohnortes liegt, denn nur sie enthalten alle die Beschwerden hervorrufenden Allergene.

Bienenwachs gegen Heufieber

Ein britischer Imker ist überzeugt, auf leichte Art und Weise gegen Heufieber vorgehen zu können: durch Kauen des Wachses, aus dem die Bienenwabe besteht.

Nach der Auffassung des Imkers G. Davis aus Malverne in West-England stellt Wachs ein sehr wirksames Schutzmittel gegen Heufieber dar. Das erinnert an die Volksheilkunde, aber auch der Leiter der Fachgruppe für Rheumatologie und Allergie der Universität Birmingham, Dr. D. Stanworth, hebt seine Wirkungskraft hervor. Er meint, dafür gebe es eine logische Erklärung:

„Heufieber und wahrscheinlich auch Erkrankungen wie Asthma und Ekzeme werden durch Allergien gegen bestimmte Substanzen wie z. B. in der Luft befindliche Pollenkörner hervorgerufen. Die erste Phase wird Sensitisierung genannt. Der Organismus stellt besondere Antikörper für Pollen her, die sich an den sogenannten basiziten Zellen befestigen. Das Ende dieser Antikörper ist an der basiziten Zelle befestigt, und der auf Pollen empfindlich reagierende Teil bleibt frei.

Handelt es sich um eine größere Menge Pollen, die gewöhnlich eingeatmet wird, warten die sensitisierten basiziten Zellen. Pollen verbindet sich mit dem hervorstehenden

Teil der Antikörper, indem er sehr spezifische Signale der Antikörper aus der basiziten Zelle sendet. Dies führt dazu, daß die basiziten Zellen einen als Histamin bezeichneten Stoff freisetzen, und eben diese Materie löst die bekannten allergischen Reaktionen aus, unter anderem auch Heufieber."

Eine Art der Behandlung ist die „Desensibilisierung". Wenn dieses Pollen-Material dem Organismus zugeführt wird, gewöhnlich durch eine Reihe ziemlich schmerzhafter Einspritzungen, kann es zur Bildung verschiedener Antikörper kommen, deren Aufgabe es ist, die allergischen Reaktionen aufzuhalten. Die Injektionen können besonders wirksam sein, wenn Pollen mit Wachs als Emulsion vermischt wird.

Neue Wege zur Bildung von Antikörpern

Dr. Denis Stanworth vertritt die Auffassung, daß die Entdekkung des britischen Imkers aus Malverne, das Kauen von Wachs als Behandlung durchzuführen, ebenfalls diese Wirkung haben könnte. Wachs entstammt den Waben, die mit Sicherheit Pollen enthalten. So gelangt Pollen weder durch Einatmen noch durch Einspritzen in den Organismus, sondern durch Kauen.

Dr. Stanworth und seine Kollegen sind im Augenblick dabei, diese Art der Behandlung genauestens zu untersuchen. Sollte sie wirklich Effekte aufweisen, so wäre diese Therapie bedeutend angenehmer als die häufigen Einspritzungen.

Bienenprodukte zur Steigerung der Fruchtbarkeit und Sexualität

Es ist medizinisch nachgewiesen, daß Bienenprodukte die nervliche Stabilität und die körperliche Kondition des menschlichen Organismus positiv beeinflussen. Da Blütenstaub und Futtersaft in ihrer reichen Zusammensetzung auch verschiedene Fermente und Pflanzenhormone, die steroiden Hormonen ähneln, sowie eine Reihe von Aminosäuren enthalten, von denen Arginin, Hystidin und Glycin besonders wichtig für die Spermatogenese sind, kann man den logischen Schluß ziehen, daß diese Präparate auch günstig auf den somatisch-psychoendokrinen Mechanismus des menschlichen Organismus und somit auf das sexuelle Potential und die Vitalität der Spermien einwirken können.

Wissenschaftler aus vielen Ländern untersuchten die gonadotrope Wirkung von Futtersaft und Blütenstaub. Borchert stellte erneute sexuelle Aktivität durch Zugabe von Futtersaft bei sexuell passiven Hasen fest. Tekavčić betonte besonders den günstigen Einfluß der Pantothensäure aus Futtersaft und Pollen auf die Gonaden, und Polazolli empfahl bei systematischen Untersuchungen von Medikamenten zur Behandlung männlicher Impotenz neben dem Gebrauch synthetischer Hormone auch Stärkungsmittel, wobei er vor allem die Apitherapie – Bienenprodukte – hervorhob.

Der italienische Wissenschaftler, Prof. Dr. Luciano Pecciai aus Mailand, äußerte sich dazu auf dem Sechsten Internationalen Apitherapie-Symposium. Die Überzeugung, daß sich im Futtersaft Substanzen befinden, welche die Vitalität des menschlichen Organismus bewahren und erhöhen, sei berechtigt, und man erwarte auch bald andere interessante medizinische Neuigkeiten aus der Welt der Bienen.

„Es ist allen bekannt, daß die Königin während des sogenannten ‚Begattungsfluges' sogar von 7–8 Drohnen begattet wird und in ihrem Körper Milliarden von Spermatozoiden aufbewahrt. Dieser männliche Samen wird in den folgenden

Die Arbeit mit den Bienen in der Natur und der Gebrauch der Bienenprodukte in der Ernährung stärken die Vitalität und erhöhen die Lebenserwartung des Imkers

3–5 Jahren zur Befruchtung der Eier dienen, die in der langen Fruchtbarkeitsperiode von der Königin gelegt werden."

Prof. Dr. L. Pecchiai betonte auch, daß die Spermatozoiden, die im Organismus der Königin in einer Samenblase aufbewahrt werden, jahrelang ihre Vitalität erhalten dank eines Sekrets, das von den Drüsen in der Samenblase abgesondert wird.

„Ich möchte dabei auf die Möglichkeit hinweisen, diesen vitalen Bestandteil, der zur Bewahrung des männlichen Samens dient, abzusondern und zu untersuchen. Ist er einmal identifiziert, kann er, vom technologischen Standpunkt aus gesehen, reproduziert und in verschiedener Hinsicht genutzt werden . . ."

Ähnlichkeiten bei der Befruchtung von Pflanzen und Menschen

Prof. Dr. Izet Osmanagić aus Sarajevo, der bekannteste jugoslawische Apideologe, beschäftigte sich eingehend und umfassend mit Untersuchungen des Einflusses von Bienenprodukten auf die sexuelle und reproduktive Fähigkeit der Menschen, besonders bei oligopotenten und impotenten Personen.

In seinem „Bericht über den Test von ‚Poleflor-executive' bei verringerter kohabitationer und generativer Fähigkeit der Männer" schrieb Prof. Osmanagić wissenschaftlich argumentiert und logisch überzeugend über die Analogie zwischen Pflanzenbefruchtung und der Rolle von Blütenstaub bei dieser Befruchtung und einem möglichen positiven Einfluß von Blütenstaub und Futtersaft bei der Befruchtung der Menschen, hinsichtlich der gleichen oder ähnlichen Substanzen, die in der sexuellen Dynamik und der generativen Potentiale des Menschen eine Rolle spielen.

Prof. Dr. Osmanagić schreibt: „Es wurde festgestellt, daß neben Pflanzenhormonen-Phytosterolen, die humanen Ketosteroiden ähneln, und einer Reihe von Aminosäuren die im Pollen enthaltenen Kohlenhydrate eine besondere Rolle bei der Befruchtung von Pflanzen spielen. Die meisten Substanzen sind auch bei der Ejakulation des Menschen anwesend, deren Qualität von deren Werten abhängt. Deswegen reicht für eine gründliche spermatologische Untersuchung und Beurteilung der Werte der Spermien nicht nur die morphologische Untersuchung der Spermatozoen aus, sondern ebenso wichtig, wenn nicht noch wichtiger, ist die biochemische Analyse des gesamten Ejakulats.

Im Plasma des Spermas wurde eine große Anzahl von Substanzen nachgewiesen, ohne dabei ihre klinische Bedeutung in jedem einzelnen Fall zu erklären. Heutzutage werden sie besonders beachtet bei der Beurteilung der reproduktiven und allgemeinen sexuellen Potenz der Menschen.

Fruktose für die Beweglichkeit der Spermatozoen

Die früheren Kriterien, die sich ausschließlich auf die Anzahl und morphologischen Eigenschaften der Spermatozoen gründeten, mußten durch genauere Untersuchungen ergänzt werden.

Schon 1945 wurde nachgewiesen, daß sich im Plasma des Spermas Fruktose befindet, der den Spermatozoen als energetische Reserve dient, den sie selektiv abbauen und in Energie umwandeln, die sie für ihre Beweglichkeit benötigen.

Auf Grund der Motilität der Spermatozoen kann man den Grad der Fruktolyse bestimmen. Erfolgt die Umwandlung von Fruktose in Energie schneller, ist der Grad der Motilität größer. Mit anderen Worten, wenn der Beweglichkeitsgrad der Spermatozoen hoch ist, so ist das Niveau der Fruktose ebenfalls hoch. Es handelt sich um den reichen Abbau von Fruktose und die intensive Nutzung der Energie seitens der Spermien.

Bei Azoospermie und Aspermie fehlt auch Fruktose. Verringerte Werte der Fruktose unterhalb der Normalen kann die Folge einer Entzündung im Bereich der Prostata sein, denn hier wird Fruktose synthetisiert. Diese Tatsachen müssen berücksichtigt werden, wenn im Spermatogramm Veränderungen bemerkt werden aufgrund verringerter Fruktose-Werte.

Wenn wir den Prozeß der Pflanzenbefruchtung betrachten, und besonders die Rolle der Fruktose in diesem Prozeß, und ihn mit dem Prozeß der menschlichen Befruchtung vergleichen, dann fällt uns gleich auf, daß die Mechanismen der Befruchtung in beiden Fällen fast identisch sind und die gleichen oder sehr ähnlichen Materien den Akt der Fekundation bedingen. Im Samen der Pflanze als Grundstoff der Bienenprodukte wie auch im Sperma des Menschen beruht der Befruchtungsakt auf dem Vorkommen von Kohlenhydraten und anderen Stoffen: Hormone, Fermente, Vitamine, die durch ihr Vorkommen den befruchteten Zellen ermöglichen, die fekundatione Macht auszuüben.

Dieser Umstand weist darauf hin, daß die Materien, welche die entscheidende Rolle bei der Pflanzenbefruchtung spielen, auch wesentlich – die reproduktive Fähigkeit der Menschen beeinflussen können . . .

Die Wirksamkeit des Pollen-Präparats

Die Verringerung der generativen und kopulativen Fähigkeit des Menschen kann oft durch Unterernährung oder nervliche und physische Erschöpfung nach übermäßiger Arbeit oder nach Krankheiten eintreten. Es zeigte sich, daß bei verbessertem allgemeinem Gesundheitszustand, erhöhtem Körpergewicht und biologischem Gleichgewicht im Organismus dank anabolischer Präparate auch die sexuelle Kondition und die menschliche Spermatogenese verbessert werden können. Deshalb war es auch zu erwarten, daß die natürlichen Bienenprodukte, die große Mengen Eiweißstoffe, Kohlenhydrate, Vitamine, Minerale, Hormone und andere bioaktive Bestandteile enthalten, deren positive Wirkung auf den gesamten menschlichen Organismus schon früher nachgewiesen wurde, auch zur Verbesserung der erotoreaktiven Potentiale beitragen. „Das Ziel unserer Untersuchungen bestand eigentlich darin, die Wirksamkeit des Präparats ‚Poleflor-executive' (Pollen und Futtersaft) bei Patienten mit verringerter oder völlig fehlender Reproduktions- und Kohabitationsfähigkeit zu testen. Die Untersuchungen umfaßten insgesamt 170 Männer verschiedener Alters- und Bildungsstufen.

Wir waren uns der Tatsache bewußt, daß Sexualität nicht als ausschließlich genitale Eigenart aufzufassen ist, sondern als ein Teil der gesamten psychosomatischen Funktionen des Organismus.

Es wurde nachgewiesen, daß sie den ganzen Organismus

durchdringt als unteilbare Komponente. Deshalb ist die Wirkung von ‚Poleflor-executive' nicht wie bei einem Aphrodisiakum nur auf die Genitalorgane beschränkt, sondern hat einen sehr viel breiteren Wirkungsbereich, der sich unter anderem in erhöhter Libido, verstärktem Orgasmus, Dynamik der Kohabitation, Verbesserung der Vitalität der Spermatozoen und ihrer Bildung äußert.

Diese komplex verstandene Wirkung des Präparats führte zu einem klinischen Erfolg, der nicht nur subjektive, sondern auch objektiv positive Resultate zeigte.

Nach zweimonatigem Gebrauch von ‚Poleflor-executive' bei einer Gruppe von 24 Patienten, die eine Kapsel täglich einnahmen, wurde aufgrund von Routineuntersuchungen des Spermas eine bestimmte Besserung hinsichtlich der Qualität und Quantität des Spermas festgestellt. In einigen Fällen kam es auch zu verstärkter Motilität. Man konnte eine bessere allgemeine und sexuelle Kondition sowie eine stärkere Dynamik der Kohabitation bemerken.

Durch diese, wenn auch bescheidenen Resultate ermutigt, entschlossen wir uns zur Erhöhung der Dosis dieses Präparats. Wir wurden in unserer Annahme bestätigt, daß die natürlichen Bienenprodukte bei intensiverer Einnahme in längeren Perioden zu einer wesentlichen Verbesserung der sexuellen Potentiale beitragen.

In einer Gruppe von 40 Patienten, die im Laufe von drei Monaten zwei Kapseln ‚Poleflor-executive' täglich erhielten, kam es bei mehr als 57,5 % zur Besserung der allgemeinen und sexualen Kondition. Bei den meisten der Untersuchten wurde wegen der verringerten Erotoreaktions-Potentiale eine Qualität des Beischlafs erreicht, und ca. 60 % wiesen Zeichen besserer Spermatogenese auf . . ."

Psychische Störungen und Impotenz

Besonders aufschlußreich sind die Mitteilungen von Prof. Dr. Osmanagić hinsichtlich der Problematik sexueller Impotenz und verringerter generativer Potenz bei Männern:

„Sexuelle Impotenz kommt viel häufiger vor, als man denkt, weil sich Personen mit verringerter Kohabitationsfähigkeit selten beim Arzt melden oder sich, was noch seltener ist, anderen anvertrauen.

Auch Männer mit verringerter generativer Potenz bitten selten um ärztliche Hilfe, da sie selber meistens nicht wissen, daß sie an der Sterilität in der Ehe die Schuld tragen . . .

Psychische Störungen dominieren in der sexuellen Impotenz, was auch verständlich ist, wenn man weiß, welche vielfachen Verbindungen zwischen Gonaden und dem zentralen und vegetativen Nervensystem bestehen.

Diese beiden hormonalen und psychogenen Faktoren sind selten trennbar. Während man für die psychogenen Ursachen vor allem Beschädigungen der Nervenztren anführt – Neurasthenie, Psychasthenie – wird hormonale Impotenz in erster Linie als Resultat der Insuffizienz der Gonaden angesehen, und es kann auch die Folge der gestörten Funktion der Hypophyse, der Schilddrüse, der Epiphyse, des Pankreas und der Milz sein.

Mechanische Faktoren sind sehr häufig die Folgen von Entzündungserkrankungen oder einer gestörten Entwicklung der genitalen Organe. Die psychische Komponente der Impotenz ist auch bei psychischer Inhibition anwesend: Angst, Unsicherheit vor Mißerfolg beim Koitus, fehlende Emotion bei Beschädigung der Nervenzentren, ungenügendes Interesse für den Partner. Auch das psychische Trauma als Ursache verringerter Kopulationsfähigkeit sollte man nicht außer acht lassen.

Die Ätiologie der männlichen Sterilität ist sehr unterschiedlich, deshalb stellt auch die Heilung von Patienten, die an sexueller (kohabitationer und generativer) Impotenz leiden, eine sehr komplizierte Aufgabe dar", schreibt Prof. Dr. Izet Osmanagić in seiner Studie.

Nachteile hormonaler Therapien

„Bei dem Bemühen, Personen zu helfen, deren sexuales Potential verringert ist, entschließen sich Ärzte leicht dazu, sexuelle und andere Hormone zu verschreiben, welche die Funktion der Gonaden anregen oder ersetzen sollen. Die Selektivität der Wirksamkeit einzelner Präparate läßt sich in solchen Fällen nicht erreichen, da es sich meistens nicht um eine Erkrankung handelt, die durch einen bestimmten Verursacher hervorgerufen wurde, die durch ein entsprechendes Medikament behandelt werden kann, sondern um einen Zustand, dessen wahre Ursachen häufig unentdeckt bleiben. Dies hat die Anwendung verschiedenster Präparate zur Folge, meistens ohne entsprechenden Erfolg."

„Ich meine", sagt Prof. Osmanagić, „daß bei der Behandlung dieser Patienten vor allem das psychische Gleichgewicht hergestellt werden muß, das durch erfolglosen Koitus oder Infertilität ins Schwanken geraten ist. Manchmal ist dies leichter zu erreichen durch wohlmeinende Ratschläge oder Suggestion als durch zahllose Medikamente. Dabei sollte man jedoch nicht vergessen, daß bessere körperliche Kondition ebenfalls zu erneutem Selbstbewußtsein und zur erfolgreichen Durchführung des Geschlechtsaktes beiträgt. Dadurch lassen sich die positiven Resultate nicht nur in der somatischen, auch in der sexualen Sphäre nach der Einnahme anabolischer Präparate erklären, besonders, wenn sie pflanzlich-tierischer Herkunft sind.

Zu solchen Präparaten gehören in erster Linie die Bienenprodukte mit Blütenstaub, Futtersaft, Honig und Propolis. Aus diesem Grund entschlossen wir uns auch zu umfassenden Untersuchungen und Analysen der Wirksamkeit von

Bienenprodukten bei sexuell und reproduktiv oligopotenten und impotenten Patienten und stellten fest, daß es bei fast allen Untersuchten, die Pollen-Futtersaft-Präparate eingenommen hatten, zur evidenten Besserung der sexuellen und allgemeinen Kondition kam", teilte Prof. Dr. Osmanagić zum Abschluß seiner Studie fest.

Die Ratschläge von Dr. Glas

Experten für Diätetik und Physiologie raten dazu, in der täglichen Ernährung möglichst viel natürliche Nahrungsmittel zu verwenden, die eine normale Funktion der Zellen und eine schnellere Entgiftung des Organismus sichern und damit auch das unerläßliche biologische Gleichgewicht im menschlichen Organismus herstellen.

Solche Eigenschaften haben nicht nur Nahrungsmittel wie Bienenprodukte aufzuweisen, sondern auch Vollkornbrot, Milch, Käse, Soja-Produkte, Kohl, Mais- und Sonnenblumenöl, Hefe, frisches Obst und Gemüse sowie Obstsäfte.

Frisches Obst und Gemüse sind außergewöhnlich wichtig durch ihren Vitamin-Gehalt, besonders durch Vitamin C und andere Schutzstoffe; der menschliche Organismus erhält diese Stoffe so in biologisch günstigster Form. Obst, besonders die natürlichen Obstsäfte, sind ein ideales Mittel zur Neutralisierung und Entgiftung.

Über die Bedeutung des Honigs in der täglichen Ernährung schreibt der englische Biologe Dr. Justin Glas in seinem Buch „Essen und jung bleiben".

„Zu einer richtigen Ernährung gehört auch unbedingt Bienenhonig. Raffinadezucker ist fast bedeutungslos für den menschlichen Organismus. In den meisten Fällen ist Zucker sogar schädlich. Es wäre viel besser, Honig oder Obstsäfte zu verwenden.

Der tägliche Gebrauch von Honig sollte zur wichtigsten

Regel in der Ernährung werden. Honig ist ein ausgezeichnetes Vorbeugungsmittel gegen viele Krankheiten, er heilt und verlängert das Leben ...", betont Dr. Glas.

Dies haben viele Ernährungswissenschaftler nachgewiesen. Seit neuerer Zeit sind in vielen Ländern außer Bienenhonig auch andere Bienenprodukte in verschiedenen Kombinationen erhältlich, die dank ihrer reichen Zusammensetzung nicht nur eine wertvolle Nahrung darstellen, sondern auch kostbare Stimulatoren zum Schutz der Gesundheit und zur Erhaltung des biologischen Gleichgewichts im menschlichen Organismus.

Heilpflanzen und Bienenprodukte

In einer Zeit, als die moderne Medizin noch nicht entwickelt und allen Menschen zugänglich war, wurden verschiedenartige Heilmittel aus Honig und Heilpflanzen hergestellt und zur Behandlung vieler Erkrankungen benutzt. Es bestehen keinerlei Gründe, nicht auch heutzutage auf dieses altüberlieferte Wissen zurückzugreifen, denn die modernen Wissenschaften haben nachgewiesen, durch Verbindung der Heilpflanzen-Komponenten mit den biologisch aktiven Materien der Bienenprodukte ihre gemeinsame Wirksamkeit verbessern zu können.

Durch Kombination von Api- (Bienenprodukte) mit Phyto-Präparaten (Heilpflanzen) wird die gegenseitige Ergänzung und Verstärkung der rechtzeitigen Wirkung einzelner Komponenten ermöglicht; dies bedeutet auch die Verbesserung der therapeutischen Wirkung dieser Rezepte.

Die leeren Diskussionen „für" und „gegen" die Volksmedizin sind heutzutage fast völlig überwunden. Sogar die orthodoxen Anhänger der modernen Medizin haben angefangen, auf die heilkräftige Wirkung einzelner Naturheilmittel hinzuweisen, die durch keinerlei synthetische Mittel ersetzt werden können.

Gründliche wissenschaftliche Untersuchungen ermöglichten die Feststellung der chemischen Zusammensetzung der in Heilpflanzen, Bienenprodukten und anderen natürlichen Produkten enthaltenen Substanzen und die Überprüfung ihrer Bedeutung für den menschlichen Organismus. So hat der französische Arzt Dr. Jean Valnet bei wissenschaftlichen Untersuchungen von Heilpflanzen und deren Wirkung auf den menschlichen Organismus Rezepte hergestellt, die eine Mischung von Pflanzenbestandteilen und entsprechenden Mineralen darstellen. Dieser medizinische Experte ist der Meinung, daß die Menschen heutzutage gegen verschiedene chemische Vergiftungen kämpfen müssen, vor allem durch den Schutz der Natur und der natürlichen Umwelt, aber ebenso durch Rückkehr zur natürlichen Ernährung und zu von der Natur gebotenen Heilmitteln und Heilweisen.

Die rätselhaften Wirkungen der Naturheilkunde regte auch Fachleute der Weltgesundheitsorganisation zu Untersuchungen an, die das Ziel hatten, in die moderne Medizin, soweit möglich, die nützlichen Elemente der traditionellen Medizin der Afrikaner, der Indianer aus Mittelamerika, der Hindus, Araber und Chinesen einzubeziehen.

Unerschöpflicher Reichtum der „grünen Quellen"

Der jugoslawische Experte der Vereinten Nationen, Prof. Dr. Jovan Tucakov, nannte einmal Heilpflanzen unerschöpfliche grüne Quellen. Sie stellen ein wahres Arsenal dar, in dem eine Biosynthese sehr komplexer, teilweise bekannter, und im wesentlichen noch immer chemisch unbekannter Substanzen stattfindet, die außerordentlich günstig den menschlichen Organismus beeinflussen, vor allem zur Vorbeugung gegen Krankheiten.

„Bienen, die verschiedene Heilpflanzen anfliegen, sammeln die heilsamen Bestandteile aus diesen Blüten und schaffen sie unverarbeitet in ihren Honig. Daher das große Interesse der Mediziner, durch stärkere Nutzung der Heilpflanzen und der Bienenprodukte die Menschen wieder zu der natürlicheren Nahrung und Heilweise zurückzuführen", betonte Prof. Tucakov.

Fachleute empfehlen deshalb aus gutem Grund, zum Beispiel zum Süßen verschiedener Kräutertees, unbedingt Bienenhonig zu verwenden, denn der Wert dieser gesunden Getränke erhöht sich noch mehr durch den Gehalt zahlreicher heilsamer und nahrhafter Bestandteile des Honigs, welche die Bienen von den Pflanzen übertragen, aber auch durch nützliche Stoffe, die sie aus ihrem Organismus dem Honig zusetzen.

Visionen des amerikanischen Kardiologen Gray Diamond

Auf der ganzen Welt ist ein wachsendes Interesse an Teesorten, Heilkräutern und -pflanzen zur Heilung vieler Leiden zu beobachten. Der bekannte amerikanische Kardiologe Dr. Gray Diamond kündigte nach ausgedehnten Reisen durch China an, daß neben der Akupunktur die chinesischen Methoden der Verwendung von Heilpflanzen und -kräutern zur Heilung und Linderung mit Sicherheit im Kommen seien und das Interesse der medizinischen Experten in den Vereinigten Staaten wecken würden.

Dr. Diamond betonte, daß ihn besonders „die Vielfalt der Angaben über die Verwendungsmöglichkeiten der den chinesischen Ärzten zur Verfügung stehenden Heilkräutern", beeindruckt hätten, aber nicht als Kult, sondern als Resultat viertausendjähriger Erfahrungen und Beobachtungen.

Dieser amerikanische Arzt, Leiter des Medizinischen Zentrums der Universität Kansas City im Staate Missouri, hob auch hervor, daß er zur Untersuchung der aus China mitgebrachten Dokumentation eine gewisse Zeit in Anspruch nehmen müßte. Er habe die Krankheitsgeschichte einer größeren Anzahl von Patienten studiert und sei chinesischen Ärzten begegnet, die sowohl die klassische Medizin als auch Heilpflanzen anwandten.

„Besonders beeindruckten mich die Krankheitsgeschichten einiger Patienten mit Herzerkrankungen, bei denen sich die Behandlung mit Heilkräutern als äußerst wirkungsvoll erwies", bemerkte Dr. Diamond.

Apfelessig mit Honig

Auf die Frage, warum Bienenprodukte in ihren Therapien eine solch große Rolle spielen, antwortete die polnische Ärztin Jadwiga Gornicki, die ca. 20 natürliche Therapien bei der Behandlung von Krankheiten erfolgreich durchführt:

„Bienenprodukte enthalten außer Nährstoffen, Vitaminen und Bioelementen noch zahlreiche Enzyme, die wiederum Kupfer-, Eisen-, Kobalt-, Magnesium-, Mangan-, Molibdän-Ione und andere Mineralstoffe in sich haben. Auf Grund dessen deckt Bienenhonig den fehlenden Bedarf an Elementen im menschlichen Organismus, und dabei spielen Enzyme auf jeden Fall die wichtigste Rolle.

Der Stoffwechsel im Organismus, das sind Tausende von chemischen Prozessen, die mittels der Katalysatoren erfolgen. Und eben diese Rolle übernehmen die komplexen Enzyme im Bienenhonig.

Ich behandle viele Erkrankungen mit einer Apfelessig-Honig-Mischung, die in lauwarmem abgekochtem Wasser aufgelöst wird, 2 Eßl. Apfelessig, zwei Eßl. Honig in 1 Glas lauwarmem Wasser.

Diese Mischung fördert die Stärkung der Schleimhäute, hilft bei schlechter Verdauung, erleichtert den Stoffwechsel, regt die Blutzirkulation an, stärkt den Organismus und hilft bei der Entgiftung des Organismus.

Bei unregelmäßiger Verdauung trinke man dies auf rohen Magen; bei Schlaflosigkeit – vor dem Schlafengehen, und bei Heiserkeit muß man es trinken und dabei gurgeln ..." sagt Dr. Jadwiga Gornicki.

Ein größeres Lob erteilte der amerikanische Arzt Dr. D. C. Jarvis in seinem Buch „Volksmedizin" Apfelessig und Honig. Dieser weltbekannte und populäre Verfechter einer Volksmedizin betont den hohen Gehalt an Mineralstoffen, vor allem Kalium, die in den menschlichen Organismus gelangen.

Auch im Bienenhonig sind Mineralstoffe enthalten, die aus dem Blütennektar stammen. Dank der Kombination von Bienenhonig und Apfelessig erhöht sich im Organismus die Fähigkeit des Blutes, den vitalen Organen des menschlichen Körpers Sauerstoff zuzuführen.

Kalium – eine wichtige Komponente

Das reichhaltig in Äpfeln und Apfelessig vorkommende Kalium ist sehr wichtig für die richtige Funktion aller Zellen im menschlichen Organismus, denn es nimmt an den biochemischen Prozessen in der Zelle selbst teil. Kalium ist eine wichtige Komponente für die Muskeltätigkeit, ihre Kontraktion sowie bei der Funktion der Nerven. Ebenso ist es ein bedeutender Faktor bei der Herstellung von Glykogen, das einen Energiespeicher in unserem Körper darstellt. Außerdem ist Kalium sehr wichtig für den Zucker- und Protein-Austausch.

Nach der Menge gemessen nimmt Kalium die dritte Stelle unter allen im menschlichen Körper befindlichen Mineralstoffen ein. Man kann ruhig sagen, daß Kalium für die Zellen so wichtig ist wie Kalzium für die Knochen. Bei bestimmten Situationen kommt es zu einem Verlust größerer Mengen Kalium im Organismus, bei einigen Nierenerkrankungen, bei nicht behandelter Zuckerkrankheit, übermäßigem Erbrechen, Durchfall, starkem Schwitzen. Dieser Mangel kann auch durch verschiedene Medikamente hervorgerufen werden, die zur Ausscheidung des Wassers aus dem Organismus bei erhöhtem Blutdruck oder der Dekompensation des Herzens angewandt werden.

Die Symptome bei Kaliummangel im Organismus sind Trockenheit im Mund, Durst, Schwäche und Schläfrigkeit, verringerter Harndrang, Muskelschmerzen und Herzschwäche.

Apfelessig enthält alle im Apfel befindlichen Mineralstoffe, mit dem Unterschied, daß der Zucker durch Gärung in Apfelsäure übergeht.

Die Apfelsäure ist ebenfalls ein wichtiger Faktor für den Stoffwechsel im Organismus. Wie auch immer die Bestandteile des Apfels dem Organismus zugeführt werden, als Frucht, Saft oder Apfelessig, seine Eigenschaften sind äußerst wirksam und heilend, vor allem in der Kombination mit Bienenhonig.

Rezept zur Herstellung von Apfelessig.

Dr. Jarvis führt in seinem Buch zahlreiche Beispiele an, in denen Apfelessig und Honig zur Heilung und Linderung verschiedener Erkrankungen beigetragen haben. Meistens verschrieb er seine Rezepte Patienten mit chronischer Nebenhöhlenentzündung, Kopfschmerzen, Migräne, Schwindel, erhöhtem Blutdruck, Arteriosklerose, chronischem Rheumatismus, Nierenerkrankungen, chronischer Müdigkeit, Darmerkrankungen, verschiedenen Vergiftungen und bei Fettleibigkeit (ohne Honig).

Auch dieser Arzt rät dazu, 1 Eßl. Honig und 1 Eßl. Apfelessig in 1 Glas warmem Wasser aufzulösen und 2–3 mal täglich vor dem Essen davon zu trinken, und zwar in der Dauer von 1–3 Monaten. Nach einer Pause von 1–2 Monaten kann man all dies wiederholen. Hier ein erprobtes Rezept, wie man sich Apfelessig selbst zubereiten kann:

5–10 kg ungespritzte Äpfel (am besten wilde Waldäpfel) waschen, zerkleinern und pürieren. Die Masse in einer emaillierten Schüssel mit Wasser übergießen, bis sie bedeckt ist. Man kann 20–50 g Kristallzucker hinzufügen, ist aber nicht unbedingt erforderlich.

Mit einem Mulltuch überdecken und 10–20 Tage an einen warmen Platz, eventuell in die Sonne stellen. Durch Gärung entsteht jetzt der Apfelessig, der am Ende durchgesiebt und in Flaschen gefüllt wird. Kühl und dunkel aufbewahren.

Verschiedene Kombinationen mit Honig und Äpfeln

Viele Ärzte empfehlen ihren Patienten zur schnellen Genesung die Verwendung von Honig in der täglichen Ernährung. Prof. Koch, der bekannte Experte für Herzerkrankungen, antwortete einmal, daß er dem menschlichen Herz sehr gern die im Honig befindlichen Stoffe verschreiben würde.

Bei der Verschreibung von Medikamenten wird immer noch zu wenig darauf geachtet, daß die Wirksamkeit erst bei entsprechender Diät zum vollen Ausdruck kommt. Im Verlauf einer Krankheit kämpft der Organismus um die Gesundung, dabei ist es wichtig, ihn maximal zu unterstützen, nicht nur durch ein bestimmtes Heilmittel, sondern auch durch die günstigste Nahrung. Die Kombination von Honig und Äpfeln wird als beste Verbindung dieser beiden Faktoren betrachtet: Heilsamkeit und Nahrhaftigkeit. Jeder Therapeut kennt die guten Erfolge der Honig-Behandlung bei verschiedenen Herz-, Nieren-, Magen- und Darmerkrankungen. Jedoch auch Äpfel wurden schon im Altertum als ausgezeichnete Heilmittel geschätzt.

Nicht nur die Ärzte des Altertums, auch die moderne Medizin schätzt mehr denn je die nahrhafte und heilende Wirkung der Äpfel. Deshalb gibt man Säuglingen in vielen Ländern bei Magen- und Darmkatarrh geriebene, mit Honig vermischte Äpfel als einzige antiseptisch wirkende Nahrung.

Dr. Marta Černeljc, Leiterin der Kinderklinik in Maribor,

Aroma und chemische Zusammensetzung des Honigs sind vor allem durch die pflanzliche Herkunft bedingt

gab diese Nahrung den kleinen Patienten, und im Laufe von sechs Monaten wurden damit ca. 200 Neugeborene gefüttert, von denen die Hälfte Frühgeburten waren.

„Der mit Honig vermischte Apfelbrei enthielt ausgepreßte und getrocknete aromatische Äpfel. Alle Analysen zeigten, daß keinerlei Verdauungsstörungen bei diesen Kindern auftraten, die diesen Brei erhalten hatten ..." sagte Dr. Marta Černeljc. Äpfel und Honig enthalten zahlreiche Heilstoffe, die auch den Schlaf und die Verdauung beeinflussen, was nicht nur für Kranke, sondern auch für Gesunde gleichermaßen wichtig ist. Es wurde nachgewiesen, daß bei Nahrungsverweigerung in den meisten Fällen Äpfel und Honig bevorzugt wurden. Diese Mischung ist niemals schädlich und stärkt den Organismus.

Hier zeigen wie Ihnen einige Apfel-Honig-Kombinationen für Kranke:

Gekühlter Apfel-Honig-Saft: Einen größeren Apfel entkernen und fein reiben. Ebensoviel frisch ausgepreßten Orangensaft hinzufügen, mit Honig süßen und mehrmals täglich 1 Eßl. einnehmen.

Apfelsalat mit Honig: Einige größere Äpfel reiben, mit Orangen- und Zitronensaft sowie 3–4 Eßl. Honig mischen. Cremig verrühren. Einige Bananenscheiben hinzufügen, mit Schlagsahne verzieren.

Haferflocken mit Äpfeln und Honig: Gedünstete Äpfel, Haferflocken, Honig, Vanille und Joghurt mischen. Besonders Kindern zu empfehlen, auch als Brotaufstrich günstig.

Apfel-Honig-Käse-Creme: 200 g weichen Frischkäse zerdrücken, sorgfältig mit 2 Eßl. Honig vermischen. Einen geschälten, geriebenen säuerlichen Apfel hinzufügen und zu einer glatten Masse verrühren. Mit Schlagsahne verzieren.

Gesunde Honig-Desserts

In einer australischen Zeitschrift für Bienenzucht wiesen die Experten Douglas Brown und Frank Kosikovski auf ein neues Nahrungsmittel hin, das in Australien und in den Vereinigten Staaten immer populärer wird: Es handelt sich um ein neues Joghurt-Honig-Produkt.

Es ist bekannt, das Joghurt eines der ältesten fermentierten Nahrungsmittel darstellt, die die Menschheit kennt. Seit dem frühen Altertum ist er vor allem im Mittleren Osten und in den Mittelmeerländern bekannt, nach 1900 in ganz Europa populär geworden.

Erst 1960 begann die Joghurt-Produktion in den Großstädten Nordamerikas, und seitdem breitete er sich immer weiter aus bis hin nach Australien.

Die neue Popularität von Joghurt schreibt man den Verbrauchern zu, die wissen, wie wichtig dieses Milchprodukt in der täglichen Ernährung ist, sie ist aber auch der Produktion immer besserer, leicht saurer und aromatisierter Joghurtsorten zu verdanken. Das Erscheinen des Honig-Joghurts traf auf großes Interesse, dieses neue Natur-Produkt mit dem angenehmen Geschmack wurde vor allem durch seine heilsame Wirkung auf die Verdauung bekannt. Viele lehnen Honig ab, da er ihnen zu süß ist; deshalb ist man in den USA auch zur Honig-Produktion mit Obst-Geschmack übergegangen. Wissenschaftler der Landwirtschaftlichen Versuchsstation der Universität Pennsylvania erzielten in ihren Untersuchungen so gute Resultate, daß es schnell zur massenhaften Produktion und zum Gebrauch von Obst-Honig auch in anderen Ländern kam.

Durch die Zugabe von gedörrtem Obst erhält Honig einen herberen, süß-sauren Geschmack. Man hat zum Beispiel festgestellt, daß an der Sonne getrocknete Aprikosen und in Kühlgeräten getrocknete Erdbeeren lange aufbewahrt werden können und günstig zur Weiterverarbeitung geeignet sind. 7 % Aprikosen und 2 % Erdbeeren geben dem Honig einen sehr angenehmen süß-sauren Geschmack. 4/5 der Honig-Verbraucher, die früher keinen Honig mochten, essen ihn heute gerne, und anstelle von Aprikosen und Erdbeeren können auch mit anderen Obstsorten verschiedene Kombinationen hergestellt werden.

Praktisch Hinweise

Die heilsame Wirkung des Honigs auf den Organismus ist vielen Menschen bekannt, aber oft genug fehlt es an praktischen Ratschlägen über den richtigen Gebrauch.

Viele Verbraucher wollen genauer wissen, wie die verschiedenen Honigsorten aussehen, und ob ein und dieselbe Honigsorte zu verschiedenen Zwecken benutzt werden kann.

Immer mehr Mediziner raten dazu, nicht jeden Honig gleichermaßen bei allen Krankheiten anzuwenden, sondern je nach Anwendbarkeit bestimmte Honigsorten unter Beachtung ihrer Zusammensetzung und spezifischen therapeutischen Eigenschaften auszuwählen. Bei Blutarmut sollte man zum Beispiel Honig nehmen, der mehr Mineralien enthält, und das ist gewöhnlich dunkler Waldhonig. Zur Unterstützung des Harndrangs ist Honig mit hohem Gehalt an ätherischen Ölen geeignet (von Salbei, Lavendel), und dieser Honig ist auch günstig bei Erkältungskrankheiten. Bei Magenstörungen wählt man helleren Honig, denn er enthält weniger unverdauliche Stoffe, usw.

Farbe, Konsistenz, Aroma und chemische Zusammensetzung des Honigs ist durch die pflanzliche und geographische Herkunft bedingt.

Sehr beliebt, besonders bei Kindern, ist *Wiesenblütenhonig*. Er kann dunkelgelb bis rötlich sein und ist angenehm im Geschmack. Er wird vor allem Herzkranken empfohlen.

Lindenhonig – erkennt man an der hellen Farbe und dem

würzigen Geruch. Er hat eine antiseptische Wirkung und wirkt beruhigend auf den Organismus. Man benutzt ihn vor allem bei Erkältungskrankheiten. Er ist schweißtreibend, und während der Einnahme empfiehlt man den Patienten etwas Bettruhe. Am besten verwendet man diese Honigsorte zusammen mit Kräutertee.

Robinienhonig – ist wasserhell bis schwachgelblich, duftet angenehm und kandiert sehr langsam. Er ist besonders für Patienten mit Verdauungsstörungen geeignet und wirkt beruhigend auf den ganzen Organismus.

Kastanienhonig – hat eine dunkle Farbe, ist etwas herber im Geschmack, er weitert die peripheren Blutgefäße und verbessert die Blutzirkulation.

Rosmarinhonig – wirkt stimulierend auf die Galle und die Gallenkanäle.

Salbeihonig – wird zusammen mit Rosmarin- und Heidehonig zur Behandlung der Atemorgane empfohlen – bei Bronchitis, Asthma und vor allem Rauchern, denn er ist ungewöhnlich reich an ätherischen Ölen.

Die Honigsorten können auch nach dem Trachtgebiet in Gebirgs- und Flachlandsorten unterschieden werden. Es heißt, Gebirgshonig habe eine bessere Qualität. Dessen Bestandteile sind durch die reiche Gebirgsflora bedingt, die auch Milch und Butter einen spezifischen Geschmack verleihen. Dieser Honig ist bedeutend flüssiger, aromatischer und gesünder als Honig aus dem Flachland.

Mischhonige – stammen aus den verschiedensten Trachtpflanzen und sind gehaltvoller, vor allem, weil sie verschiedenartigere und kostbarere natürliche bioaktive Materien enthalten.

Honigtauhonig

Es besteht noch eine besondere Honigsorte, der sogenannte Honigtauhonig. Viele meinen, daß sei der schwächste Honig, weil er durch den hohen Anteil an Dextrin (unverdaulicher Stoff) zur Überwinterung der Bienen wenig geeignet sei. Dieser Honig besitzt jedoch einige Eigenschaften, die ihn an die Spitze der anderen Sorten stellen.

Die sowjetischen Experten V. Čistov und N. Siliev behaupten, Honigtauhonig enthalte bis zu 13mal mehr Mineralien als Blütenhonig. Er enhält besonders viel Eisensalze, die eine wichtige Rolle bei der Blutbildung, den Oxydations- und Wachstumsprozessen spielen, was besonders in der Kindheit und in der älteren Lebensphase wichtig ist. Deshalb heißt es in der bienenkundlichen und medizinischen Literatur auch, daß „Dunkler Honig gut für blasse Gesichter ist", für Personen mit geringerem Gehalt an Hämoglobin und Erythrozyten.

Honigtau entsteht dadurch, daß in der sommerlichen Hitze, wenn die Tage sehr heiß und die Nächte frischer sind, die Vermehrung der Pflanzenzellen und ihr Wachstum aufhören, so daß die süßen Säfte aus den Blättern, Nadeln und Zweigen der oberen Baumteile ausgeschieden werden und auf die unteren Teile fallen, welche die Bienen eintragen und in ihren Stock schaffen. Hier spricht man von Honigtauhonig.

Es gibt auch Honigtau tierischer Herkunft, wobei Blattläuse die süßen Säfte der Laubbäume aufsaugen (Eiche, Ulme, Ahorn u. a.) und eine zuckerhaltige Flüssigkeit ausscheiden, die einen Überzug auf den Blättern bildet und von den Bienen eingetragen wird.

Honigtau wird vor allem im Juni, Juli und August ausgeschieden. Der tschechische Wissenschaftler Dr. O. Harahsim erwähnt, daß große Mengen von Insekten, die Honigtau ausscheiden, in der Regel nach einem warmen trockenen Herbst, mäßig kalten Winter und frühen Frühling erscheinen. Wenig

Honigtau gibt es nach einem kalten, feuchten Winter, späten und verregneten Frühling und im Verlauf eines normalen Sommers, wenn die Niederschläge unterhalb der Norm liegen.

Obwohl man in der Fachliteratur von Honigtau pflanzlicher und tierischer Herkunft spricht, vertritt Dr. Harahsim die Auffassung, daß niemand bisher die pflanzliche Herkunft des Honigtaus bewiesen habe. Dieser Experte führte langjährige Untersuchungen durch und konnte nicht nachweisen, daß Honigtau durch pflanzliches Gewebe entsteht. Er meint, Honigtau als süße Materie werde ausschließlich von Blattläusen ausgeschieden und sei rein tierischer Herkunft.

Fachliche Beurteilungen des Honigtauhonigs

Der sowjetische Wissenschaftler B. A. Temnov schreibt, „Honigtauhonig muß vor allem als Nahrungsmittel des Menschen und erst dann als Bienennahrung angesehen werden." Imker haben sich schon vor langer Zeit überzeugen können, daß Honigtauhonig nicht gut als Winternahrung für die Bienen geeignet ist, und sie sind unzufrieden, wenn sie bemerken, daß ihre Bienen Honigtau eintragen. Um dies zu verhindern, versetzen sie manchmal die Bienenstöcke in eine andere Region.

Ein australischer Wissenschaftler analysierte dunklen Waldhonig und einige hellere Honigsorten und konnte feststellen, daß 1 kg Waldhonig 227 mg Kalzium enthält, und 1 kg heller Honig nur 107 mg. In 1 kg Waldhonig gibt es 132 mg Magnesium, in hellem Honig – 40 mg. Eisen ist mit 37 gegenüber 9 mg vertreten, Aluminium mit 111 gegenüber 9 mg, Mangan mit 10 gegenüber 0,8 mg, Kobalt mit 6 gegenüber 0,2 mg.

Obwohl heller Honig populärer ist, verweist diese Analyse auf den Wert des Waldhonigs, vor allem durch seinen bedeutend reicheren Gehalt an Mineralien. Mineralsalze sind lebenswichtige Begleitstoffe für die verschiedenen Prozesse des Stoffwechsels.

Der Herausgeber der norwegischen Zeitschrift „Bienenzucht“, R. Lunder, führt an, daß in Österreich, der Schweiz, Deutschland und Frankreich der Honigtau von Tannen die wichtigste Quelle für die Honigentnahme darstellt. Im östlichen Teil Norwegens wird Honigtau sehr ergiebig von Tannen ausgeschieden. Der tägliche Ertrag pro Stock beträgt bis zu 3,5 kg.

In diesen Ländern, in denen Bienen von Jahr zu Jahr Honigtau sammeln, schätzen die Menschen ihn als sehr gesunde Nahrung. Die Popularität dieses Honigs nimmt besonders zu durch den ungeheuren Reichtum an Mineralien, denn die moderne Verarbeitung beeinflußt in vielen Nahrungsmitteln die Zusammensetzung der Mineralien, und dies wirkt sich negativ auf das biologische System des menschlichen Organismus aus.

Kristallisierter Honig

Viele Käufer vermeiden es, kristallisierten (festen) Bienenhonig zu kaufen, denn er gilt angeblich als minderwertig. Sie verlangen ausdrücklich nur flüssigen Honig, und deshalb sind viele Imker, besonders im Winter, darum bemüht, die Verbraucher zufriedenzustellen, indem sie ihren kristallisierten Honig sogar durch Erhitzen behandeln. Dabei gehen viele wichtige Nährwerte verloren.

Das im Honig befindliche Hormon – Holin – verursacht Bewegungen in Magen und Darm, davon hängt die normale Verdauung ab und bedingt somit den gesamten Gesundheitszustand des Menschen. Dieses Hormon befähigt den menschlichen Organismus, die im Honig vorkommenden Stoffe schnell den notwendigen Stellen im Körper zuzuführen. Der Honiggebrauch ermöglicht eigentlich die normale Magen-Darm-Funktion und verhindert Verstopfung, besonders bei Kindern.

Fruchtzucker im Honig wirkt günstig auf die Peristaltik (rhythmische Bewegung des Magens). Dies kommt besonders bei sehr aromatischem Honig zum Ausdruck.

Die organischen Säuren im Honig begünstigen die Magenflora, verhindern die Fermentierung, die ätherischen Öle und der invertierte Zucker wirken antiseptisch. Deshalb ist Honig sehr gut bei verschiedenen Magenstörungen.

Durch zu starkes Erhitzen des Honigs werden diese wertvollen Bestandteile zerstört, der Honig verliert seinen wahren Wert. Deshalb sollte man Honig nie heißen oder kochenden Flüssigkeiten hinzufügen, sondern erst, wenn sie sich auf eine Temperatur unter 40 Grad Celsius abgekühlt haben.

Viele Imker bringen ihre Stöcke in die abgelegensten Gebirge

Die Kristallisierung des Honigs ist eigentlich eine völlig normale Erscheinung bei der Lagerung dieses Produkts, und sogar der beste Beweis, daß es sich wirklich um ein Naturprodukt handelt. Die Kristallisation des Honigs hat keinerlei Einfluß auf die chemische Zusammensetzung. Die mehr oder weniger starke Festigkeit des Honigs hängt in erster Linie von der Konzentration des darin vorkommenden natürlichen Zuckers ab, vom Wassergehalt sowie von dem relativen Verhältnis von Frucht- und Traubenzucker. Je mehr der Honig Traubenzucker enthält, um so mehr kristallisiert er.

Der Prozeß der Kristallisation wird auch durch die Lufttemperatur, die Luftfeuchtigkeit, die pflanzliche Herkunft des Honigs sowie den Raum, in dem er aufbewahrt wird, beeinflußt.

Erhaltung der biologisch wertvollen Bestandteile

Auf den Kongressen der „Apimondia" wurde häufig von vielen Wissenschaftlern über das Problem diskutiert, wie man am besten die biologisch nützlichen Bestandteile im Honig erhalten kann. Prof. Townsend meint, daß „Honig sehr lange bei niedrigen Temperaturen aufgehoben werden kann, während bei einer Temperatur von + 21 Grad Celsius bestimmte Veränderungen auftreten." Bei höheren Temperaturen verliert Honig sehr schnell seine Qualität. Dr. Popa und seine Mitarbeiter betonen, daß „die organischen aromatischen Substanzen, die einen hohen Verdunstungsgrad haben, im Laufe der Zeit verlorengehen, hauptsächlich durch Erhitzung oder falsche Lagerung (hohe Temperatur, ungenügend verschlossene Geräte u. a.)". Und Dr. Kalman weist mehrmals darauf hin, daß auch gerade geschleuderter Honig durch hohe Temperaturen beschädigt werden kann. „Die Anwendung eines erhitzten Meißels zum Lösen der Wabendeckel (elektrische Erhitzung oder Dampf) führt dazu, daß der Geruch verlorengeht und die Fermente und Inhibine im Honig beschädigt werden. Solch ein Honig stellt für den Imker einen reinen Verlust dar."

Dr. Mladenov sagt in diesem Zusammenhang: „Es ist selbstverständlich, daß die Erhitzung des Honigs über die Normaltemperatur (im Bienenvolk hat der Honig eine Temperatur von 33–34° C) zur Verdunstung der aktiven kostbaren Materien, besonders der bakterienhemmenden Materien führt. Somit ist klar, daß erhitzter oder überhitzter Honig degradierter Honig ist."

Die Aktivität der Antibiotika im Honig

In vielen Ländern, Großbritannien, USA, Kanada, Norwegen, Frankreich, Jugoslawien, Holland, Deutschland, GUS, Australien, werden Kontrollen zur Feststellung des Antibiotika-Gehaltes in der Milch durchgeführt. Der Verkauf von Milch, die Antibiotika enthält, ist gesetzlich verboten.

Dazu schreibt Dr. A. M. Smirnov: „In den letzten Jahren hat sich auch unter den Imkern die Anwendung von Antibiotika sehr verbreitet, die zur Verhinderung und Behandlung von Bienenkrankheiten benutzt werden. Einige Autoren empfehlen sie auch als Reizfütterung zur erhöhten Produktivität der gesunden Bienen."

Laut Angaben der Internationalen Kommission für Bienenpathologie darf Honig als Nahrungsmittel keine gesundheitsschädlichen Bestandteile enthalten, vor allem keine Antibiotika. Es wurde auf die Notwendigkeit hingewiesen, entsprechende Schutzmaßnahmen zur Verbesserung der Qualität und des biologischen Wertes durchzuführen und Honige, die Antibiotika enthalten, aus dem Verkauf zu ziehen.

Wissenschaftliche Untersuchungen ergaben, daß Antibiotika in Fleisch, Honig oder Milch verschiedene Allergien hervorrufen: Lebererkrankungen, Erkrankungen der Mundschleimhaut, der Augen usw.

Die Wissenschaftler K. Tisset und M. Rousseau erklären, daß z. B. Streptomyzin im Honig eine Überempfindlichkeit des Organismus hervorrufen kann – Allergie auf Antibiotika –, und mehrfacher Genuß von Honig, in dem sich Überreste von Antibiotika und Sulfonamiden befinden, führt zu Veränderungen in der Darmflora, was sehr gesundheitsschädlich ist. Solcher Honig kann auch für Bienen schädlich sein, der ebenfalls ihre Darmflora angreift und starken Durchfall bewirkt.

„Schlecht informierte Imker sind der Meinung, daß die Resultate der Behandlung um so besser sind, je mehr und länger Antibiotika gebraucht werden. Die Bienen können bei diesem Verfahren an Giftschäden zugrunde gehen, und die verbliebenen Reste bewirken, daß der Honig nicht mehr zu gebrauchen ist ..."

Die breite und unkontrollierte Anwendung von Antibiotika in der Bienenzucht führt zu einer Entwicklung widerstandsfähiger Bakteriensorten, wodurch die Krankheit nur eine bestimmte Zeit verdrängt wird und in schwächerer Form auftritt, aber nicht völlig bekämpft wird. Es kommt vor, daß einigen erkrankten Bienenvölkern von einzelnen Imkern, die „sichergehen wollen", erhöhte Antibiotika-Mengen gegeben werden, sogar zehnmal mehr als erlaubt. Diese Imker wissen sicher nicht, daß die erhöhte Anwendung von Antibiotika nur schädlich ist, daß sich Krankheiten wie die amerikanische und europäische Faulbrut atypisch entwickeln und bei solcher Praxis unnötig viel Antibiotika in den Honig gelangen.

Wie vermeidet man die negative Wirkung der Antibiotika?

In Bulgarien wurden wichtige Untersuchungen über den Einfluß der Antibiotika auf Bienen und Königin durchgeführt, wobei auch die Dauer der Verwendung von Antibiotika (ihre Stabilität) in der Reservenahrung der Bienenvölker und im Handel erhältlicher Honige untersucht wurden.

Der Experte L. Arsenov teilte 1968 mit, daß mehr als 50 % der 8–10 Monate alten Königinnen in Völkern, die Anfang April zur Vorbeugung Penizillin und Streptomizin-Kombinationen erhalten hatten, erkrankt seien.

D. Landerkin stellte 1957 fest, daß sich Antibiotika lange in Zuckersirup und Honig bei einer Temperatur von +4 Grad Celsius halten. Die größte Stabilität zeigten Biomyzin, dann Streptomyzin und Tetracyklin. Penizillin erwies sich als weniger stabil. Es verlor die Aktivität im Honig bei +34 Grad Celsius nach 1 Monat, und bei +4 Grad Celsius nach 2 Monaten.

Dr. Savov konnte 1962 feststellen, daß sich Antibiotika in Honigreserven von Völkern, die diese gegen Krankheiten erhalten hatten, sehr lange hielten. Penizillin blieb 30 Tage stabil, Tetracyklin und Streptomyzin bis 45 Tage, und Biomyzin mehr als fünf Monate. Bei Laboruntersuchungen hielten sich Penizillin in Honigproben bei einer Temperatur von +15–22 Grad Celsius 1 Monat lang, Biomyzin, Tetrazyklin und Streptomyzin sogar 8 Monate lang.

Die bisherigen Testergebnisse hinsichtlich einer Stabilitätsdauer der Antibiotika ermöglichen es, praktische Schlußfolgerungen zu ziehen. Damit es nicht zur negativen Wirkung von Antibiotika im Honig kommt, sollte man Antibiotika nur kranken Bienenvölkern geben, und nur für Krankheiten, deren Behandlung und Dosierung genau festgelegt ist.

Der aus diesen Bienenvölkern gewonnene Honig muß so lange gelagert werden, bis die Antibiotika ihren Wert verlieren. Wenn zum Beispiel Penizillin benutzt wurde, muß der Honig 30 Tage lang, vom Tag der Schleuderung an gerechnet, gelagert werden, und erst dann kann er auf den Honigmarkt kommen. Wurde Biomyzin, Streptomyzin und Tetrazyklin verwendet, darf der Honig erst 8 Monate nach dem Schleudern gehandelt werden.

Der Antibiotika-Gebrauch in gesunden Völkern mit dem Ziel, sie zu lebendigerer Arbeit anzuregen oder sie unnötig vor Krankheiten zu schützen, sollte nicht praktiziert werden und ist als Verstoß gegen die Schutzverordnung anzusehen.

Da in der Praxis ständig verschiedene neue Antibiotikasorten auftreten, sollten ihre Stabilität im Honig organisiert ermittelt und die Imker rechtzeitig davon in Kenntnis gesetzt werden, wie sie fachgerecht mit dem Honig umgehen müssen, bevor er zum Verkauf freigegeben wird.

Qualitätskontrolle des Honigs

Fast jeder Käufer ist daran interessiert, garantiert naturreinen Bienenhonig zu erhalten. Jedoch kommt es immer wieder vor, daß Kunsthonige trotz strenger Schutzvorschriften auf den Markt gelangen.

Ob ein Honig natürlich oder gefälscht ist, läßt sich am besten durch mikroskopische oder chemische Analyse nachweisen. In den modernen chemischen Laboratorien werden verschiedenste Methoden zur Bestimmung der Qualität angewandt.

Farbe, Größe und Form der im Honig verbliebenen Pollenkörner ermöglichen nicht nur die Feststellung, ob der Honig natürlich ist (im Kunsthonig gibt es keine Pollenkörner), sondern auch die Bestimmung der pflanzlichen Herkunft, denn die Pollenkörner sind für jede einzelne Pflanzenart typisch und standardmäßig.

Da die Laboruntersuchungen des Honigs langwierig und teuer sind, sollte man auch selbst einige praktische Methoden zur Bestimmung der Honigqualität kennen.

Eine Probeentnahme des von Ihnen kontrollierten Honigs kommt in eine Eprouvette, fügen Sie auf 1/3 Honig dreimal soviel reinen Alkohol hinzu. Den Inhalt in kochendem Wasser erhitzen und schütteln. Echter Bienenhonig wird sich völlig auflösen, während Kunsthonig auf dem Boden der Eprouvette eine weiße Schicht hinterläßt.

Richtiger Gebrauch des Honigs

Honig, der von den Bienen als Nektar aus den Blüten aufgesogen und verarbeitet wird, ist nicht nur ein wertvoller Energiespender, sondern auch ein gesundes, leicht verdauliches Nahrungsmittel voll heilsamer Substanzen.

Es wurde schon gesagt, daß Honig auch Fermente enthält, die pflanzlicher und tierischer Herkunft sein können. Gerade diese Fermente sind für den menschlichen Organismus von großer Bedeutung.

In der Bromatologie (Chemie der Ernährung) ist bekannt, daß die aufgenommene Nahrung nicht direkt vom Organismus benutzt wird, sondern sie zuerst in die Grundelemente zerfällt, und dann sofort neue, für den Organismus charakteristische Verbindungen aufgebaut werden. Zu gleicher Zeit verbrennt der andere Teil in Kohlensäure und Wasser und setzt auf diese Weise chemische Energie frei, indem er sie in Dynamik und Wärme verwandelt. Gerade darin besteht die Verdauung – Zersetzung und Neubildung.

Im menschlichen Organismus ist die Zersetzung der aufgenommenen Nahrung nur möglich durch Fermente. Der regelmäßige Gebrauch von Honig in der Ernährung führt dem Organismus somit auch sehr wichtige chemische Bestandteile zu, die für ihn unersetzlich sind. Aufgrund der Fermente des natürlichen Bienenhonigs ist der Organismus versorgt und imstande, diese aufgenommenen Nährstoffe absolut zu nutzen.

Fachleute behaupten, es sei besser, Honig zu trinken als zu essen!

Wird Honig in aufgelöster Form verwendet, können seine zahlreichen wertvollen Bestandteile (mehr als hundert) im

Blutkreislauf, im Gewebe und in den Zellen des Organismus leichter aufgenommen werden.

Es wird auch empfohlen, Honig so lange wie möglich im Mund zu lassen, weil die heilsamen Materien und der aufgelöste Zucker des Honigs bei der unmittelbaren Berührung

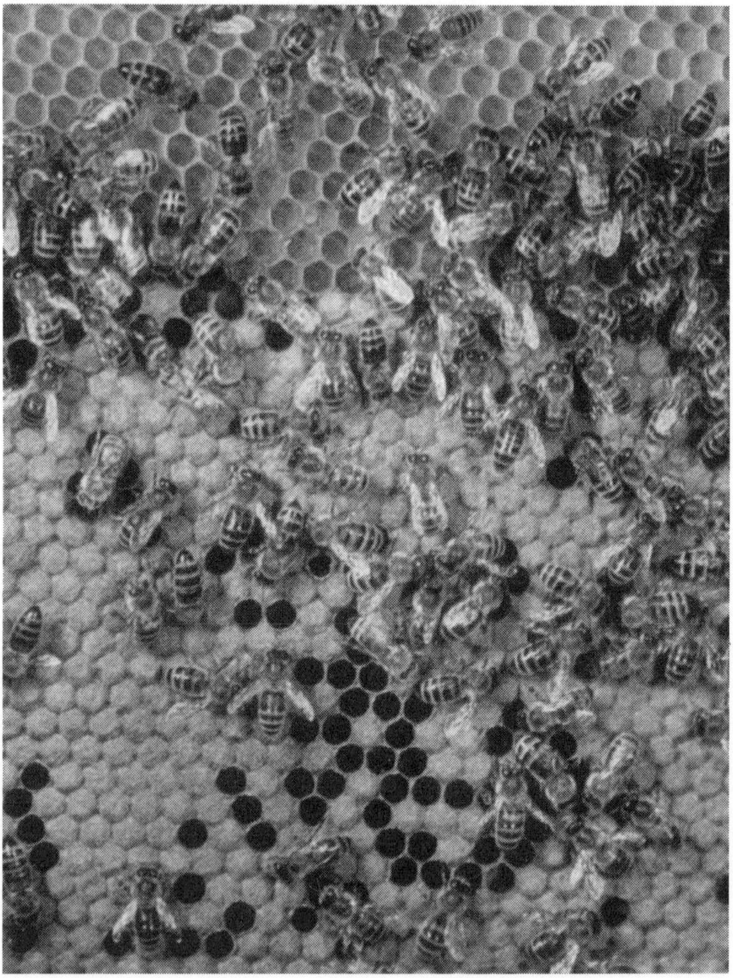

Bienenerzeugnisse enthalten doch noch viele Geheimnisse

mit den Zungendrüsen schnell und unverändert in das Blut und in den ganzen Körper gelangen. Wenn man so vorgeht, kann Honig als Veneninjektion bezeichnet werden, weil ein bestimmter Teil auch unmittelbar in das Blut gelangt und nicht über die Verdauungsorgane, wodurch sich die chemische und physiologische Wirkung in vielem unterscheidet.

Apitherapeuten raten dazu, sich bei einer Honigbehandlung unbedingt an die normale vernünftige Zufuhr von Kohlenhydraten zu halten und individuell zu dosieren. Eine Erhöhung der täglichen Dosis kann zur Übersättigung an Kohlenhydraten führen, was sich negativ auf die richtige Funktion des Insulinapparats und des Pankreas auswirken kann. Diese Drüse versorgt den Organismus mit Insulin, und ist sie zu überbelastet oder erkrankt, kann sie verschiedene Störungen im Organismus hervorrufen.

Die Praxis hat gezeigt, daß bei Anwendung von „Honig-Therapien" die tägliche Dosis für Erwachsene maximal 100 g beträgt, nur solange die Therapie dauert. Diese Menge muß in drei Teilen täglich genommen werden: 30–35 g morgens, tagsüber 40 g und abends 25–30 g. Die Dosis für Kinder beträgt 30 g täglich, ebenfalls in drei Teilen.

Für eine Therapie empfiehlt man, den Honig zwei Monate lang einzunehmen, dann 15 Tage zu unterbrechen, und, wenn erforderlich, dieselbe Therapie zu wiederholen.

Weil die Magen- und Darmschleimhäute den Bienenhonig schnell und leicht aufnehmen, erweist sich dieses Naturprodukt als außergewöhnlicher Katalysator, der dem Organismus viele nützliche Bestandteile, vor allem Vitamine und Kalzium zuführt.

Zum Schluß noch ein praktischer Hinweis: Die größte Wirkung des Honigs auf den Organismus erreichen Sie, wenn Sie ihn mit Limonade, Kräutertee oder Milch vermischt trinken. Der Tag wird noch angenehmer und erfolgreicher werden, wenn Sie ihn mit einem dieser erfrischenden Getränke beginnen!

Heilnahrung

Die gegenwärtige weltweite Natur- und Umweltschutz-Bewegung hat nur dann einen wirklichen Sinn, wenn sie sich nachdrücklich für eine richtige Ernährung einsetzt als eine der wichtigsten Voraussetzungen für die Erhaltung der Gesundheit, der Widerstandskraft, Leistungsfähigkeit und des Wohlbefindens. Besonders wichtig ist es, zu diesem Ziel möglichst viel natürliche Nahrung zu sichern, denn nur sie allein ist imstande, alle physiologischen Bedürfnisse des menschlichen Organismus zufriedenzustellen.

Die diätetische Wirkung der Nahrung bzw. der Schutzstoffe, welche die natürliche Nahrung dem Organismus bietet, wird vor allem der optimalen Entwicklung und Funktion der Immun- und anderer Systeme zugeschrieben, was sogar dann in Frage gestellt werden kann, wenn nur einige Mikroelemente, Vitamine oder andere Schutzstoffe fehlen.

Wenn man von richtiger Ernährung spricht, meint man vor allem optimale Nahrung für die Zellen, deren Versorgung mit allen Schutzstoffen, besonders mit Vitaminen und Mineralien im biologisch günstigster Form. Mit anderen Worten, der Organismus muß sich selbst vor Krankheitsursachen schützen und sogar heilen können, was tief in seiner genetischen Natur verwurzelt ist.

In seinem Buch „Der Körper ist ein Held" stellt der amerikanische Wissenschaftler Prof. Ronald Glaser fest: „Wir leben in einer Zeit der Immunologie, in der die Körper unbarmherzig kämpfen, um die Krankheiten, vielleicht sogar die letzte große Pest – den Krebs, zu vernichtet. Durch die Arzneimittelbehandlung gewinnt man nur an Zeit – sie verhindert, daß sich der Verursacher der Krankheit weiter ausbreitet – aber letzten Endes muß doch der Körper selbst das Kampffeld erobern, den Feind finden und vernichten . . ."

Durch natürliche und vollwertige Kost werden die Schutz- und Entgiftungsmechanismen im menschlichen Körper unterstützt. Den Zellen des menschlichen Organismus, von denen es ca. 100 000 Milliarden gibt, in denen ein wichtiger Verteidigungspunkt liegt, wird durch die Ernährung „Brennmaterial" für ihre verwickelten Prozesse zugeführt.

Die Zellen des menschlichen Körpers besitzen die erstaunliche Fähigkeit, sich zu erholen und zu erneuern, aber nur, wenn sie durch die Nahrung das dafür notwendige „Material" erhalten. Ist dies nicht der Fall, verkümmern die Zellen oder beginnen, sich unkontrolliert zu verhalten.

Gefahren falscher Ernährung

Der menschliche Organismus ist ein riesiger Zellenstaat, in dem jede einzelne Zelle als wesentlicher Elementarbaustein des Lebens ihre besondere Aufgabe hat und für sie spezialisiert ist. Um die verschiedenartigsten Aufgaben erfüllen zu können, muß die Zelle, Mittelpunkt und Schaltwerk für alle Belange des Stoffwechsels, unersetzlich wichtige Aminosäuren, Mineralsalze, einige Fettsäuren, Kohlehydrate, ausreichend Vitamine und dazu noch einige bis jetzt unbekannte, aber auf jeden Fall wichtige Natursubstanzen erhalten.

„Rationale Ernährung muß rechtzeitig und regelmäßig die Zufuhr von Vitaminen, Mikroelementen, Eiweißstoffen und anderen Regulatoren der vielen Prozese des Stoffwechsels garantieren, die unersetzlich sind für die ununterbrochene Erneuerung der Organe und Gewebe und für die ständige Zufuhr von Energie", stellt das Mitglied der Akademie der

Medizinischen Wissenschaften der UdSSR, Prof. Dr. A. A. Pokrovski, in seinem Buch „Gespräche über die Ernährung" fest.

Die wichtige Rolle richtiger Ernährung für die Erhaltung der Gesundheit und des Wohlbefindens wird auch von dem jugoslawischen Wissenschaftler Dr. Radovan Žunić, dem langjährigen Direktor des Sektors für biophysische Forschung im Internationalen Institut für Biologie in Genf, betont.

Auf dem 30. Weltgesundheitstreffen in Genf warnte er vor den Gefahren falscher Ernährung, die durch den Mangel nützlicher natürlicher Elemente hervorgerufen werden, was zu verschiedenen degenerativ-pathologischen Veränderungen in den Zellen führt und die Ausbreitung bekannter und das Vorkommen neuer Krankheiten begünstigt. Dr. Žunić vertrat die Auffassung, das bisherige verdrehte Konzept des Gesundheitsdienstes völlig abzulehnen (die Krankheit erst zu heilen, wenn sie auftritt, anstatt ihr durch richtige Ernährung zuvorzukommen). Dies verlange auch die „Heilung" der bisherigen Ernährung, die an der modernen Technologie erkrankt sei: Viele wertvolle Bestandteile werden durch Zubereitung, Kochen oder Zugabe verschiedener Konservierungsstoffe und Additive zerstört.

Abwechslungsreiche und möglichst viel rohe Kost

„Um die normale Funktion der Zellen seines Organismus zu ermöglichen, d. h. um gesund zu sein, muß der Mensch abwechslungsreiche und möglichst viel rohe Kost essen. Am besten sollte man frisches, ungekochtes Obst und Gemüse und andere Naturprodukte verwenden, die verschiedene, unersetzliche Vitamine, Mineralstoffe, Säuren, Fermente enthalten, da sie entscheidend wichtig für den optimalen Metabolismus sind. Diese Nahrung muß man jeden Tag essen, denn im Organismus können keine Reserven für Mineralstoffe gebildet werden wie zum Beispiel Fettreserven. Überflüssige Mineralstoffe werden noch am selben Tag aus dem Organismus ausgeschieden, und schon einen Tag später wieder von unserem Körper dringend benötigt.

Die moderne Medizin behandelt eine Krankheit nicht mehr nur als Folge des Vorkommens schädlicher Faktoren im Körper, sondern auch als einen Mangel wichtiger Elemente, ohne die degenerative Erkrankungen entstehen. Die pharmazeutische Industrie stellt einige Mineralstoffe her, die sonst in aktiv biologischer Form in natürlicher Nahrung und im Mineralwasser vorkommen. Obwohl diese künstlichen Präparate Ionen enthalten, wird auch bei neuen und vollkommensten Präparaten die Darmschleimhaut beschädigt" – stellt Dr. Žunić fest.

Empfehlungen britischer und amerikanischer Wissenschaftler

Die britischen Wissenschaftler R. Doll und R. Peto behaupteten 1981, allein durch veränderte Ernährungsgewohnheiten die tödlichen Folgen durch Krebserkrankungen um ein Drittel senken zu können. Auch das amerikanische Krebsforschungsinstitut und die Gesellschaft für Krebserkrankungen unterstützen großzügig Untersuchungen des chemischen Krebsschutzes mittels natürlicher Krebsinhibitoren wie Vitamin A, C und E, Betakarotin, Metall-Selenium in Spuren und einige Vitamin A ähnliche Substanzen.

Auf die Frage, wie man sich vor Krebs schützen kann, antworten immer mehr medizinische Experten, möglichst die Zufuhr von kanzerogenen Substanzen in den Organismus zu vermeiden, aber auch durch richtige Ernährung jene Verteidigungsmechanismen zu stärken, die sich der Krankheit widersetzen müssen, und das ist vor allem die Leber.

Die Leber kann mit einem großen Laboratorium verglichen werden, in dem ein Team sehr guter Chemiker arbeitet. Hier erfolgen ungefähr fünftausend verschiedene biologische Operationen, die unerläßlich für die Gesundheit und für das Überleben sind.

In der Leber befinden sich mindestens 20 Enzyme und vielleicht auch mehr, durch welche Gifte und kanzerogene Substanzen gelangen, mit denen der Organismus in Berührung kommt. Im Kontakt mit den Enzymen oxydieren die kanzerogenen Substanzen und verlieren ihre Kraft. Deshalb ist es sehr wichtig, daß die Leber immer gesund bleibt.

Der amerikanische Arzt Dr. Berd warnte davor, daß an Krebs vorwiegend ältere Personen erkranken, wenn die Funktion ihrer Leber im sogenannten dritten Lebensalter schwächer wird. Deshalb die große Bedeutung rechtzeitiger Schutzmaßnahmen und möglichst langer Aufrechterhaltung der normalen Lebertätigkeit.

Dr. Roger Williams, Biochemiker an der Universität Texas, meint, daß viele im Alter auftretende Beschwerden durch ein entsprechendes Ernährungssystem vermieden oder erleichtert werden könnten. Sehschwäche, nachlassendes Gehör und Gedächtnis, Schwäche der Muskelgewebe, Schlafstörungen, Appetitschwäche, sexuelle Apathie, Opstipation, Arthritis, Diabetes, Arteriosklerose u. a. sind laut Dr. Williams die Folgen schwacher Zellenerneuerung, was besonders mit der Ernährungsweise zusammenhängt.

Die Bedeutung der Vitamine

Es gibt immer mehr Beweise, daß richtige Ernährung für die Abwehrkräfte des Organismus eine sehr wichtige Rolle spielt. In der medizinischen Fachzeitschrift „Lancet" wurde laut Associated Press eine Arbeit britischer Wissenschaftler veröffentlicht, die entdeckt hatten, daß sich bei unzureichender Vitaminzufuhr das Risiko verdoppelt, an Krebs zu erkranken.

Die amerikanische Biochemikerin Dr. Elisabeth Miller von der Universität Wisconsin stellte fest, daß die kanzerogenen Substanzen an und für sich keine Erreger sind, sondern unter besonderen Bedingungen im Körper (unter dem Einfluß chemischer Prozese) zu Krebserregern werden können. Werden sie vom Körper neutralisiert, sind es unschädliche Materien.

Sogar ein aktiver Krebserreger ruft nicht sofort das Erscheinen der Krankheit hervor, sondern sucht sich eine günstige Stelle im Körper. Dies hängt von mehreren Faktoren ab, die zur Entstehung von Tumoren führen können. Wird jedoch irgendwo diese Kette durch den natürlichen Verteidigungsmechanismus des menschlichen Organismus unterbrochen, verringert sich auch die Möglichkeit einer Krebserkrankung.

„In solchen Fällen helfen am besten die Vitamine C und E. In Kanada werden schon seit langem Untersuchungen in dieser Richtung durchgeführt. Nahrungsmittel wie alle Kohlsorten, Kohlrabi, Blumenkohl, Wirsing, Rote Bete, Möhre scheinen dazu geschaffen zu sein, dem Organismus bei der Abwehr gegen Krebs zu helfen", behauptet der Wissenschaftler Dr. Vatemberg. Auch Prof. Henri Jouajet, Preisträger des Internationalen Preises für Kanzerologie im Jahre 1985, vertritt die Auffassung, daß jede zweite Krebserkrankung das Ergebnis schlechter Ernährung ist. Als Direktor des Untersuchungslabors für Ernährung und Kanzerologie in Montpellier in Frankreich verfolgt dieser Wissenschaftler aufmerksam die statistischen Angaben aus der ganzen Welt, und so hat er auch den Zusammenhang zwischen Krebserkrankungen und der Entwicklung falscher Ernährungsgewohnheiten bei Populationen in den industrialisierten Ländern herausgefunden.

Ernährung und Krebs

In seinem Buch „Ernährung und Krebs" behauptet Prof. Jouajet, daß man es lernen kann, Krebs zu vermeiden. Die von ihm vorgeschlagene Methode ist allen zugänglich: Wichtig ist es allein, auf alle schlechten Ernährungsgewohnheiten der Bevölkerung in den entwickelten Ländern der letzten 30 Jahre sowie auf einige Gewohnheiten unnatürlicher Lebensweisen zu verzichten.

Prof. Jouajet rät zu weniger Raffinadezucker und mehr frischem Obst; Fleisch sollte man nicht jeden Tag, sondern 2- bis 3mal wöchentlich essen, dafür mehr Fisch und Geflügel, denn sie sind fettärmer. An fleischlosen Tagen sollte man so viel wie möglich Gemüse essen: Linsen, Bohnen, Erbsen, Blumenkohl, Weißkohl, vor allem täglich Salate, wenn möglich Paprika, Möhren, Tomaten, Spinat. Dieses Gemüse enthält die meisten Vitamine A. Allen Speisen und Salaten gehackte Petersilie hinzufügen. Die Ernährung muß aus Milchprodukten und Eiern bestehen. Joghurt ist ein ausgezeichnetes Getränk. Man soll 1,5 l Wasser innerhalb von 24 Std. trinken. „Wasser macht nicht dick, wäscht den Organismus und ermöglicht es, Gifte zu eliminieren", sagt Prof. Jouajet.

Die Weltgesundheitsorganisation empfiehlt ebenfalls als eine der Schutzmaßnahmen im Kampf gegen Krebserkrankungen eine vitaminreiche, fettarme Nahrung sowie Verzicht auf gesalzene, geräucherte und nitrathaltige Nahrung. Von den Gemüsesorten stehen an erster Stelle Weißkohl, Blumenkohl und Wirsing sowie andere Nahrungsmittel, die viel Zellulosefasern und verschiedene natürliche Schutzstoffe enthalten.

Der Mensch ist, was er ißt

Es wird immer verständlicher, warum so viele Wissenschaftler ständig darauf hinweisen, im Interesse der Gesundheit die Ernährung verbessern und jene natürlichen Bestandteile sichern zu müssen, die eine ausgeglichene und erfolgreiche Funktion der natürlichen Widerstandskräfte des Organismus ermöglichen.

Nicht nur frisches, ungekochtes Obst und Gemüse, Milch, Milchprodukte, Schwarzbrot und Kornprodukte, besonders auch Mineralwasser, Kräutertee und Bienenprodukte, die außergewöhnlich reich an heilsamen und vorbeugenden natürlichen Materien sind, werden von Fachleuten als tägliche Nahrung empfohlen.

„In natürlichen Speisen und Getränken gibt es potentiell mehr Heilmittel als in den stärksten Medikamenten" – sagt Dr. Alice Chase, Spezialistin für Diätetik und populäre Rohkost-Verfechterin. „Die Ärzte müßten den Mut haben, die Erkenntnisse der Diätetik anzuwenden, nicht nur um Krankheiten zu vermeiden, sondern auch zu heilen. Es ist überraschend, wie wenig die Menschen über die Ernährung wissen. Hochgebildete moderne Menschen, die Virtuosen im Bereich der Technik, Wissenschaft und Kunst sein können, wissen kaum etwas über ihre eigenen körperlichen Bedürfnisse, über die täglichen Mahlzeiten.

Die neuesten Kenntnisse im Bereich der Ernährung werden konsequenter in der Tiernahrung als in der Diätetik für Menschen angewandt. Jeder Farmer hält sich genau an die wichtigen Grundsätze und präzisen Rezepte für seine Tiere. Und die Menschen? Die grundsätzlichen wissenschaftlichen Kenntnisse über die Ernährung werden fast völlig im täglichen Leben ignoriert . . ." stellt Dr. Chase fest.

Das Leben der Bienen

Die Bienenprodukte sind noch immer nicht völlig untersucht und sind vielen Menschen unbekannt, auch das Leben der Biene stellt heutzutage ein großes Geheimnis dar.

Jahrelang versuchen Wissenschaftler und Experten, dieses Geheimnis zu lösen, aber das Leben der Bienen stellt sie ständig vor neue Rätsel.

Wissenschaftler des Instituts für Bienenkunde der Universität Freiburg in der Bundesrepublik Deutschland zählen die Bienen zu den intelligentesten Tieren. Man hat unter anderem entdeckt und nachgewiesen, daß Bienen leere Blüten kennzeichnen, damit sie später den vergeblichen Beflug dieser Nahrungsquellen und einen unnötigen Zeit- und Energieaufwand vermeiden. Das von den Bienen nach dem Aufsaugen hinterlassene duftende Zeichen informiert die anderen Bienen, daß die süßen Reserven in dieser Blüte erschöpft sind.

Der Leiter des Instituts für Bienenkunde in Freiburg, J. Nunes, bestätigt die Intelligenz der Bienen durch die bewundernswerte Arbeitsteilung im Bienenvolk. Bienen ruhen nie ohne Grund. Jedes Mitglied der großen Bienengemeinschaft weiß, wo sein Arbeitsplatz ist und erfüllt regelmäßig alle Aufgaben.

Sieht man das organisierte Bienenvolk in einem Stock, die vollendete Arbeitsteilung, die makellose Sauberkeit, Ordnung, Disziplin, Arbeitsleistung, organisierte Versorgung der Königin und die Brutpflege, die präzise und ökonomische Bautätigkeit, weiterhin den komplexen Herstellungsprozeß von Honig, Weiselfuttersaft, Propolis, das Heranholen von Blütenstaub, Nektar und Wasser, die Verteidigung gegen viele Feinde und Schädlinge, u. a. – dann muß man feststellen, daß Bienen wirklich zu den seltsamsten Lebewesen der Natur zählen.

Viele Wissenschaftler, besonders Prof. Dr. Karl von Frisch, verfolgten die Arbeit der Bienen und beschrieben aufgrund ihrer Beobachtungen den Lebenszyklus der Arbeitsbienen. Ihre Beobachtungen zeigten, daß die Arbeitsbienen und nicht die Königin die meisten Tätigkeiten ausüben, die normalerweise mit der Mutterschaft verbunden sind: Sie füttern, reinigen, erwärmen und hüten die Brut.

In den ersten zehn Lebenstagen hat die Arbeitsbiene die Zellen zu säubern und die Maden zu füttern. Es erfolgt keine Eiablage durch die Königin, solange die Zelle nicht gesäubert und vorbereitet ist. Das Säubern der Zelle ist gewöhnlich die erste Arbeit jeder Arbeitsbiene. Sie zieht sich in die Zelle zurück und kann dort einige Minuten bleiben, um sie für die Eiablage herzurichten.

Bewundernswerter Fleiß der jungen Ammenbienen

Die Arbeitsbiene verbringt einen bedeutenden Teil ihrer ersten zehn Lebenstage damit, die Brut zu erwärmen. Sie führt diese mütterliche Tätigkeit auch durch, wenn sie sich auf den Waben ausruht oder sich dort bewegt.

„In den ersten Lebenstagen erreichen die Drüsen im Kopf der Arbeitsbiene ein Stadium voller Entwicklung, und sie ist dann bereit, ihre zweite Ammentätigkeit auszuüben: Sie muß die Maden im Laufe ihrer sechs Lebenstage in diesem Stadium nähren. Die jungen Maden ähneln jungen Säuglingen, sie sind nicht imstande, allein die reife Nahrung wie Honig und Pollen aufzunehmen. Sie werden von den Arbeitsbienen mit ‚Bienenmilch' gefüttert, die sie mit Hilfe der Drüsen in ihrem Kopf herstellen ...", schreibt Dr. G. Morze in der Zeitschrift „Gleanings in Bee Culture".

Die Ammenbienen zeigen einen ungeheuren Fleiß bei der Ernährung der Brut zukünftiger Königinnen und Arbeitsbienen

Prof. v. Frisch meint, die Tätigkeit der Brutversorgung sei so umfangreich, daß eine Arbeitsbiene-Ammenbiene nur zwei oder drei Maden im Laufe ihrer sechstägigen Entwicklungsperiode nähren kann.

Nach Stirlevant besuchen die Ammenbienen im Laufe der sechs Tage vor dem Schließen der Brut eine Made 7858mal. Mit anderen Worten, in dieser Entwicklungsperiode ist die Made mit den Ammenbienen alle 30 Sekunden Tag und Nacht in Kontakt. Daher ist es verständlich, daß sich in diesen Tagen ihr Gewicht stark erhöht.

Dr. Maurice Matisse schreibt in „La gazette Apicole", daß die Made einen Tag nach dem Schlüpfen 0,3 mg wiegt, und am sechsten Lebenstag ein Gewicht von 155,1 mg erreicht, bzw. ihr Gewicht um das 517fache erhöht. Wenn ein neugeborenes Kind so zunehmen würde, müßte es bei den anfänglichen 3 kg in sechs Tagen 1551 kg wiegen.

Spezialisierung für verschiedene Arbeiten

Der amerikanische Wissenschaftler Dr. G. Morze führt an, daß die Arbeitsbiene am Ende ihrer ersten zehn Lebenstage den Stock verläßt, um die unmittelbare Umgebung kennenzulernen. Der erste Orientierungsflug ist frühestens am siebten Lebenstag möglich.

Jeder Imker weiß, daß dies eines der schönsten Bilder ist, die man auf dem Bienenstand sehen kann; man sieht, daß es im Bienenstock junge Bienen gibt, die bald Hersteller des Wachses, Erbauer der Waben, Empfänger und Bearbeiter des Nektars und Konservatoren des Honig und Blütenstaubs werden.

Dies sind die wichtigen Tätigkeiten, die die Arbeitsbiene auf mütterliche Weise im Laufe der zweiten zehn Lebenstage verrichtet. In dieser Periode sind die Wachsdrüsen völlig entwickelt und fähig, Wachsplättchen auszuscheiden, die zum Bau von Waben verwendet werden.

Eine andere wichtige Arbeit der Arbeitsbiene in dieser Lebensperiode ist die Bewachung aller Eingänge der Bienenwohnungen. Bei warmen Wetterverhältnissen trifft jedes Lebewesen, das in den Stock gelangen will, auf „Wachen". Sie entdecken und vertreiben Bienen aus anderen Stöcken. Stechen sogar, wenn es nötig ist. Hummeln, Ameisen, Mäuse und andere Feinde werden sofort angegriffen. Unerfahrene Imker bemerken schnell, daß sie weniger gestochen werden, wenn sie bei der Arbeit hinter den Stöcken stehen.

Die durchschnittliche Lebensdauer einer Arbeitsbiene dauert in der Trachtzeit ca. 35 Tage, in einigen Fällen auch bis zu 42 Tagen. Die ersten beiden Lebensperioden dauern 20 Tage. Als Sammelbiene von Nektar oder Pollen verbleiben ihr also 15–20 Lebenstage.

Im Laufe dieser dritten Periode wird aus der Arbeitsbiene eine Trachtbiene. Sie verrichtet eine Arbeit, die bei vielen anderen Arten des Tierreichs überwiegend von den männlichen Tieren übernommen wird.

Die Methoden der Arbeitsbienen bei der Nahrungsbeschaffung sind besonders interessant.

Große Anpassungsfähigkeit

„Die Arbeitsbiene ist als Einzelwesen für eine Arbeit mehr spezialisiert, als viele Imker denken", sagt Dr. Morze. „Viele Bienen verbringen die meiste Zeit, wenn nicht die ganze Zeit in der wichtigen dritten Lebensperiode als Sammlerin von Blütenstaub. Ein normal entwickeltes Bienenvolk muß in einer Saison ca. 30 kg Blütenstaub eintragen.

Andere Bienen sind darauf spezialisiert, Nektar zu sammeln. Eine große Zahl von Arbeitsbienen eines Volkes verbringt diesen Teil ihres Lebens beim Sammeln von Nektar aus Blüten derselben Art ... So läßt sich wohl erklären, warum ein Bienenvolk bei der Umsiedlung auf eine andere Bienenweide in den ersten Tagen in der Nektarernte nachläßt ... Diese Blütenstetigkeit der meisten Bienen ist zweifellos eine gute Maßnahme der Natur, denn sie ermöglicht es, daß die Biene hinsichtlich der Blütenbefruchtung so wertvoll ist.

Jedes Volk hat seine Kundschafter unter den älteren und erfahrenen Sammelbienen, die den Stock früher verlassen als die jüngeren Arbeitsbienen. Diese Kundschafter unterrichten nach ihrem Rückflug die anderen Arbeitsbienen über die reichen Nahrungsquellen.

Moderne Fachleute behaupten, daß die Kundschafter nicht unbedingt ältere Bienen sein müssen. Weitere Untersuchungen werden zweifellos zeigen, daß es sich um aktivere oder vielleicht glücklichere Bienen handelt. Wahrscheinlich sind es nicht die jüngsten ..."

Einige Experten, auch Prof. v. Frisch, stellten fest, daß die einzelne Biene, wenn es um das Wohl der Gemeinschaft geht, sehr anpassungsfähig ist. Hat zum Beispiel ein Nukleus, der sich ausschließlich aus Bienen zusammensetzt, die jünger als 20 Tage alt sind, zu wenig Honig oder Blütenstaub, übernehmen dennoch die jungen Bienen, die gewöhnlich keinen Nektar und Blütenstaub sammeln, diese Arbeit. Und was noch wichtiger ist, sie führen dies erfolgreich durch.

Fehlen in einem Bienenvolk Arbeitsbienen, die altersbedingt Wachs herstellen können, reaktivieren einige der älteren Bienen ihre Wachsdrüsen und übernehmen die Funktion als Baubiene. Ebenso reaktivieren ältere Bienen ihre Futtersaftdrüsen, wenn Maden gefüttert werden müssen, die sonst ohne ihre Spezialnahrung, den Futtersaft, eingehen würden.

Die Fähigkeiten der Baubienen

Eine von den Arbeiten, die Bienen ungewöhnlich geschickt durchführen, ist der Wabenbau. Der Wabenbau selbst verdient vielleicht nicht so große Aufmerksamkeit, aber sehr interessant ist der mathematische Plan der Bienen bei ihrer Konstruktion.

Die Wabenzellen sind vollkommen sechsseitig. Bienen könnten die Waben rund, fünfseitig, drei- oder viereckig bauen, aber sie bauen sie doch sechsseitig. Diese Form ermöglicht die stärkste Konstruktion und hinterläßt am geringsten ungenutzten Raum, während sich die Biene darin entwickelt.

Viele wissen nicht, daß die Bienen beim Bau dieser sechsseitigen Zellen darauf achten, daß jede Zelle schwach rückwärts geneigt ist; dadurch wird verhindert, daß der unbearbeitete flüssige Nektar herausfließt, bevor ihn die Bienen zu einem zähflüssigen reifen Honig verarbeiten und ihn mit Wachs verdeckeln.

G. Morze untersuchte den Einfluß des Lichts auf den Bau der Waben. Um festzustellen, ob Bienen unter Lichteinfluß Waben bauen, benutzte er mehr als 50 Schwärme im Laufe des Sommers 1963 in Florida. Auf seinem Standort baute nur ein Schwarm einen Rahmen mit Waben in der Größe 3 × 12 cm.

Selten kann man einen Bau frei in Bäumen entdecken. Tatsache ist, daß die Honigbiene keine Waben an den Stellen baut, die Sonnenstrahlen ausgeliefert sind. Seit Jahrhunderten legen die Bienen ihre Wohnungen an geschützten Stellen an. Schwärmen, die ihre Waben offen im Freien bauten, wurde ein rasches Ende bereitet, und sie hinterließen keine Nachkommen.

Bienen, die einen Bau im Freien errichteten, hatten sicher Schwierigkeiten, die notwendige Wärme zur Entwicklung der Brut aufzurechtzuerhalten (+36 Grad Celsius), und es gab auch Schwierigkeiten, die Bienennester vor Feinden zu schützen: fremde Bienen, Mäuse, Motten und andere größere Tiere. Der Schutz vor den Unbilden der Natur war ebenfalls ein Faktor, ihre Bienenwohnung in hohlen Bäumen oder Felsenhöhlen zu errichten.

Die Sprache der Bienen

Die Aufmerksamkeit der Wissenschaftler wurde besonders durch die Art der gegenseitigen Verständigung zwischen den Bienen geweckt. Mit diesen Fragen hat sich der deutsche Wissenschaftler Prof. Dr. Karl von Frisch siebzig Jahre lang wissenschaftlich beschäftigt. Sein Ruhm besteht darin, daß er die „Sprache der Bienen" entschlüsselt hat, für diese Untersuchungen erhielt Prof. v. Frisch 1973 den Nobelpreis für Biologie. Seine Untersuchungen und Entdeckungen, wie Bienen sehen, Gerüche unterscheiden, das Zusammenspiel von Biene und Blüte, der Orientierungssinn der Biene und ihr Informationssystem bezüglich der Nahrungsquellen u. a. stellen Entdeckungen von epochaler Bedeutung dar, sowohl für die Bienenkunde als auch für die Biologie überhaupt.

Dieser angesehene Wissenschaftler meint, daß Bienen sich gegenseitig mit einer Präzision verständigen, die durch ihren Reichtum an Bedeutungen und ihre Botschaften fasziniert. Hat eine Trachtbiene draußen auf ihren Ausflügen eine gute Nahrungsquelle entdeckt, fliegt sie direkt in den Stock, um dies auch den anderen Bienen mitzuteilen. Sie „sagt" ihnen dann alles, vor allem, wie sie dorthin zu fliegen haben.

Ihre Botschaften teilt sie den übrigen Trachtbienen in Tänzen mit. Je nach Entfernung, Richtung und Reichhaltigkeit der Futterquelle werden diese Tanzfiguren mit unterschiedlicher Kraft und Schnelligkeit durchgeführt. Je langsamer der Rhythmus ist, um so größer ist die Entfernung zur Nahrungsquelle, und die Richtung wird durch einen Schwänzeltanz angegeben, wobei sie in wunderbarer Weise die Sonne als Kompaß benützen. Sie richten sich nach dem Sonnenstand. Am interessantesten ist dabei, daß sie, selbst wenn der Himmel bedeckt ist und die Sonne unsichtbar bleibt, sich nach deren jeweiligem Stand orientieren können.

Was hat Nobelpreisträger Karl von Frisch entdeckt?

Auf dem 22. Internationalen Bienenkunde-Kongreß in München 1969 hielt Prof. v. Frisch einen sehr interessanten Vortrag, in dem er ausführlich über die Trachtbiene und deren Verhalten bei der Entdeckung und Nutzung der Nahrungsquelle sprach.

„Hat eine Trachtbiene eine gute Bienenweide entdeckt, kehrt sie in den Stock mit gefüllter Honigblase zurück, und dann ereignet sich etwas Bewundernswertes: Sie beschreibt tänzelnd die von ihr entdeckte Stelle und mobilisiert so ihre Schwestern, die bis dahin im Stock ruhten.

In Rundtänzen zeigt sie, daß die Weide in der Nähe des Stockes liegt. Sie kann nicht das Aussehen der Nahrungsquelle ‚mitteilen', aber den Geruch. Der Blütenduft ist stark auf den Körper der Biene übergegangen, und die Bienen in der Umgebung können diesen Duft aufnehmen und ihn nutzen als verläßlichen Wegweiser auf der Suche nach den von der Tänzerin besuchten Blüten, denn jede Blütenart hat ihren spezifischen Duft.

Wenn die entdeckte Futterquelle weiter als 50–100 m vom Bienenstock entfernt liegt, ist der Duft allein nicht ausreichend als Wegweiser. In diesem Fall teilt die Tänzerin Richtung und Entfernung der Nahrungsquelle durch einen besonderen Tanz mit.

Die Entfernung bestimmt das Tempo des Tanzes. Für eine Entfernung von 100 m macht die Tänzerin in 15 Sekunden 9–10 Bewegungen; bei 200 m 8–9 Bewegungen; bei 500 m 6 Bewegungen und bei 1000 m 4–5 Bewegungen. Je länger der Weg zur Nahrungsquelle ist, um so länger und ausgeprägter ist jede einzelne Tanzbewegung: Bei 200 m dauert sie ungefähr eine halbe Sekunde, bei 2 km 2 Sekunden.

Verschiedene Versuchsflächen haben uns davon überzeugt, daß die Zeit, in der eine tänzelnde Bewegung erfolgt, das entscheidende Signal ist und anzeigt, wie lange die Bienen zu fliegen haben. Es ist nicht nur charakteristisch durch die Art der Bewegungen, sondern ebenfalls durch spezifische Laute, deren Vibrationen von den Bienen registriert werden."

Wie „messen" die Trachtbienen die Entfernung?

„Die Methode zur Feststellung der Entfernung der Futterquelle durch die Trachtbienen ist ebenfalls wunderbar", sagt Prof. v. Frisch. „Es wird mit der Energie gemessen, die zur Überwindung dieser Entfernung erforderlich ist. Dies wurde in verschiedenen Versuchen festgestellt. Ich möchte hier nur einen Versuch anführen:

Wenn die Nahrung in eine so niedrige Galerie gestellt

wird, daß der Flug nicht möglich ist, überwinden die Bienen die Entfernung vom Flugloch zum Futterplatz durch Gehen. Im freien Flug erfolgt der Übergang vom Rundtanz zum Schwänzeltanz im Fliegen bei einem Abstand von 50–100 m, beim Gehen kommt es dazu bei einem Abstand von 3–4 m. Wie groß die Anstrengung der Biene dabei ist, zeigt der Zuckerverbrauch, den man messen kann.

Zucker im Blut der Biene ist das Brennmaterial für ihre Arbeit. Heran und seine Mitarbeiter haben festgestellt, daß der Zuckerverbrauch zum Überwinden eines Abstandes von 55 m genauso hoch ist wie der Zuckerverbrauch, wenn die Biene durch Gehen einen Abstand von 3 m überwindet. Sicher ist es für die Biene anstrengender, eine Entfernung durch Gehen als durch Fliegen zu überwinden. Ebenso ist eindeutig, daß der Übergang vom Rundtanz zum Schwänzeln, d. h. vom Signal ‚näher als 50 m' zum Signal ‚weiter als 50 m' nicht durch die Entfernung als solche bestimmt wird, sondern durch den Zuckerverbrauch, der für die Biene eine Energiequelle ist . . ."

Der Sonnenstand – Kompaß für die Richtung

Im Schwänzeltanz wird die Richtung in Abhängigkeit vom Sonnenstand angezeigt. Dies kann man am leichtesten feststellen, wenn man die Bienentänze auf horizontaler Fläche beobachtet, d. h. auf dem Flugloch vor dem Eingang des Bienenstockes. Auf dem Rückflug nimmt die Biene während des Tanzes eine Stelle ein, die im selben Winkel wie die Sonne steht, und demnach verweist ihr Tanz auf den Weg, um das Ziel zu erreichen. Auf diese Weise beobachten die Arbeitsbienen den Tanz der Trachtbiene und erfahren, welche Stellung sie gegenüber der Sonne beim Verlassen des Bienenstockes einnehmen müssen.

Wenn die Bienen eine besonders gute Weide entdecken,

ist es auch für den Imker wichtig, die Stelle der Weide herauszufinden. Vielleicht könnte er seine Stöcke näher an die Bienenweide setzen, somit den Bienen den Weg abkürzen, um sich zu seinem Nutzen eine erfolgreichere Honigernte zu sichern.

Der Imker kann die Bienenweide herausfinden, wenn er den Rahmen mit den Waben herausnimmt, auf dem die Bienen „tanzen", und durch die Uhr die Entfernung feststellen. Wenn er den Rahmen in horizontaler Lage hält, so daß die Bienen die Sonne sehen können, dann werden sie ihm durch die Richtung ihres Tanzes die Seite zeigen, auf der die Bienenweide liegt, so wie wir das mit einer Handbewegung tun würden. Die Sonnenstrahlen sollten jedoch nicht direkt auf den Rahmen fallen, denn sie beunruhigen die Bienen. Es genügt für sie, nur einen kleinen Teil des Himmels zu sehen. Hält man den horizontalen Rahmen so, daß die Bienen weder die Sonne noch den blauen Himmel sehen können, geraten die Bienen in Verwirrung und sind nicht imstande, „mitzuteilen", auf welcher Seite sich die Bienenweide befindet.

Überraschende Genauigkeit der „Mitteilungen"

Man kann durch Versuche nachweisen, daß die anderen Bienen „verstehen" und sich danach richten, was ihnen durch die Tänze mitgeteilt wird. Zum Beispiel füttern wir 20 Bienen, die durch Zahlen gekennzeichnet sind, und bewegen uns zusammen mit der Futterstelle in einer bestimmten Richtung bis zur 600 m vom Stock entfernten Stelle. Dabei bekommen die Bienen soviel verdünnte Zuckerlösung, daß sie nicht tanzen und keine neuen Bienen mobilisieren. Sobald wir zu der bestimmten Stelle gelangen, ersetzen wir den flüssigen Sirup durch zähflüssigen Zuckersirup mit schwachem Lavendelduft. Jetzt „tanzen" die Trachtbienen.

Neue Bienen beginnen, aus dem Stock zu fliegen und suchen den Duft, den sie von der Tänzerin erhalten haben.

In Richtung der Futterstelle und an deren beiden Seiten stellen wir in Fächerform im Winkel von 15 Grad Gefäße mit Lavendelduft auf, aber ohne Futter, 50 m von den Bienenstöcken entfernt. Diese ziehen alle neuen Bienen in ihrer Nähe an. Bei diesem Beispiel war die Zahl des Anflugs zu den duftenden Stellen (ausgehend von südöstlicher nach nordöstlicher Richtung) folgendermaßen: 1-1-2-42-5-3-0. Die absolute Mehrheit der Bienen flog also auf der Nahrungssuche geradewegs zur Futterstelle (Mitte) in der von den Tänzerinnen bestimmten Richtung.

Wurden die duftenden Gefäße im Verhältnis zum Stock nicht fächerförmig aufgestellt, so konnte man sehen, daß sich die neuen Bienen mit bewundernswerter Genauigkeit an die ihnen mitgeteilten Abstände halten.

Gerüche als Hilfsmittel zur Orientierung

„Eine Gruppe amerikanischer Wissenschaftler, mit A. M. Venera an der Spitze, hat vor kurzem unsere Entdeckungen bestritten", teilte Prof. v. Frisch auf dem Kongreß in München mit. „Obwohl sie nicht bezweifeln, daß der Tanz der Trachtbiene die Richtung und Entfernung der Bienenweide mitteilt, richten sich nach ihrer Meinung die neuen Sammelbienen nicht nach dieser Mitteilung, sondern nach dem Geruch der Futterquelle. Diese Auffassung stimmt nicht mit den Resultaten unserer Versuche überein: Die neuen Bienen sind nicht imstande, nur durch den Geruch die 6000 m vom Stock entfernten Futterstellen zu finden. Aber davon und auch von anderen Versuchen abgesehen, genügt es, darauf hinzuweisen, daß Bienen wirklich auf den Tanz der Trachtbienen achten:

Wir nehmen einen Stock zur Beobachtung mit einem Rahmen und stellen ihn so auf, daß sein Rahmen mit den Waben horizontal steht und stellen ihn so auf, daß die Bienen darauf weder die Sonne noch den blauen Himmel sehen können. In diesem Fall erfolgen die Tänze ohne System und durcheinander und weisen in alle Richtungen. Es wurden alle duftenden Lockstellen beflogen, die nicht nur südlich vom Stock aufgestellt waren, wo sich die Futterquelle befand, sondern ebenfalls auch diejenigen, die östlich, westlich und südlich vom Stock aufgestellt waren.

Dies geschah auch bei einem anderen Versuch, als es den Bienen ermöglicht wurde, den Himmel zu sehen, während der Stock noch in horizontaler Lage lag. Die bisher desorientierten Tänze ergaben sofort die genaue Richtung. Die Bienen gingen genau auf das Ziel zu, ohne zu irren. Die duftenden Charakteristiken blieben dieselben. Es wurde nichts verändert, nur wurde es den Tänzerinnen ermöglicht, ihren Stockgenossinnen zu ‚sagen', auf welcher Seite die Futterquellen lagen: im ersten Fall durch Verlagerung des Stockes und im zweiten durch die Möglichkeit für die Bienen, den Himmel sehen ...

Wie prägen sich Bienen Farben ein?

Es gibt viele Blütenarten, die ihren Nektar oder Pollen den Bienen nur zu einer bestimmten Tageszeit anbieten. Dies stellt für die Trachtbienen, die mit einer bestimmten Blütenart verbunden sind, ein besonderes Problem dar. Sie hören dann mit ihrer Arbeit auf und ziehen sich in einen ruhigen Winkel des Stocks zurück.

Wenn man eine Gruppe solcher Sammelbienen mit roten Marken kennzeichnet, kann man am nächsten Tag, wenn die entsprechenden Blüten wieder Nektar ausscheiden, ein interessantes Bild sehen: Die mit roten Zeichen versehenen Bienen verlassen ihren Stock und bewegen sich langsam in Richtung der Wabe, auf dem die Tänze stattfinden. Ihre innere Uhr hat sie zur Arbeit gerufen. Wenn sie sich schon einmal auf dem ‚Podium der Tänze' befinden, werden sie leicht von der ersten Trachtbiene mobilisiert, die mit Erfolg ihren Ausflug durchgeführt hat.

Dennoch verhalten sich nicht alle gekennzeichneten Bienen gleich. Die Bienen haben ihre individuellen Fähigkeiten, die auf verschiedene Weise zum Ausdruck kommen. In unserem Fall gibt es auch solche, die nicht ihre Arbeit unterbrechen: Sie werden von anderen Gruppen zum Befliegen von Blüten anderer Arten mobilisiert, die in dieser Zeit etwas anzubieten haben. Daher finden wir Bienen, die frühmorgens eine Weide besuchen und später im Laufe des Tages eine andere. Sie sind zeitweilig an die Blüten gebunden. Bienen prägen sich die Stunden ein, in denen sie auf der einen oder anderen Stelle etwas finden können. Ebenfalls behalten sie Farben und Gerüche dieser verschiedenen Nahrungsquellen. Bienen haben immer die Fähigkeit, etwas Neues zu lernen.

Wenn Bienen eine reiche Tracht finden, entweder in Blüten oder in Honigwaben, die der unachtsame Imker im Freien gelassen hat, dann werden sie mit ihrer gefüllten Honigblase um die Nahrungsquelle kreisen und dann fortfliegen. Jeder Imker kennt diese Orientierungsflüge. Es ist denkbar, daß die Bienen dies tun, um besser die Merkmale der Stelle im Gedächtnis zu behalten und sie leichter wiederzufinden.

Vor 38 Jahren untersuchte Frau Opfinger, Mitarbeiterin in unserem Institut, ob der Moment, wo die Biene ihren Rückflug beginnt, wirklich entscheidend für ihr Gedächtnis ist. In ihren Versuchen fand die Biene ein Gefäß mit Zuckersirup auf einer mit einem blauen Karton bedeckten Glasplatte vor. Sobald sich die Biene niederließ, wurde der blaue Karton entfernt, und während sie die Nahrung aufsaugte, erblickte sie einen gelben Karton, der unter dem blauen lag. Wenn sie mit gefüllter Honigblase fortflog, wurde der gelbe Karton entfernt, und das, was sie während ihres Orientierungsfluges gesehen hatte, war ein Futtergefäß auf weißem Karton.

Als sie zurückkehrte, wurden ihr drei Gefäße (ohne Nah-

Zur erfolgreichen Bienenzucht gehört auch eine große Fachkenntnis

rung) nebeneinander auf blauem, gelbem und weißem Karton angeboten. Die Biene ließ sich auf dem blauen Karton nieder. Das Resultat ist bedeutend und überraschend zugleich. Die festgestellte Farbe bei der Ankunft war am entscheidensten. In welcher Reihenfolge die Farbe auch erscheint, die Biene wählt auf ihrem Rückflug diejenige, die sie zuerst gesehen hat, als sie sich im Flug der Nahrungsquelle genähert hat. Weitere Versuche zeigten, daß das Ziel der Orientierungsflüge der Bienen auf dem Rückflug darin besteht, die Zeichen der unmittelbaren Umgebung besser kennenzulernen, die ihr die Orientierung erleichtern.

Die Fähigkeit zur Verallgemeinerung von Charakteristiken

Lernprozesse dieser Art wurden noch genauer und präziser von Lindauer und seinen Mitarbeitern untersucht. R. Menzel wandte bei den Bienen eine Methode an, ähnlich der von Daumer in dessen Versuchen zur Untersuchung der Prozesse bei der Wahrnehmung von Farben.

Die Biene fliegt durch ein Fenster in einen dunklen Raum, wo man ihr Futter auf einer trüben Platte anbietet, die von oben mit einer klaren spektralen Farbe, zum Beispiel einer blauen Farbe beleuchtet ist. Nachdem sie ihre Honigblase gefüllt hat, kehrt die Biene nach Hause zurück. Kommt die Biene wieder in den Raum mit der Futterquelle zurück, trifft sie auf Platten, von denen eine spektral blau und die andere spektral gelb ist, und die nebeneinanderliegen, beide ohne Futter. Bei der ersten Rückkehr suchen die meisten Bienen das Futter auf der blauen Platte.

Fängt man dann eine Biene und hält sie in einem kleinen Käfig in ihrem Bienenstock gefangen, wird sie die Farbe im Gedächtnis behalten, die sie nur einmal in sechs Tagen gesehen hat. Läßt man zu, daß die Biene auf der blauen Grundlage 3–5mal Futter entnimmt anstatt einmal, wird sie sich nicht bei der Wahl irren und sie mindestens zwei Wochen im Gedächtnis behalten (längere Versuche kamen nicht vor). Da man die Biene auf die Sekunde genau in den Versuch einbeziehen und entfernen kann, ist es auch möglich, ganz genau die Lerndauer festzustellen.

Die Periode der Wahrnehmung und Einprägung von Farben ist erstaunlich kurz und strikt begrenzt: der Augenblick der Einführung des Mundapparats und zwei Sekunden vor und nach dem Aufsaugen der Nahrung. Wenn die Biene beim Anflug eine Farbe nur zwei Sekunden vor dem Beginn der Nahrungsaufnahme erblickt, prägt sie sich nicht diese Farbe ein. Wenn die Biene die Farbe die ersten beiden Sekunden nach dem Beginn des Aufsaugens und dann einige Minuten während des Saugens und im Laufe des Orientierungsfluges erblickt, wird sie nichts lernen.

Frl. Opfinger stellte fest, daß die Bedeutung der Farbe, die von der Biene beim Abflug gesehen wird, mit unerwarteter Genauigkeit bestätigt wurde. Was die Biene in so kurzer Zeit gelernt hat, vergißt sie dann wieder in zehn Minuten. Um sich die Farbe fest im Gedächtnis einprägen zu können, muß die Biene sie mindestens fünf Sekunden lang sehen, während sie den Sirup aufsaugt. Jeder Besuch einer Blüte stellt für die Biene einen Lernakt dar. Wenn sie vom ersten Ausflug in das Trachtgebiet in ihren Stock zurückkehrt, kennt sie schon so gut die Farbe ‚ihrer' Blüten, wie es nur überhaupt möglich ist.

Die Fähigkeit zur Unterscheidung von Gerüchen

Noch leichter können sich Bienen Gerüche einprägen. Eine Futteraufnahme reicht aus, daß die Biene Gerüche mit fast 100prozentiger Sicherheit unterscheiden kann. Eigentlich ist es für die Biene sogar nicht erforderlich, die Nahrung an ihrer Quelle zu probieren; hat sie einmal den Geruch einer Blüte am Körper der ‚Tänzerin' wahrgenommen, dann wird sie bei der Gelegenheit, eine Blüte zu wählen, mit Sicherheit den bestimmten Geruch auswählen. Diese Tatsache hat Koltermann in seiner Arbeit belegt.

Wenn wir bedenken, daß viele Blütensorten nur zu einer bestimmten Tageszeit Nahrung anbieten und die fleißigen Bienen eine Tracht morgens, eine andere später im Laufe des Tages besuchen können, so verdient ein Versuch von Koltermann besondere Aufmerksamkeit.

Eine Biene erhielt einen Sirup mit einem bestimmten Geruch dreimal hintereinander. Dann wurde sie mit Sirup aus geruchlosen Gefäßen gefüttert. Die Proben erfolgten nach verschiedenen zeitlichen Abständen mit verschiedenen einzelnen Bienen, und es ergab sich, daß im Laufe der folgenden 12 Stunden die Geruchswahrnehmung in gewisser Weise nachließ.

Der Geruch wurde nicht mit der gleichen Sicherheit wie am Anfang gewählt. Später jedoch nahm die Zahl der positiven Auswahl wieder zu, und 24 Stunden später, nach allen drei Lernakten, wählte die Biene wieder genau aus, außerdem suchte sie mit ungewöhnlicher Hartnäckigkeit den ihr andressierten Geruch. Der Prozeß stand in gewissem Maße in Verbindung mit der Tageszeit, zu der die Tracht entdeckt wurde.

Nützliche Ruhepausen

Auf einer guten Bienenweide sind die Bienen sehr fleißig. Heran hat ausgerechnet, daß eine von ihm untersuchte Biene an einem Tag im Flug zwischen Stock und Nahrungsquelle 100 km überwinden kann, was nicht selten vorkommt. Es wird alles getan, um eine bestehende Tracht so gut wie möglich auszuschöpfen. Nicht nur die im Augenblick ruhenden Sammelbienen werden mit einbezogen, auch die Arbeitszeit wird verlängert. Die Ausflüge beginnen frühmorgens und enden spätabends. Die Bienen erhöhen sogar die Geschwindigkeit ihres Fluges und verkürzen so die Zeit ihrer Ausflüge.

Wenn die Blüten sehr süßen Nektar ausscheiden, tragen die Bienen schwerere Ernten ein als bei wässerigem Nektar. Dann füllen sie ihre Honigblase besser. Zwischen den Ausflügen gibt es keine Ruhepause im Stock, was bei weniger Nahrungsangebot gewöhnlich der Fall ist.

Das Leben der Bienen ist sprichwörtlich so arbeitsreich, wie der Volksmund es mit dem Wort ‚bienenfleißig' ausspricht. Dennoch darf man nicht vergessen, daß wir gewöhnlich nur die fleißigen Bienen sehen. Diejenigen, die nicht arbeiten, bleiben im Stock. Wir müßten jedoch auch die scheinbar müßigen, faulen Bienen schätzen. Die Ruhe ist ebenso berechtigt wie die Arbeit. Alles geschieht zu seiner Zeit.

Die Jungbienen, die noch kein einziges Mal den Stock verlassen haben und Innendienst verrichten, verbringen viele Stunden ohne Arbeit. Lindauer beobachtete einzelne, mit Zahlen versehene Bienen, die sich, ohne zu arbeiten, in den Waben bewegten, aber er sah auch, daß sie immer, ihrem Trieb folgend, eine Arbeit verrichteten, die eigentlich schon erledigt sein sollte: Arbeitslose Bienen sind bereit zu arbeiten, wann immer es nötig ist. Ähnliches geschieht auch, wenn nach Ablauf des Innendienstes die Außendienste als Trachtbiene beginnen. Im Bienenstock gibt es nicht viele Trachtbienen. Die meisten ruhenden Bienen dienen als Reserven, die schnell beschäftigt werden können, sobald dies für das Bienenvolk nützlich und erforderlich ist.

Sobald sich die Trachtverhältnisse verschlechtern, das Nahrungsangebot nachläßt, kehren einige Trachtbienen zurück – um auszuruhen. Das Müßigsein verlängert diesen Bienen das Leben. Diejenigen, die jeden Tag schwere Arbeiten verrichten, sterben relativ schnell. Jene, die wegen schlechter Witterung oder Ruhepausen ihre Kräfte hüten, nützen später ihrer Gesellschaft. Das Leben im Bienenvolk erfolgt nach strengen, aber nicht grausamen Regeln. Wir treffen häufig auf individuelle Unterschiede im Verhalten und in der Arbeit der Bienen, die sich trotz aller überlieferten Tradition einen bestimmten Grad der Freiheit bewahrt haben. Dies kommt ebenfalls in den Tänzen der Bienen zum Ausdruck.

Wenn zum Beispiel eine gute Weide 500 m südlich vom Stock entdeckt wird, wenn unzählige Tänzerinnen auf diesen Ort hinweisen und Hunderte von Trachtbienen losfliegen, um das Trachtgebiet zu durchsuchen, dann gibt es auch einige Bienen, die in eine andere Richtung fliegen, einige, die nicht das Gebiet in der angezeigten Entfernung durchsuchen, sondern weiterfliegen oder in der Nähe des Stockes bleiben. Diese ‚Individualisten' sind auch nützlich für die Gemeinschaft.

Blühen Lindenbäume im Süden, ist es nützlich zu sehen, ob nicht auch die Linden im Westen, im Osten oder an einer anderen Stelle blühen." Mit diesen Worten, die Sympathien für einige „Sonderlinge" unter den Bienen zum Ausdruck bringen, beendete Prof. Karl von Frisch seinen Vortrag auf dem Weltkongreß für Bienenkunde in München.

Die Aktivität der Sammelbienen

Die meisten Bienen sammeln entweder Blütenstaub oder Nektar. Wenige sammeln beides auf einmal. Von 878 untersuchten Sammelbienen brachten 48 % nur Pollen ein, 36 % nur Nektar und 15 % Pollen und Nektar.

Viele Sammelbienen von Nektar tragen auch Pollen mit ein, der zufällig an ihrem Körper haftet. Die Zahl der nur Pollen sammelnden Bienen und derjenigen, die Pollen und Nektar sammeln, unterscheidet sich je nach der Jahres- und Tageszeit. Bienen sammelten zum Beispiel Pollen, wenn der Nektar unerreichbar oder nicht verlockend und der Tag kalt war, was die Nektarausscheidung der Pflanzen beeinflußte.

Man weiß nicht genau, ob immer dieselben Bienen nur Pollen oder Nektar oder nur Nektar ohne Pollen auf ihren Ausflügen sammeln. Die für die Nektarsammlung verbrauchte Zeit unterscheidet sich von der Zeit, die nur für die Sammlung von Pollen benötigt wird. Es wurde festgestellt, daß 50 % mehr Zeitaufwand für die Nektarernte benötigt wird als für das Sammeln von Pollen. Es erfolgten Untersuchungen, um festzustellen, was die Sammelbiene macht, der man vor dem Eintritt in den Stock den Pollen aus den Pollenhöschen an ihren Hinterbeinen entfernt hatte. Nach der normalen Aktivität wurden einige Bienen am Flugloch des Stocks gefangen, markiert und in den Stock gelassen, an dessen Eingang sich ein Sammelgerät für Pollen befand. Solche Bienen benahmen sich, als ob sie noch immer Pollen in ihren Pollenhöschen hätte. Eine sorgsame Untersuchung der Pollenkörbchen zeigte, daß es tatsächlich noch immer irgendein Pollenkorn gab, das die Ursache für das gewöhnliche Verhalten der Sammelbiene bei der Rückkehr in den Stock sein konnte.

In einem anderen Test wurden die neuen Sammelbienen gefangen und mit einem feinen Bürstchen von dem Pollen befreit. Auch diese Bienen verhielten sich beim Eintritt in den Stock so, als hätten sie noch Pollen. Wahrscheinlich muß die Biene, wenn sie einmal mit der Pollenernte beginnt, alle mit diesem Prozeß verbundenen Tätigkeiten völlig zu Ende führen. Man weiß nicht, ob dieses Verhalten vor dem Verlassen des Stocks beginnt oder dann, wenn die Biene mit der Pollenernte beginnt.

Die Anzahl der täglichen Ausflüge

Wissenschaftler wollten wissen, wieviel Ausflüge die Sammelbiene im Laufe eines Tages macht, denn davon hängt auch der Effekt ihrer Arbeit ab. Die Zahl der Ausflüge hängt unter anderem von der Witterung und der Temperatur des jeweiligen Tages ab; von der Entfernung der Nahrungsquelle, dem Reichtum der Blüten, der Länge des Tages, vom Alter der Bienen, der Möglichkeit, den eingetragenen Nektar in die Waben zu schaffen, von dem vorhandenen Wabenraum im Stock u. a.

Es wurde nachgewiesen, daß Bienen häufiger und erfolgreicher vormittags als nachmittags hinausfliegen. Die Nachmittagssonne trocknet mehr Nektar, und auch die Beweglichkeit der Bienen ist nachmittags geringer. Deshalb berechnet man, daß die Biene je nach Jahreszeit, Wetter und Trachtgebiet 5–20 Ausflüge täglich macht, bzw. eine Sammelbiene durchschnittlich 10 Ausflüge täglich. In der Bienenfachliteratur bestehen in dieser Hinsicht große Schwankungen (3–140 Ausflüge täglich). Der bekannte Imker Theodor Weipel hat sich bei der Beschäftigung mit diesem Problem an eine einfache Rechnung gehalten. Er nahm im Juni, während der wichtigsten Tracht, eine Anzahl von Bienen, die zum Ausfliegen fähig waren, die Hälfte aller auf den Waben befindlichen Bienen. Den Altersgrad der Bienen teilte er ein nach dem Verhältnis 1:2:3 (Ammenbiene-Nährbiene-Sammelbiene). Enthielt ein Volk also 10 Tausend Ammenbienen, dann gab es auch 20 Tausend Nährbienen und 30 Tausend Sammelbienen. Die Gesamtzahl eines gut entwickelten Volkes kann bis zu 80 Tausend Bienen betragen, d. h. dieses Volk kann maximal ca. 40 Tausend Sammelbienen enthalten.

Dr. Ambuster zufolge kann die Honigblase einer Biene 60 mg Nektar aufnehmen. In der Regel kehrt die Biene nur bei sehr reichhaltiger Bienenweide mit einer gefüllten Honigblase zurück, während ihre Ernten bei schwächerer Tracht 30 mg, 20 mg und weniger Nektar betragen. Auf einer schwächeren Bienenweide muß sich die Biene länger aufhalten, um Nektar zu suchen, und dementsprechend ermüdet trägt sie auch weniger Nektar ein. In dieser Hinsicht können die eingetragenen Nektar-, Pollen- und Wassermengen annähernd berechnet werden.

Die maximale tägliche Nektarernte

Bei normaler Tracht kann ein Bienenvolk täglich 2–3 kg Nektar, Pollen und Wasser eintragen. Für eigene Bedürfnisse verbraucht es innerhalb von 24 Stunden ½ bis 1 kg Ertrag, abhängig von der Menge der offenen Brut, die ständig gefüttert werden muß.

Unter außerordentlich guten Bedingungen für die Nektarernte erreicht der tägliche Ertrag bei gut entwickelten Völkern das Gewicht von 6,8 und auch mehr kg. Nimmt man ein Bienenvolk mit 80 Tausend Bienen, das ungefähr 35–40 Tausend Sammelbienen zählt, das unter günstigen Bedingungen an einem Tag 6 kg Nektar einträgt, dann entfällt auf eine Sammelbiene mindestens 200 mg Nektar. Vorausgesetzt, sie bringt von jedem Ausflug durchschnittlich 50 mg Nektar mit, dann benötigt sie also 4–5 tägliche Ausflüge dafür. Da der Ertrag manchmal auch weniger als 50 mg beträgt, kann man dieser Zahl höchstens 1–2 Ausflüge hinzufügen.

Es fällt auf, daß sogar bei Bienenfütterung kein größerer Ertrag erreicht wird, obwohl die Bienen jetzt nicht ausfliegen und mühselig Hunderte und Tausende von Blüten befliegen müssen, um ihre Honigblase zu füllen. Theodor Weipel konnte davon überzeugen, daß ein Bienenvolk auf einer Fläche mit ausreichend Sirup, zu dem jede Sammelbiene Zugang hätte, im Laufe eines Tages nicht mehr als 6–7 kg Ernte eintragen könnte.

Die richtige Lage der Bienenstöcke

Es gibt immer mehr Wissenschaftler, die ihre Untersuchungen des geheimnisvollen Lebens der Biene mit der praktischen Anwendung einzelner Innovationen in der Technologie der Herstellung von Bienenprodukten verbinden.

Dr. Herens aus Österreich unternahm folgenden Versuch: Er stellte ein Gefäß mit Honig oberhalb eines Bergabhangs in 200 m Entfernung, ein anderes Gefäß mit Honig, unterhalb des Abhangs, ebenfalls in 200 m Entfernung vom Versuchsstock auf, der sich in der Mitte zwischen den beiden Honiggefäßen befand.

Die Versuchsbienen wurden mit zwei verschiedenen Farben gekennzeichnet. Die Assistenten von Dr. Herens stellten durch genaues Zählen der Sekunden bzw. der Zeit für den Flug von dem einen oder anderen Honiggefäß bis zum Stock folgendes fest: Der Rückflug der markierten Biene mit der Ernte aus dem Gefäß oberhalb des Berges dauerte nur 29 Sekunden, während der Rückflug von dem anderen Gefäß unterhalb des Berges bei gleicher Entfernung volle 137 Sekunden lang dauerte.

Berechnet man die Dauer des Rückfluges von beiden Stellen, dann ergibt sich, daß jene Bienen, die die Nahrungsquellen oberhalb des Stocks an den Bergabhängen finden, 75 % mehr eintragen als die, deren Bienenweide unterhalb des Stockes liegt.

„Es ist viel nützlicher, wenn sich die Bienen in bergigen Gebieten unterhalb der Berge befinden, denn die Sammelbienen können sich auf dem Rückflug mit ihrer Ernte leichter herniederlassen als umgekehrt bergauf zum Stock fliegen zu müssen", stellt Dr. Herens abschließend fest.

Es ist seit langem bekannt, daß sich die Entfernung der Bienenweide vom Stock direkt auf die Menge des Nektar- und Pollenertrages im Stock auswirkt. Auf Grund neuerer Angaben, die in der österreichischen Imkerzeitschrift „Der österreichische Imker" von F. Likowsky veröffentlich wurden, verbraucht eine Biene für jeden Kilometer ihres Fluges 2,5 mg reinen Zucker, als Brennmaterial für jeden Kilometer des Bienenfluges muß man wegen des Hinfluges zur Bienenweide und des Rückfluges doppelt berechnen, d. h. 5 mg reinen Zucker als Brennmaterial für jeden Kilometer Entfernung von der Bienenweide.

Die sowjetische Wissenschaftlerin Belozerova stellte fest, daß Bienen, die auf einem blühenden Rapsfeld 450 m vom Raps entfernt waren, in den Stock 4,379 kg Nektar eintrugen und jene, die aus 850 m Entfernung von den Bienenständen auf das Rapsfeld flogen, 3,860 kg Nektar eintrugen.

Stimulierung der Entwicklung

Die natürlichen Antibiotika von Blüten, Nektar, Pollen und Propolis, die zu den Phytonziden gehören, bieten den Bienen einen natürlichen Schutz vor Infektionserkrankungen. Auch der Zellinhalt der Pflanzen als Brei und ausgepreßter Saft weist antibiotische Eigenschaften auf.

Im Prozeß der evolutionären Entwicklung ist die ständige Zufuhr von Phytonziden in das Bienenvolk und dessen Versorgung mit Phytonziden durch die Nahrung zu einem Bedürfnis geworden, das sich positiv auf das Leben und die Arbeit des Bienenvolkes auswirkt.

Die sowjetischen Wissenschaftler I. S. Kulikov und V. T. Čerepov untersuchten den Einfluß verschiedener Phytonzidenkonzentrationen von Zwiebeln, Knoblauch und Meerrettich auf die Lebensdauer der Biene bei unterbrochener und ununterbrochener Fütterung. Die Wirkung dieser Präparate auf die Bienen wurde in entomologischen Käfigen mit 50–70 Bienen untersucht. Die Bienenkäfige wurden in Thermostaten bei einer Temperatur von +25 Grad Celsius gehalten. Die Bienen wurden mit einer 50 %-Zuckerlösung gefüttert, der man Zwiebeln, Knoblauch und Meerrettich püriert und löffelweise hinzufügte. Als Kontrolle diente Sirup mit Penizillin und Biomyzin sowie reiner Sirup. Die Wirkung der Präparate wurde nach der Lebensdauer der Biene beurteilt.

Man stellte fest, das sich die Lebensdauer der Bienen mit Phytonziden von Zwiebeln, Knoblauch und Meerrettich wesentlich verlängerte. Aufgrund dieses Versuchs wiesen die Experten darauf hin, daß eine zeitweilige Zufuhr von Phytonziden (Pflanzensäfte oder der Brei einiger Pflanzen) mit Zuckersirup als Bienennahrung in der trachtlosen Periode und im Herbst, wenn Honig durch Zucker ersetzt wird, die auftretende Erschöpfung der Jungbienen beim Prozeß der Zuckerverarbeitung verhindern könnte.

Günstiger Einfluß des Milchsirups

In der Zeitschrift „L'Apiculture d'Italia" wurde mitgeteilt, daß in den von Fraser durchgeführten Untersuchungen Milch einen sehr günstigen Einfluß auf die Entwicklung der Bienen ausübt.

Bei der Nahrung der Bienen mit Milchsirup nahm Fraser zwei gleiche Bienenvölker mit jungen Königinnen gleichen Alters und fütterte sie, indem er dem einen in Wasser gekochten Zuckersirup, dem andern in Milch gekochten Sirup anbot. Er fütterte sie damit jeden zweiten Tag.

Beide Bienenvölker entwickelten sich gut und lebten 45 Tage ohne Zwischenfälle. Danach stellte man fest, daß das mit gewöhnlichem Zuckersirup ernährte Volk eine entwikkelte Brut auf drei Rahmen hatte und die Bienen 7 Rahmen bedeckten, während die mit Milchsirup ernährten Bienen eine Brut auf 8 Rahmen hatten und die Bienen 13 Rahmen bedeckten.

Der Versuch wurde im folgenden Jahr wiederholt, und am 15. Juni stellte man fest, daß die mit Milchsirup ernährten Bienen so entwickelt waren, daß man diesem Volk noch einen Stock hinzufügen mußte.

Der Milchsirup wird hergestellt, indem man ungekochte frische Milch eine Nacht stehen läßt. Am anderen Morgen wird die obere Fettschicht entfernt und dann die Milch mit der gleichen Menge Zucker gekocht. Solange kochen, bis man gewöhnlichen Sirup erhält. Er wird von den Bienen gern genommen, aber man darf nicht zuviel Mengen geben, damit sie nicht alle Zellen damit füllen und der Königin den Raum für die Eiablage nehmen.

Sicher finden die Bienen in der Milch all das, was ihnen eine schnelle Entwicklung ermöglicht, vor allem, wenn sie auch gleichzeitig eine genügende Menge Blütenstaub eintragen können. Der auf diese Weise gebrauchte Milch-Zucker-Sirup stellt ein sehr gutes Reizmittel zur Stimulierung der Entwicklung des Bienenvolkes dar.

Laut Bericht des sowjetischen Wissenschaftlers A. S. Jakovljev zeigten jahrelange Versuche, daß Bienenvölker, die 4–8 mg Kobalt auf 1 l Zuckersirup im Frühjahr erhalten hatten, 10–29 % mehr Brut versorgten. Die Zugabe von Kobalt in den Zuckersirup in der Herbstfütterung erhöhte die Brut um 12,5 % verglichen mit den kontrollierten Völkern. Die

Honigherstellung in den mit Zuckersirup und Kobalt ernährten Völkern war um 30–36 % höher.

Es zeigte sich, daß die optimale Dosis 8 mg Kobalt auf 1 l Zuckersirup beträgt (es wurden Dosierungen von 1–16 mg Kobalt auf 1 l Sirup getestet).

In den Völkern, die Kobalt erhalten hatten, verbrauchten die Larven mehr Nahrung, und das wirkte sich dann auf die Entwicklung der Bienen mit mehr Gewicht und größerem Umfang aus, was auch die Möglichkeiten ihrer Produktion erhöhte. Außerdem wiesen solche Bienen auch eine bessere Entwicklung der Futtersaftdrüsen auf.

Die Wirkung des Rauchs auf die Bienen

Die ursprünglichen Bienenvölker lebten in hohlen Bäumen, Felsen und an anderen unzugänglichen Orten, hauptsächlich in Wäldern. Durch diese Herkunft erklären auch die Wissenschaftler die Abneigung der Bienen gegen Rauch, denn es ist bekannt, daß alle Waldbewohner durch Rauch auf die herannahende Gefahr eines Waldbrandes aufmerksam gemacht werden. Der Selbsterhaltungstrieb zwingt die Bienen bei Rauch, schnell ihre Wohnung zu verlassen und möglichst viel Nahrung auf den Weg mitzunehmen. G. H. Cale schreibt, daß „Rauch die Bienen dazu veranlaßt, Honig zu speichern in Anbetracht eines kommenden Unglücks, welches durch Rauch angekündigt wird". Der bekannte amerikanische Theoretiker und Praktiker der Bienenzucht, F. C. Pellet, schreibt in seinem Buch „A Living from bees": „Wenn man Rauch in den Stock läßt, geraten die Bienen sofort in Unruhe und suchen schnell Zellen mit offenem Honig. Sie füllen ihre Honigblasen so, als bereiteten sie sich auf das Schwärmen vor.

Beim Verlassen des Stockes nimmt jede Biene Vorräte für mehrere Tage mit . . ." Obwohl die Blaspfeifen oder Handbläser auf den Bienenständen etwas weniger als hundert Jahre lang genutzt werden, gilt Rauch seit alters her als besänftigendes Mittel für Bienen. Die meisten Imker wissen, daß Bienen bei Rauch Nahrung aufnehmen und weniger stechen. Nicht nur ihre Schwerfälligkeit nach der aufgenommenen Nahrung, auch die Einschüchterung spielt eine Rolle, so daß sie nicht auf den Waben bleiben. Der Rauchgeruch überdeckt den persönlichen Geruch des Imkers, der sonst unter normalen Bedingungen aufreizend wirkt.

Die Wissenschaftler Dr. J. B. Free und Dr. B. C. Newton haben entdeckt, daß unter Raucheinfluß nur die Hälfte der Bienen eines Volkes Honig aufnehmen, die verschieden alt sind. Es sind nicht alle Faktoren bekannt, die auf die Honigaufnahme der Bienen einwirken, wenn sie Rauch im Stock verspüren, aber die Versuche der beiden Wissenschaftler zeigten, daß mehr Bienen auf schlechter Bienenweide Honig nahmen als an Tagen mit günstigen Bedingungen zur Nektarernte.

Newtons Versuche zeigten, daß auch andere Arten der Beunruhigung (Klopfen, Rütteln oder Öffnen des Stocks ohne vorherige Verwendung von Rauch) ähnlich wie Rauch wirken, aber ihre Wirkung weniger stark ist, und die Bienen dann aggressiver sind. Die Zahl der Bienen, die nach diesen Störungen Nahrung aufnahmen, erhöhte sich schnell und nahm dann langsam ab.

Die Resultate dieser Untersuchungen lassen auch praktische Schlußfolgerungen zu: Wollen die Imker weniger gestochen werden, müssen sie sorgsam mit den Stöcken und Rahmen umgehen, dürfen nicht auf die Stöcke klopfen und ein Quetschen der Bienen vermeiden, denn zerquetschte Bienen scheiden Stoffe aus, die die anderen Bienen reizen. Es ist ratsam, bei der Kontrolle der Bienenvölker immer Rauch zu verwenden. Nach dem Räuchern nicht sofort den Stock öffnen, sondern mindestens 2 Minuten warten, damit der Rauch voll auf die Bienen einwirken kann.

Bienen fördern die Bildung von Vitaminen

Die deutschen Wissenschaftler Prof. Reukauf aus Weimar und Prof. Klein aus Bonn wiesen in ihren Arbeiten nach, daß Bienen außer der Herstellung von Honig, Wachs, Pollen, Propolis, Futtersaft und Bienengift und ihrer Bedeutung für die Blütenbestäubung und die Ernte und Qualität der Pflanzenproduktion noch eine große Leistung für den Menschen vollbringen, indem sie die Bildung von Vitaminen und Hormonen unterstützen.

Reukauf fand im Nektar von Wiesenblumen, besonders von Salbei, eine bestimmte Pilzart, die schon unter dem Namen „Authomices Reukaufii" bekannt ist.

Diese Pilzchen haben die Eigenschaft, sich nicht durch die übliche Art, durch Teilung, zu vermehren, sondern sie werden durch die Bienen auf deren Härchen gegenseitig übertragen und verursachen so ihre Vermehrung.

Diese Pilzchen gelangen mit dem Nektar in den Stock, also in den Honig, und besonders wichtig ist es, daß sie auch in den Pansen der Wiederkäuer gelangen, wo sie durch einen besonderen chemischen Prozeß (zymogena symbiosa) eine kostbare Materie entwickeln, die Eiweißstoffe sogar mit Azot-Verbindungen bildet, die eine solche Materie sonst nicht enthalten.

Die Versuche dieser Wissenschaftler zeigten, daß man sich viele Jahre lang ein kräftiges, gesundes Vieh erhalten kann, auch wenn es mit Stroh und Melasse ohne Eiweißstoffe gefüttert wird, unter der Bedingung, daß dem Futter eine bestimmte Menge der erwähnten Pilzchen beigefügt wird.

Man nimmt an, daß „zymogena symbiosa" die erste Grundlage für die Bildung von Vitaminen und Hormonen ist.

Elektrizität und Radioaktivität von Bienen und Pflanzen

Für Wissenschaftler wird es zunehmend interessanter, das Leben der Bienen und ihre Verbundenheit mit der Natur zu untersuchen. Diese geheimnisvolle Symbiose wirft ständig neue Fragen auf.

Dr. Jovan Kulinčević zufolge hat Erik Erikson in den USA festgestellt, daß Bienen in ihrem Körper elektrische Ladungen bilden. Bienen sind auf dem Rückflug vom Feld in den Stock positiv elektrisiert bis zu 1,8 V, und Bienen, die den Stock früh verlassen, sind schwach negativ, werden später schwach positiv, wenn die elektrische Ladung des ganzen Stockes positiv wird unter Einfluß der Bienen, die von der Tracht zurückkommen.

Das elektrische Potential erreicht einen Höhepunkt am Nachmittag. Ebenso beeinflußt die Jahreszeit: Ein niedriges Potential erscheint im Frühjahr und im Herbst, während ein hohes elektrisches Potential für die Periode der Haupttracht im Sommer charakteristisch ist.

Es ist bekannt, daß Bienen auf verschiedene elektromagnetische Erscheinungen reagieren. Wenn zum Beispiel eine kleinere Stromladung durch die Bienenwaben gelassen wird, versammeln sich die Bienen auf den Stromstellen und berühren sie mit ihren Fühlern, Zungen und Füßen. Verwendet man eine größere Stromladung, werden sie sehr unruhig und beginnen zu stechen. Auf diesem Prinzip beruht auch die Entnahme von Bienengift zu medizinischen Zwecken durch spezielle Apparate. Sie reizen die Bienen an, aus dem Stachel Gifttropfen auszuscheiden zur Gewinnung dieser kostbaren und heilsamen Materie aus den Stacheln.

Bienen werden auch unruhig und gereizt, wenn sie einer hohen Konzentration von Ionen in der Luft ausgesetzt sind, vor schlechten Wetterverhältnissen, und wenn sich die Stöcke in der Nähe von elektrischen Hochspannungsleitungen befinden.

Die Arbeitsbienen umkreisen die Königin und berühren sie ständig, um entsprechende chemische Substanzen für die Kommunikation aufzunehmen

Das elektrische Potential der Arbeitsbienen könnte auch für die Blütenbestäubung wichtig sein. Die Blüten und der Pollen haben die Tendenz, negativ elektrisch zu sein, und Erikson behauptet, er habe festgestellt, daß er von der Biene abgestreifte Pollen während des Besuches der Blüte anstatt herunterzufallen, am Bienenkörper bleibt. Durch diesen Kontakt zwischen Biene und Blüte wird das elektrische Potential neutralisiert und vielleicht eine andere Biene informiert, daß die betreffende Blüte gerade besucht worden ist.

Es ist auch möglich, daß die Bienen statische Elektrizität zu noch komplizierteren Zwecken nutzen. Auf der Rückkehr von einer guten Bienenweide mit Nektar und Pollen beobachten die Bienen im Stock die Figuren der Tänzerin. Bei diesem Tanz oder dieser „Sprache der Biene" werden Entfernung und Richtung der Nahrungsquelle mitgeteilt. Man nimmt an, daß Bienen im dunklen Stock nicht sehen können, und es ist durchaus möglich, daß dabei das elektrische Potential der tanzenden Biene eine wichtige Rolle spielt.

Zweifellos gibt es noch viel zu erforschen hinsichtlich der Fähigkeiten der Bienen, auf elektromagnetische Kräfte zu reagieren. Diese Erkenntnisse sind nicht nur wichtig für die fundamentale Wissenschaft, sondern auch für die Blütenbestäubung. Die moderne Landwirtschaft, die zunehmend Chemikalien verwendet, eliminiert die wilden Insekten als Bestäuber, somit ist die maximale Nutzung der Bienen zu diesen Zwecken von ungeheurer Bedeutung. Darüber schreibt auch Wolfgang Theile in der Zeitschrift „Die Biene":

„Auf der Erde gibt es von Anfang an Radioaktivität sowohl in den Felsen als auch in der Atmosphäre, aber die Konzentration dieser Radioaktivität ist schwankend. Die Radioaktivität ist eine Ansammlung von Energie, die wechselseitig wirkt, wobei man weiß, daß besonders die Gamma-Strahlen in Lebewesen bedeutende Mutationen hervorrufen.

Die Lebewesen reagieren sehr unterschiedlich auf radioaktive Strahlungen, und auch die einzelnen Körper- und Pflanzenteile sind unterschiedlich empfänglich für Strahlungen. Dies ist der Fall bei Blütenstaub, der bei der Sammelbiene auf der Rückkehr in den Stock so radioaktiv ist, daß auch der Geigerzähler reagiert, hält man ihn an das Flugloch des Stockes.

Bei den Pflanzen sind die Geschlechtsorgane besonders empfänglich für radioaktive Strahlungen. Die Pollen sammelnden Bienen stellen mit ihren Pollenkörbchen an den Beinen in gewisser Weise Geräte zur Sammlung radioaktiver Ladung dar. Bei dem täglichen Besuch von Milliarden von

Blüten sammeln die Bienen soviel Pollen wie möglich. Auf diese Weise werden wahrscheinlich zahlreiche Mutationen hervorgerufen, aber nicht starke Veränderungen, sondern Mutationen unbedeutenden Grades.

Viele der Mutationen, negative Mutationen, werden durch natürliche Ausleseprozesse ausgeschlossen, und der geringere Teil, positive Mutationen, bleibt erhalten und wird vererblich. Wahrscheinlich wirken diese langsamen, aber ständigen zahlreichen genetischen Impulse auf die Evolution der Pflanzenarten.

Deshalb ist es möglich, daß die Bienen durch kurze Wiederholungen der Impulse ihrer radioaktiven Pollenladungen unter Einwirkung auf die Geschlechtsorgane der Pflanze auch zur Evolution der Pflanzen beitragen."

Chemische Kommunikation zwischen den Bienen

Eines der großen Rätsel im Leben und in der Arbeit des Bienenvolkes ist das gesellschaftliche Leben der Bienen. Man weiß, daß während der Trachtzeit in einem Bienenvolk 50–80 Tausend Arbeitsbienen, mehrere hundert Drohnen und in der Regel nur eine Königin leben.

Wie bleibt eine so große Gemeinschaft von Insekten an einer Stelle zusammen, wie sind die Beziehungen zwischen den Mitgliedern des Volkes zu verstehen, wie erkennen sie sich untereinander, wie werden die Informationen mitgeteilt? Auf diese Fragen gibt es häufig unterschiedliche Antworten.

Früher meinte man aufgrund der Aufmerksamkeit, die der Königin erwiesen wird, daß die Königin alle Aktivitäten ihrer Mitglieder steuere. Als später das Geschlecht der Königin festgestellt wurde, herrschte die Meinung, die Aufgabe der Königin bestehe nur in der Eiablage zur Vermehrung des Volkes. Erst in der Mitte des 20. Jh. wurde für das charakteristische Verhalten der Arbeitsbienen gegenüber der Königin eine neue Erklärung gefunden.

Umgeben die Arbeitsbienen die Königin, streicheln sie diese ständig mit ihren Fühlern und lecken sie mit ihrer Zunge. Auf diese Weise übernehmen sie von ihrem Körper eine bestimmte, biologisch sehr aktive Substanz, die den Bau der Weiselzellen und die Ausbildung der Eierstöcke bei den Arbeitsbienen verhindert. Im weisellosen Volk gilt dieser hemmende Faktor nicht mehr, wie bekannt ist, beginnen die Arbeitsbienen Weiselzellen zu bauen, und ihre Eierstöcke bilden sich aus, was zu der Erscheinung der „Drohnenmütterchen" führt.

Nach dieser Entdeckung wurden die Drüsen der Bienen und ihre Sekrete zu einem Gegenstand zahlreicher Untersuchungen, deren Ergebnisse auf die Ideen über die chemische Kommunikation im Bienenvolk hinweisen. Das heißt, im Bienenwesen gibt es bestimmte chemische Substanzen, deren Wirkung für die Erhaltung der Organisation und die Einheit des Bienenvolkes von großer Bedeutung ist. Diese Substanzen bezeichnet man als Pheromone.

Was sind Pheromone?

Auf die Frage, was unter dem Namen Pheromon zu verstehen sei, antwortete Dr. V. Filipović-Moskovljević, Professor an der Fakultät für Veterinärmedizin Belgrad, in ihrer Arbeit „Die Rolle der Pheromone im Bienenvolk":

„Pheromon ist ein neuer Terminus für eine Klasse biologisch aktiver Substanzen, die man als Materien definiert, die von einem Individuum ausgesondert und von anderen Einzelpflanzen derselben Art aufgenommen werden und bei ihnen spezifische Reaktionen hervorrufen, z. B. ein bestimmtes Verhalten oder die Entwicklung bestimmter Organe.

Pheromone sind Drüsenprodukte. Der Terminus kommt

aus dem Griechischen: ‚pherein' – übertragen und ‚horman' – antreiben, anregen. Sie wirken in unbedeutenden Mengen und nehmen deshalb eine bestimmte Stelle neben den Hormonen ein, aber während die Hormone im Blut ausgeschieden werden, über das sie einwirken, werden die Pheromone nach außen ausgeschieden . . .

Durch die Art der Reaktion der einzelnen von Pheromonen beeinflußten Biene unterscheiden wir Alarm-, kennzeichnende Weisel- oder sexuelle Pheromone und Oberflächenpheromone.

Der Stachel der Arbeitsbiene enthält transpirierende Substanzen, welche die Bienen zur Aggression treiben. Im Augenblick des Stichs hinterläßt die Biene einen Geruch, der andere Arbeitsbienen an diese Stelle lockt. Der Geruch ist am stärksten, wenn der Stachel von der Biene getrennt ist. Der charakteristische Geruch kommt in den Stacheln der Wachbienen und der Trachtbienen vor, er besteht nicht in den Stacheln der Königin und der sehr jungen Arbeitsbienen.

Weil dieser Geruch ein verändertes Verhalten der Arbeitsbiene hervorruft, das heißt ein alarmierendes und aggressives Verhalten, wird er zu der Gruppe der Materien gezählt, die als – Pheromone gekennzeichnet sind. Einer der aktiven Bestandteile des Stachelpheromons ist Isopentil oder Isoamylazetat, dessen Menge pro Stachel zwischen 1–5 Mikrogramm beträgt (1 Mikrogramm ist der millionste Teil eines Gramms).

Isopentilazetat muß in unmittelbarer Nähe des Stocks hergestellt und ausgeschieden werden, bei einer Entfernung von höchstens 60 cm, um eine Alarmverhalten oder eine Alarmkommunikation hervorzurufen. Werden die Bienen auf der Nahrungsquelle der Einwirkung großer Mengen Isopentilazetat ausgesetzt, dann sind die Arbeitsbienen überhaupt nicht gereizt und greifen auch nicht an. Rauch scheint den Alarmgeruch zu überdecken. Bienen greifen bei Rauch nicht an, sondern ziehen sich in ihren Stock zurück und nehmen Honig auf.

Im Stachelapparat der Biene gibt es vier verschiedene Drüsen, aber man hat nicht festgestellt, welches Sekret aus diesen Drüsen den Geruch des Stachels verursacht.

Bei den Arbeitsbienen besteht noch eine Alarmsubstanz, die in ihren Mandibeldrüsen lokalisiert ist.

Diese Materie befindet sich nur bei den Wachbienen und Trachtbienen, sie ist als 2-Heptanon identifiziert, jeweils 40 Mikrogramm pro Trachtbiene. Heptanon wurde nicht bei Stockbienen, weder bei Königinnen noch bei Drohnen festgestellt. Dieses Pheromon, das einen starken, aber kurz anhaltenden Geruch hat, hat auch eine andere Funktion. Die Menge von 150 Mikrogramm 2-Heptanon stößt die Trachtbienen genauso von der Nahrungsquelle ab, wie das bei zerquetschten Mandibeldrüsen von zehn Sammelbienen der Fall ist. Dieses Pheromon soll andere Sammelbienen warnen, daß die Nahrungsquelle versiegt ist, oder es dient zur Verteidigung gegen fremde räuberische Bienen, die versuchen, in den Stock einzudringen."

Signale aus den Drüsen

„Zwei natürliche Gerüche sind für den Besuch der Sammelbienen auf den Nahrungsquellen besonders bedeutend: der in den Blüten entomophyler Pflanzen hergestellte Geruch sowie das im Geruchsorgan oder in der Nasanovdrüse der Arbeitsbiene hergestellte Pheromon. Beide Gerüche spielen für die erfolgreiche Sammlung der Nahrung eine wichtige Rolle. Aufgrund der starken Wirkung des Nazanovdrüsensekrets auf die Mitglieder des Bienenvolkes wird es zu der Gruppe der biologisch aktiven Materien, zu den Pheromonen, gezählt.

Der spezifische Geruch des Bienenvolkes wird gewöhnlich auf den Geruch des Nazanovdrüsensekrets zurückgeführt. Es hat sich jedoch gezeigt, daß das Pheromon dieser

Drüse weder für das Volk noch für die Bienenrasse spezifisch ist. Die Produktion dieses Sekrets ist besonders intensiv bei den Trachtbienen. Finden diese Bienen eine reiche Nahrungsquelle, was sie durch ihre Tänze den anderen Bienen mitgeteilt haben, befliegen sie diese Nahrung vor dem Wiederaufsuchen und scheiden das Sekret der Nazanovdrüse aus, um auf diese Weise die Stelle zu kennzeichnen und so

Die Natur hat das Leben und die Entwicklung der Bienen mit dem der Pflanzen verbunden

den anderen Arbeitsbienen in der Nähe zu helfen und sie zu dieser Stelle zu leiten.

Das charakteristische Verhalten der Arbeitsbiene bei der Ausscheidung des Nazanovdrüsensekrets kann man auch vor dem Flugloch beobachten, wodurch sie den Jungbienen auf ihren Orientierungsflügen helfen, leichter zu ihrem Bienenvolk zurückzufinden.

Zur Kennzeichnung des Ortes der Nahrungsquelle und ihres Bienenstocks benutzen die Arbeitsbienen auch den Geruch des Sekrets der Tarsusdrüsen. Diese Drüsen befinden sich an den Fußgliedern der Arbeitsbienen, und ihr Geruch ist anhaltender als der Geruch der Nasanovdrüse, besonders bei der Bildung des spezifischen Geruchs des Bienenvolkes, nur sind die Pheromone dieser Drüse noch nicht chemisch untersucht."

Rätselhafte Anziehungskraft der Königin

„Die größte Aufmerksamkeit galt jenen chemischen Kommunikationen, die von der Königin ausgehen. Zuerst wurde festgestellt, daß die Extrakte der Königin in Aethanol Materien enthalten, die den Bau von Weiselzellen und die Ausbildung der Eierstöcke bei den Arbeitsbienen verhindern. Dann folgte die wichtige Entdeckung, daß die Königin-Pheromone in deren Mandibeldrüsen gebildet werden, die ähnlich wie bei den Arbeitsbienen die Form eines Säckchens haben, und deren Sekret auf der Grundlage der Mandibel (Vorderkiefer) ausgesondert wird.

Aus diesen Drüsen wurden chemisch 14 Pheromone entnommen. Eines von ihnen ist die ungesättigte Ketosäure mit zehn Kohlenstoffatomen, die das Bauen der Weiselzellen und die Ausbildung der Eierstöcke bei den Arbeitsbienen verhindern, und die als Weiselsubstanz oder Weiselpheromon gekennzeichnet ist. Die Anziehungskraft der Königin auf die Bienen hängt in großem Maße von diesem Pheromon ab, und auch für die Drohnen ist es anziehend.

Daß die Königin für die Arbeitsbienen sehr anziehend ist, wird aus deren Verhalten ersichtlich. Aber die Weiselpheromone können auch als sexuelle Pheromone wirken. Die erwähnte ungesättigte Ketosäure ist synthetisiert, und es zeigte sich, daß der Geruch von 100 Mikrogramm dieser Säure, d. h. ungefähr die Menge, die sich im Körper einer unbegatteten oder begatteten Königin befindet, die schon Eier ablegt, ebensogut Drohnen anzieht wie die natürliche Weiselsubstanz oder wie die Extrakte der ganzen Königinnen.

Aus dem Sekret der Mandibeldrüsen der Königin wurde auch die ungesättigte Oxysäure mit zehn Kohlenstoffatomen (Pheromon II) abgesondert, die für Drohnen viel weniger anziehend ist, aber die Wirkung dieses Pheromons ist von erstklassiger Bedeutung für die Organisierung und Stabilisierung des Schwarmes.

Was die übrigen Weiselpheromone betrifft, so ist bei einigen mehr ihre chemische Zusammensetzung bekannt als ihre biologische Wirkung."

Sexueller Anreiz für die Drohnen

„Dank der Isolierung und Synthetisierung der Weiselsubstanz war es möglich, die Begattung der Königin mit den Drohnen mittels einer besonderen Methode zu untersuchen. Sie besteht darin, die unbegattete Königin oder ein Stück Filterpapier oder irgendein anderes saugfähiges Material, das mit synthetisierter Weiselsubstanz vollgesogen ist, an einen mit Helium gefüllten Ballon festzubinden. Die so an den Ballon befestigte Königin fliegt nun in kleinen Kreisen. Mit dem Faden hält sich der Ballon in verschiedenen Höhen, und so kann man das Verhalten der Drohnen beobachten.

Es zeigte sich, daß die Höhe einen wichtigen Faktor für die

Begattung darstellt. Die Königin ist für die Drohnen bei einer Höhe von 15–30 m anziehend, obwohl dies auch bei einer Höhe von 4–6 m der Fall sein kann. Unterhalb dieser Höhe entstehen keine die Königin umgebenden Drohnenschwärme.

Die Drohnen können das Weiselpheromon bei einer Entfernung von 60 m fühlen, denn ihre Fühler enthalten eine große Anzahl von Geruchsorganen – ca. 30 Tausend auf jedem Fühler. Die Drohnen können für verschiedene Gerüche dressiert werden wie die Arbeitsbiene. Die Untersuchungen erfolgten mit dem Geruch der Weiselsubstanz, dem Geruch der Nazanovdrüse und mit anderen Geruchsmaterien.

Es muß darauf hingewiesen werden, daß die Anziehungskraft der Königin nicht allein von den Geruchsmaterien aus dem Sekret ihrer Mandibeldrüsen abhängt. Die letzten Untersuchungen bestätigten das Vorkommen einer zusätzlichen Quelle attraktiver Materien im Körper der Königin. Es handelt sich um subepidermale Drüsen, deren einzelne Materien jedoch noch nicht identifiziert sind. Es besteht die Meinung, der größere Teil der Attraktivität der Königin, ca. 85 %, hänge von dem Sekret der Mandibeldrüsen ab, während man die übrigen 15 % dem Sekret der subepidermalen Drüsen zuschreibt."

Der spezifische Geruch jedes Bienenvolkes

„Alle Geruchsmaterien, die von der Oberflächenschicht der Haut der Bienen aufgesogen werden, sind als Oberflächenpheromone gekennzeichnet. Zu dieser Gruppe der Pheromone, die dem Geruch der Drüsensekrete wie die übrigen Pheromone entstammen, gehören der Körpergeruch der begatteten und der unbegatteten Königin; der Geruch der Arbeitsbiene, des Drohns und der Made sowie die Geruchsmaterien, die dem Nahrungsaustausch unter den erwachsenen

Bienen und dem Nahrungsaustausch unter ihnen und den Maden entstammen. Hierher gehört auch der spezifische Geruch des Bienenvolkes, der sehr komplex ist. Bei der Bildung dieses Geruchs, der für jedes Volk charakteristisch ist, sind neben allen Oberflächenpheromonen auch der Geruch der ganzen Gruppe, der Geruch der gesamten Brut sowie der Geruch der beflogenen Blüten maßgeblich beteiligt. Es wurde schon erwähnt, daß auch der Geruch der Tarsusdrüsen zu dem spezifischen Geruch eines jeden Bienenvolkes gehört.

Es wird ersichtlich, daß sich der spezifische Geruch eines Bienenvolkes aus einer großen Anzahl von Komponenten zusammensetzt, die zweifellos in der Struktur des Volkes bestehen, das veränderlich ist, weil es von vielen äußeren und inneren Faktoren abhängt. Diese Tatsache beantwortet im wesentlichen die Frage, wie der spezifische Geruch eines Volkes gebildet wird, der nicht immer in allen Entwicklungsphasen einer Bienengemeinschaft derselbe ist. Dies ist interessant für die praktische Bienenzucht, denn bei der Anwendung einzelner Verfahren für die Pflege und Aufzucht der Bienen muß immer die augenblickliche Lage des jeweiligen Bienenvolkes berücksichtigt werden.

Die Bienenpheromone werden allmählich auch für praktische Zwecke verwendet. So können sich zum Beispiel mit synthetisiertem Weisel-Pheromon I weisellose Arbeitsbienen so gut in der Gemeinschaft erhalten wie es bei anwesender Königin der Fall ist. Für praktische Zwecke können auch kleine weisellose Völker genutzt werden. Die bisher für das Gleichgewicht und die normale Funktion des Bienenvolkes benötigte Königin kann jetzt für eine bestimmte Zeit durch ihr sexuelles Pheromon ersetzt werden, das in hohen Dosierungen die Sammelbienen zum Eintragen des Nektars stimuliert.

Auch mit anderen Pheromonen erfolgen Versuche, z. B. mit Geraniol und Citral. Diese Geruchsmaterien wurden bei Luzerne in einer 5–10prozentigen Lösung angewandt, im Verhältnis 1 ml Geruch auf 1 l Zuckersirup. Bodenflächen von 8 × 8 m wurden mit 1 l Versuchsmaterial viermal behandelt. Auf diese Weise erhöhte sich die Zahl der Bienenbesuche auf einer bestimmten Bienenweide, was für den wirksameren Gebrauch der Bienen bei der Blütenbestäubung von großem praktischen Nutzen ist.

Die erreichten Resultate in dieser Richtung sind ermutigend, erfordern weitere Untersuchungen und zeigen, daß die Stimulierung der Gerüche, die pheromonalen Charakter haben, für das Leben und die Erhaltung der Bienengemeinschaft von wesentlicher Bedeutung ist.

Ein bisher nicht identifizierter Geruch, der von allen Brutstadien, speziell von Maden hergestellt wird, hilft bei der Stimulierung der Bienen zur Nahrungssammlung und zur Bestäubung. Könnte man diesen Geruch auf synthetische Art herstellen und den Bienenvölkern hinzugeben, würde dies die Ernten und die Blütenbestäubung steigern, ohne dem Bienenvolk zu schaden.

Die Untersuchungen, Analysen und Synthesen neuer Pheromone werden unsere Kenntnisse über alle jene Faktoren bereichern, die das gesellschaftliche Leben der Bienen bedingen, und auf diese Weise wird man auch zu sicheren Angaben und wissenschaftlich nachgewiesenen Erkenntnissen kommen", schreibt Prof. Dr. V. Filipović-Moskovljević abschließend in ihrer Arbeit über die Pheromone.

Geheimnisse der biologischen Gesetzmäßigkeiten

Aus der Rolle der Drohnen geht hervor, daß sie nach dem „Begattungsflug" und der Begattung der Königin von den Bienen nicht mehr gebraucht werden. Um Bienennahrung zu sparen, vernichten die Imker schonungslos die Drohnenbrut. Es ist richtig, daß jeder Drohn ißt und nicht arbeitet. Man hat jedoch noch nicht errechnet, wieviel Honig das Volk für sich aufbewahrt, wenn alle seine Drohnen vernichtet werden.

Mit Sicherheit stört die Vernichtung der Drohnen den Arbeitsrhythmus der Bienen. Durch dieses Verfahren zerstört der Imker vor allem die Gesamtheit des Volkes, einen einheitlichen Organismus ... Ein Volk, das seine vollberechtigten Mitglieder, die Drohnen, verliert, ist im wesentlichen unvollständig.

Der Drohn verdient mehr Aufmerksamkeit, und er wird zu Unrecht von Imkern als unnötiger Fresser betrachtet. Es wurde nachgewiesen, daß massenhaftes Vorkommen der Drohnen im Bienenvolk keine Laune der Bienen und auch keine Vernachlässigung der Imker ist, sondern eine biologische Notwendigkeit. Die engen Raumverhältnisse an den Bienenständen tragen dazu bei, daß die Begattung und Befruchtung der Königin durch die Drohnen mit großer Wahrscheinlichkeit gesichert ist, ohne die es keinen Bestand der Bienen gibt.

Einige findige Imker haben bemerkt, daß es auf den Bienenständen einige Völker gibt, die sich nicht von den anderen unterscheiden, die aber doch sehr geringe Pollen- und Nektarernten aufweisen. Vielleicht liegt es doch an den Drohnen?

Es könnte sein, daß in jedem Bienenvolk eine optimale Zusammensetzung aller Einzelwesen bzw. ein optimales Mengenverhältnis zwischen den Drohnen und den Arbeitsbienen besteht. Vielleicht regt gerade dieses biologische Gleichgewicht das Bienenvolk dazu an, dermaßen fleißig zu arbeiten! Im Gegensatz dazu verliert ein Bienenvolk ohne Drohnen und auch ohne Königin sein Gleichgewicht, wird gleichgültig, apathisch und unproduktiv.

Wie soll man mit den Drohnen verfahren, wenn sie sehr zahlreich vorkommen?

Die biologische Kenntnis von den Gesetzmäßigkeiten der Entwicklung eines Bienenvolkes bietet die beste Antwort. Diese Gesetzmäßigkeit lautet: je jünger die Königin, um so weniger Drohnen werden hinausgetrieben und umgekehrt. Demnach sollte die entsprechende Art des Kampfes mit den Drohnen ein richtiges zootechnisches Verhältnis im Stock sein: eine junge Königin und gute Waben. Dies benötigt ein Bienenvolk, um die Austreibung der Drohnen in natürlichen Grenzen zu halten.

Blüten und Bienen

Die gegenseitige Verbundenheit der Pflanzen, die durch Insekten und Nektar sammelnde Insekten bestäubt werden, ist ungeheuer groß. Man glaubt, daß diese Verbundenheit noch aus der prähistorischen Zeit stammt und sehr viel zur Evolution der Pflanzen beigetragen hat.

Die wechselseitige Beziehung zwischen dem Pflanzenreich und den Insekten ist bei den Bienen am ausgeprägtesten. Es läßt sich ohne Übertreibung sagen, daß diese Verbundenheit an Abhängigkeit grenzt. Ohne Bienen würde ein großer Teil des Pflanzenreichs ganz anders aussehen, und ebenso Bienen und zahlreiche andere Insekten könnten nicht ohne die Pflanzen bestehen, die Nektar absondern und Blütenstaub zur Verfügung stellen.

Die Natur selbst hat das Leben und die Entwicklung der Bienen mit dem Leben und der Fortpflanzung der Pflanzen verbunden. In der Natur besteht eine Fülle an Pflanzen, die über besondere Drüsen, die Nektarien, auf ihren Blüten oder außerhalb eine süße, duftende Flüssigkeit absondern, den Nektar. Nektar ist dazu bestimmt, durch seinen Duft die Insekten als Bestäuber anzulocken, die Pollenkörner auf diese Blüten tragen und somit durch die Bestäubung die Befruchtung der Pflanze ermöglichen.

Damit es zur Befruchtung bzw. zur Keimung kommen kann, muß der Blütenstaub aus den Staubblättern (männliche Organe der Blüte) auf die Stempel (weibliche Blütenteile) gelangen. Nur durch Bestäubung kann es zur Befruchtung der

Samenanlagen und damit zur Frucht- und Samenausbildung kommen.

Die Einrichtung vieler Blüten ist darauf abgestellt, daß die Insekten die Staubbeutel während der Nektarsammlung streifen müssen. Auf diese Weise wird ein Teil des Blütenstaubs auf die Narbe anderer Blüten derselben Art übertragen, und es erfolgt die Bestäubung der Pflanze.

Die meisten Pflanzen sind zwitterblütig, d. h., sie haben Blüten, auf denen sich die männlichen und weiblichen Organe befinden. Es gibt jedoch auch Pflanzen mit zweierlei Blüten. Dies können auf derselben Pflanze männliche neben weiblichen Blüten sein (Einhäusigkeit) oder die Verteilung der Geschlechter auf verschiedene Individuen (Zweihäusigkeit).

Gelangt der Blütenstaub auf die Narbe derselben Blüte oder auf die Narbe einer anderen Blüte derselben Pflanze, kommt es zu Inzucht durch Selbstbestäubung. Wird jedoch der Blütenstaub auf die Narbe einer anderen Pflanze übertragen, so nennt man dies Fremdbestäubung.

Die Rolle der Bienen bei der Fremdbestäubung

Die Selbstbestäubung wird in vielen Fällen durch verschiedenartige mechanische Störungen unmöglich gemacht, die verhindern, daß Blütenstaub auf die Narbe derselben Pflanze getragen wird und dort keimt. Es gibt zum Beispiel Fälle, daß bei einigen Pflanzen zuerst die Staubbeutel reifen und erst dann die Narben. Buchweizen hat Blüten mit Staubblättern und Griffeln unterschiedlicher Länge, so daß der Blütenstaub nicht auf die Narbe derselben Blüte fallen kann. Dies sind Schutzeinrichtungen zur Sicherung der Fremdbestäubung.

Pollen wird vor allem durch die Insekten und den Wind übertragen. Der Wind spielt als Pollenträger nur bei einer begrenzten Anzahl von Pflanzen eine wichtige Rolle, die sehr viel trockenen und kleinen Pollen produzieren, wie Haselnuß, Walnuß, Mais und einige andere Pflanzen. Wissenschaftler versuchten festzustellen, ob der Wind auch Obstgehölze bestäuben kann und wiesen nach, daß die Rolle des Windes bei der Bestäubung von Obstgehölzen unbedeutend ist.

Für die Bestäubung der Pflanzen sind vor allem die Insekten, in der Hauptsache die Honigbienen (Apis mellifera), verantwortlich. Durch Zählung stellte man fest, daß ein Blütenfeld zu 80 % von Bienen beflogen wurde, während der Rest von anderen Insekten, Hummeln, Schmetterlingen, Fliegen und dem Wind bestäubt wurde.

Wie wichtig die Rolle der Biene für die Blütenbestäubung ist, zeigt sich darin, daß sie am meisten Nektar und Blütenstaub für ihre Nahrung sammelt und bei dieser Arbeit durch Befliegen unzähliger Blüten auf ihrem behaarten Körper eine riesige Anzahl von Pollenkörnern überträgt. Das gewöhnliche Verhalten der Honigbiene, während der Nahrungssuche den Beflug auf nur eine oder zwei Pflanzenarten gleichzeitig zu beschränken, ermöglicht, daß der Blütenstaub die Narbe anderer Blüten derselben Art berührt und auf diese Weise eine Fremdbestäubung erfolgt.

Die Arbeit und das Vorhandensein der Biene ist auch deshalb bedeutend wichtiger als bei allen anderen Insekten, weil sie starke Bienenvölker bildet und in den ersten Frühlingstagen am zahlreichsten von allen Insekten in der Natur die Blüten befliegt, während viele andere Insekten, die nicht in Völkern leben, erst im Frühjahr mit der Vermehrung beginnen, wo es in jedem Stock schon Tausende von Bienen gibt.

Heutzutage werden in der landwirtschaftlichen Produktion immer mehr Chemikalien angewandt, die verschiedene wilde Insekten in der Natur massenhaft vernichten. Nur die Bienen kann man kontrolliert schützen, und ihre Nutzung für die Bestäubung kann je nach Wunsch des einzelnen durch verschiedene Formen der Dressur reguliert werden.

Bei dem wachsenden Interesse großer Hersteller von Agrar- und Samenprodukten, ihre Ernte und Qualität durch Nutzung der Bienen zu vergrößern, werden viele Wissenschaftler dazu angeregt, die günstigsten Methoden zu ermitteln, die eine maximale Nutzung der Bienen bei der Blütenbestäubung ermöglichen.

Luzerne-Bestäubung

Das größte Problem für die Wissenschaftler, die die Rolle der Biene bei der Blütenbestäubung untersuchen, stellt die Luzerne-Bestäubung dar, was auch verständlich ist, wenn man weiß, daß aufgrund der steigenden Nachfrage in der Viehnahrung Luzerne in vielen Ländern einer der strategisch wichtigsten Futterstoffe für die Viehzucht ist. Oft hört man, daß die weitere Luzerne-Produktion ernsthaft durch einen immer stärkeren Mangel an guten Samen gefährdet ist, und die Wissenschaftler betonen, daß durch agrotechnische Maßnahmen die Reserven für eine erfolgreiche Produktion der Samen dieser geschätzten Futterpflanze nahezu völlig erschöpft ist.

Ebenso wird hervorgehoben, daß die Luzerne-Blüten durch schwache Absonderung des Nektars, geringen Zuckeranteil im Nektar und erschwerten Zugang des Bienenrüssels zum Nektar für die Bienen als Bestäuber nicht verlockend sind, vor allem, weil es während der Blütezeit der Luzerne auch andere verlockendere Nektarquellen gibt, die die Bienen lieber befliegen. Aus diesen Gründen schlagen die Wissenschaftler zur Vergrößerung der Ernte und Qualität der Luzernesamen mit Hilfe der Bienen vor, zur Bestäubung dieser Pflanze die Bienen direkt in das Luzerne-Feld zu schicken und unbedingt auch die Dressur der Bienen anzuwenden.

Wie I. K. Davidenko aus der ukrainischen Versuchsstation

für Bienenzucht mitteilt, wird das fehlende Interesse der Bienen an Luzerne durch das Vorkommen spezifischer Stoffe im Nektar der Luzerne hervorgerufen, die Bienen abstoßen, und deshalb werden auch durch Dressur der Bienen nicht immer zufriedenstellende Resultate erzielt.

„Die Fähigkeit der Bienen, Luzerneblüten zu bestäuben, kann wesentlich erhöht werden, wenn wir sie von Anfang an, schon als Larven, an Luzerne gewöhnen", sagt Davidenko. „Zu diesem Ziel ist es nützlich, Bienenvölkern in der Herbst-Winter-Periode Luzerne-Honig zu belassen. Bienen, die in der langen Periode zur Luzerne-Honignahrung gezwungen, gewöhnen sich allmählich an die spezifischen Materien, den Duft und den Geschmack. Bis zum Beginn der Blütezeit erhält man einen Bienennachwuchs, der wesentlich besser die Luzerneblüten befliegt und mehr Nektar und Pollen einträgt, das heißt, auch mehr Blüten bestäubt.

Die Bienenhaltung mit Luzerne-Honig ist nicht nur ein Mittel zur vergrößerten Bestäubungsfähigkeit der Bienen, sondern auch eine wichtige Voraussetzung für die Auswahl der besser bestäubenden Bienenvölker zur Fortpflanzung in der Selektion. Auf dieser Grundlage wurden Rassen gezüchtet, die bis zu zweimal besser Luzerne-Blüten befliegen und bestäuben als gewöhnliche Bienen.

Durch wirksame Luzerne-Bestäubung vergrößert sich die Ernte sogar um das Drei- bis Vierfache; man erhält Samen, der keimfähiger ist, es wurde nachgewiesen, daß sich in von Bienen bestäubter Luzerne-Kleie und -Häcksel der Eiweißgehalt erhöhte.

Genetik und Florospezialisierung der Bienen zur Bestäubung

Ein sehr attraktiver Bereich wissenschaftlicher Untersuchungen ist die Florospezialisierung der Bienen zur Bestäubung bestimmter Pflanzenarten und -sorten. Wissenschaftler sind überzeugt, daß durch bessere Zusammenarbeit von Züchtern und Genetikern Pflanzensorten und Bienenrassen geschaffen werden können, die bedeutend günstiger und wirkungsvoller bestäuben. In den USA erfolgen schon seit Jahren genetische Untersuchungen mit dem Ziel, Bienen mit größerer Bestäubungsfähigkeit zu erhalten. Prof. Dr. N. Gary von der Universität Davis in Kalifornien, an der auch Verhaltensforschung der Bienen gelehrt wird, bietet reiche Informationen über die bisherigen Untersuchungsergebnisse:

„Wir führen Untersuchungen durch, die darauf ausgerichtet sind, Bienen mit entwickelterem Rüssel zu züchten, der günstiger zum Sammeln des Nektars geeignet wäre, besonders aus den tiefen Luzerne-Blüten. Vor allem interessieren uns die Zusammenhänge zwischen Blüte und Biene. Unsere Genetiker arbeiten an dieser Aufgabe, aber es herrscht bis jetzt der allgemeine Eindruck, daß es leichter ist, die Blüte zu verändern als die Biene", sagt Prof. Gary.

„Es können Bienenselektionen gezüchtet werden, die sich Aktivitäten bei niedrigeren Temperaturen anpassen, ebenso Rassen, die befähigt werden, mehr Pollen von bestimmten Pflanzen einzutragen. Aber ich glaube nicht, daß es lohnend ist, Bienen nur für bestimmte Pflanzenarten zu züchten. Wenn es die Pflanze ist, die Bienen als Gegenleistung Nektar und Pollen darbietet, dann ist es besser, die honigtragende Pflanze zu ‚verbessern', damit sie verlockender für den Beflug der Bienen wird.

Züchter, die sich mit Pflanzen beschäftigen, müssen die Nektar- und Pollenmengen in den Blüten bestimmter Pflanzen erhöhen, damit die Bienen diese Blüten mehr befliegen und fremdbestäuben. Es ist sogar möglich, die Blüten mit bestimmten süßen Lösungen zu besprühen und noch mehr Bienen anzulocken, was die Wirkung bei der Bestäubung der gewünschten Pflanzen erhöht", sagt Dr. Norman Gary.

Besprühung mit aromatischen Präparaten

Der sowjetische Wissenschaftler I. P. Stadnikov berichtet, daß in den Jahren 1979 und 1980 in der UdSSR Untersuchungen in Gewächshäusern vorgenommen wurden, die die Wirkung aromatischer Materien auf die Flugtätigkeit von Bienen zur Bestäubung von Gurken und Tomaten analysierten. Während der Blütezeit dieser Pflanzen (März–April) wurde den Bienenvölkern, die sich in den Gewächshäusern befanden, täglich 200 ml Zuckersirup mit 0,06 ml (1 Tropfen) aromatischen Materien gegeben. Ebenso wurden die Rahmen, die darauf befindlichen Bienen und die Blüten in den Gewächshäusern mit diesem Sirup besprüht.

Die Anwendung aromatischer Stoffe erhöhte die Aktivität der Bienen auf den besprühten Blüten und somit auch die Ernte um 11–56 %. Laut Mitteilung des tschechoslowakischen Wissenschaftlers K. Milan wurde festgestellt, daß man den Beflug der Bienen bei einigen Pflanzen auch durch die Anwendung oligobiogener Präparate, die die Nektarabsonderung stimulieren, anregen kann. Die Saat wurde mit bestimmten Mikroelementen genährt, was mehr süßeren Nektar ergab und dann den Beflug der Bienen auf solchen Blüten erhöhte.

Bei der ständigen Verringerung der wilden Entomofauna, hervorgerufen durch intensive Anwendung von chemischen Mitteln in der Landwirtschaft, hat in letzter Zeit die Bedeutung der einheimischen Bienen als Bestäuber erheblich zugenommen. Der Wissenschaftler S. S. Nazarov stellte durch Zählungen fest, daß sich 1955 auf 100 Quadratmeter mit blühender Luzerne 27,8 wilde Bienen befanden, und 1979 auf derselben Fläche im selben Gebiet nur 14,2 wilde Bienen als Bestäuber.

Die zunehmende Verwendung von Chemikalien erfordert Lösungen zur Erhaltung einheimischer und wilder Bienen sowie anderer als Bestäuber geschützten Insekten.

Die Samenzucht vieler entomophyler Pflanzen ist gerade

durch die Anwesenheit der Insekten begrenzt. Deshalb kann auf den Wert der Bienen und anderer wilder Insekten gar nicht genug hingewiesen werden, und jeder sollte sich ihnen gegenüber verantwortlich fühlen.

Erfahrungen kalifornischer Obstgärtner

Im fruchtbaren Kalifornien wurden die Obstgärten durch übertriebenen Gebrauch verschiedener giftiger Präparate fast völlig vernichtet. Das bemerkte man schnell an den sehr geringen und schlechten Obsternten aufgrund ungenügender Bienenvorkommen während der Bestäubung.

Heutzutage bezahlen die dortigen Obstgärtner den Imkern sogar 20–40 Dollar pro Bienenstock, um sich in der Blütezeit der Obstbäume die Bienen auszuleihen, und sie beachten streng die Schutzmaßnahmen der Pflanzenschutzmittel, um nicht die Bienen zu gefährden. Denn alle Versuche, die Bienen bei der Bestäubung der Obstbäume zu ersetzen, schlugen fehl, obwohl verschiedene Arten der künstlichen Bestäubung der Obstbäume getestet wurden, unter anderem auch durch Abwerfen spezieller Säcke mit Blütenstaub aus Flugzeugen.

Die Amerikaner begannen als erste in der Welt, Bienen während der Blütezeit auf die Obstplantagen und Felder mit Industrie- und Futterpflanzen zu schaffen, denn sie hatten sich davon überzeugt, daß der Ertrag an wertvolleren Früchten und Samen dank der Bienen um das Vielfache gesteigert wurde.

Untersuchungen von Prof. Evert, Prof. Cander, Prof. von Frisch und vielen anderen Wissenschaftlern wiesen nach, daß durch die günstige Fremdbestäubung befruchtetes Obst, wesentlich süßer, schöner und haltbarer ist. Eine gute Befruchtung ergibt auch guten und starken Samen im Gegensatz zur Windbestäubung und anderen Arten der Selbstbestäubung, die regelmäßig schwächere und verkümmerte Früchte ergeben.

In Dänemark, Deutschland, der UdSSR, Rumänien, Großbritannien, Jugoslawien, USA, Holland, der Tschechoslowakei und vielen anderen Ländern erfolgten Untersuchungen, um die Rolle der Biene bei der Bestäubung festzulegen, und es zeigte sich, daß durch vorschrittsmäßige Nutzung der Biene bei der Bestäubung und durch gleichzeitige Anwendung moderner Agrotechnik der Ertrag und die Qualität der Produkte vieler landwirtschaftlicher Kulturen sogar um 60–100 % gesteigert werden können.

Bienen in japanischen Gewächshäusern

Auch die japanischen Landwirte haben die Bedeutung der Biene für die Bestäubung eine lange Zeit nicht voll erkannt. Erst in letzter Zeit, seitdem sich durch den Gebrauch von Chemikalien die Anzahl der Insekten so sehr verringert hat, daß die Obsternte ernsthaft gefährdet ist, wird auch auf die Rolle der Biene als Bestäuber besonderer Wert gelegt. Heutzutage werden in Japan auf den großen Apfel-, Birnen-, Pflaumen- und anderen Gartenplantagen, vor allem auf den Gurkenplantagen, in der Regel Bienenvölker zur Bestäubung ausgeliehen.

Bienen in Gewächshäusern zur Produktion von Erdbeeren, die in Japan sehr häufig sind, nehmen dort eine besondere Stelle ein, weil man der Meinung ist, daß Bienen für die Gewinnung normal geformter Früchte unbedingt erforderlich sind. In Gewächshäusern mit einer Fläche von 300 Quadratmetern stellt man 1 Bienenvolk auf, wofür der Imker bis zu 40 Dollar erhält. Versuche zeigten, daß die von Bienen befruchtete Erdbeerernte um das 10fache gesteigert werden konnte, mit wesentlich besseren Früchten.

Seit 1970 hat sich dieses Verfahren durchgesetzt. Allein

In japanischen Gewächshäusern wurde die Erdbeerernte um das Zehnfache gesteigert

zur Erdbeerenbestäubung benutzt man heutzutage in den japanischen Gewächshäusern 150 Tausend Bienenvölker.

Laut Mitteilung des angesehenen japanischen Imkers Atsua Inone ist es äußerst günstig, daß Bienenvölker für Gewächshäuser in der Periode von November bis April verlangt werden, wenn es ohnehin keine andere Bienenweide gibt.

Bienen werden auch immer häufiger zur Bestäubung einer ebenfalls in japanischen Gewächshäusern produzierten Melonensorte benutzt, und man bezahlt den Imkern für ein ausgeliehenes Bienenvolk Summen, die 10 kg Honig entsprechen.

Prof. Frank Shaw und Prof. John Eckert beurteilen den unschätzbaren Wert der Biene folgendermaßen: „Indem Bienen für die Produktion von Obst, Gemüse und verschiedenen anderen Früchten und Samen einen großen Beitrag leisten, spielen sie für die Wirtschaft mit Sicherheit eine ungeheure Rolle. Sie stellen außerdem einen wichtigen Faktor bei der Erhaltung natürlich wachsender Pflanzen dar, die Meliorationsgebiete bedecken, bei der Verhinderung von Erosionen und bei der Nahrung für wilde und einheimische Tiere . . ."

Verschwänden die Bienen auf der Erde, dann würden mehr als 100 Tausend Pflanzenarten aussterben – dies wurde vor kurzem in der wissenschaftlichen Zeitschrift „Nauka i ziznj" bekanntgegeben.

Bienendressur

Wir leben in einer Zeit, in der es Wissenschaft und verschiedene technisch-technologische Mittel ermöglichen, nicht nur die geistige Sphäre des Menschen, seine Kraft und intellektuelle Entwicklung zu beeinflussen, sondern auch die Entwicklung des Tier- und Pflanzenreiches.

Durch die Entwicklung der biologischen Wissenschaften erfolgten wichtige Entdeckungen im Bereich der Genetik und Selektion, und durch Anwendung dieser Erkenntnisse in der Praxis wurde die Produktion vieler landwirtschaftlicher Kulturen erhöht, unter anderem erkannte man auch den wirklichen Wert und die Bedeutung der Biene bei der Bestäubung von Kulturpflanzen.

Biologisch wurde untersucht, ob Bienen imstande sind, bestimmte Honigpflanzen konzentriert zu befliegen. So befliegt z. B. ein Bienenvolk durch Selbstdressur überwiegend die gleichen Obstgewächse, wenn sie sich als gute Nektarquelle bewähren. So wurden Wissenschaftler dazu angeregt, auf diejenigen Obstsorten, die weniger Nektar tragen und deshalb auch weniger beflogen werden, Bienen durch persönlichen Eingriff zu lenken, um eine wertvolle Bestäubung zu erreichen.

In der Sowjetunion entdeckte man, daß Bienen, die eine kürzere Zeit lang mit einem duftenden Sirup gefüttert werden, nach dem Verlassen des Bienenstocks gerne eine Weide mit diesem Duft befliegen. In einem Stock wurde als Experiment ein Sirup mit Fliederblüten angeboten und bis zum nächsten Tag dort gelassen. Einen Tag später beflogen Bienen die Fliederblüten in erheblich größerer Anzahl als die Blüten anderer Pflanzen, was früher nie vorgekommen war.

Aufgrund zahlreicher, in Versuchsstationen und wissenschaftlichen Instituten durchgeführter Experimente von Prof. A. G. Gubina und N. M. Blinova und anderen bekannten sowjetischen Wissenschaftlern wurde nachgewiesen, daß durch Dressur und Umstellung der Bienenvölker in die unmittelbare Nähe einer Kleeweide und anderer Honigpflanzen die Samenerträge um das 10fache gesteigert werden können im Vergleich zu Flächen, auf denen es keine dressierten Bienen gibt.

Durch diese Bienendressur bilden sich bei den Arbeitsbienen bedingte Reflexe, schnell die gewünsche Bienenweide zu finden. Außerdem werden mehr Bienen zum Verlassen des Stocks angetrieben, mehr den Nektar bestimmter Pflanzen zu sammeln und demnach auch wirkungsvoller eine wertvolle Arbeit zu leisten – die Blütenbestäubung.

Liebe im Reich der Blüten

Das rätselhafte Leben und Wirken der Bienen stellt seit Jahrhunderten eine Herausforderung an die Menschen dar, die immer wieder Neugierde und Bewunderung zum Ausdruck bringen. Wissenschaftler und Künstler sind am meisten von der vorzüglichen Organisation des täglichen Lebens und der

Genauigkeit der kollektiven Arbeit und Arbeitsteilung im Bienenvolk begeistert.

Der Nobelpreisträger Maurice Metterlinck untersuchte mehr als 20 Jahre lang das Leben der Bienen und war ein leidenschaftlicher Imker, bevor er sein bekanntes Buch „Das Leben der Bienen" schrieb. Lav Tolstoi war ebenfalls Imker und ein guter Kenner der Bienen, was an verschiedenen Stellen in seinen Romanen zu bemerken ist. Für viele Dichter und Maler stellen Bienen eine Inspiration oder ein Motiv dar.

Das elektronische Mikroskop von Lennart Nilson zeigt in der französischen Zeitschrift „Paris Match", was bisher kein einziger Mensch sah: Ein Nektartropfen auf den sexuellen Organen der Blüten wird von der Biene durch ihren Rüssel (Zunge) durch Saugen aufgenommen

Niemand bisher ist jedoch so tief in das geheimnisvolle Leben der Bienen eingedrungen und hat so erfolgreich die Aufmerksamkeit der Weltöffentlichkeit auf deren vielfache nützliche Rolle in der Natur gelenkt wie der schwedische Meisterfotograf Lennart Nilson. In einer Serie phantastischer Bilder gelang es ihm zu zeigen, wie Bienen beim Saugen des Nektars die männlichen und weiblichen Geschlechtsorgane der Blüten berühren.

Das elektronische Photo-Mikroskop von Lennart Nilson zeigt, was bisher kein einziger Mensch hat sehen können: ein Nektartropfen auf den sexuellen Organen der Blüten wird von der Biene mit ihrem speziell gebauten Rüssel (Zunge) durch Saugen aufgenommen.

Die winzig kleinen Nektartröpfchen, die auf Nilsons Photographien zu erkennen sind, entstehen in unsichtbaren Drüsen, in den Nektarien, im Grunde des Blütenkelchs. Diese Tröpfchen bleiben an den Haaren des Bienenrüssels kleben und werden verschluckt, wenn der Rüssel in den Mund gelangt.

Während die Biene von Blüte zu Blüte fliegt, um den süßen Nektar zu saugen, setzen sich unzählige Pollenkörner (männl. Blütensamen) an ihrem behaarten Körper fest, die auf die Stempel der nächsten Blüten übertragen werden. Sie trägt somit zu einem Geschlechtsakt bei Pflanzen derselben Art bei, die durch ihre Wurzeln unbeweglich mit dem Boden verhaftet sind.

Die Bienen erweisen diesen Pflanzen einen Liebesdienst, indem sie ihnen bei der Befruchtung ihrer Blüten helfen.

„Ein großer Teil des Pflanzenreichs bliebe für immer unfruchtbar, wenn er nicht regelmäßig von den Honigbienen besucht würde“, sagt der Apidologe Prof. Dr. Izet Osmanagić. „Durch gegenseitigen Kontakt der Vertreter zweier großer Reiche – des Pflanzen- und Tierreichs (Pollen und Bienen) – sorgt jedes Lebewesen für den Fortbestand seiner Art, für die Vermehrung im Reich der Blütenpflanzen.

Bienen, diese eifrigen sechsbeinigen Besucher der Blüten, erweisen sich als Initiatoren der grundlegenden Lebensprozesse im Pflanzen- und Tierreich. Auf unserem Planeten würde 4/5 der Flora aussterben, ohne Nachwuchs zu hinterlassen, wenn ihre Blütenkronen während der Blütezeit nicht von den Bienen als Bestäuber beflogen würden.

Die Versorgung des Bienenvolkes mit Blütenstaub, der in besonderen Drüsen der Bienen verarbeitet wird, ist äußerst wichtig. Dieses Pflanzenprodukt sorgt dafür, daß sich die Lebensbedürfnisse der Pflanzen und Bienen gegenseitig anpassen und ergänzen und deren Erhaltung und Verbreitung gewährleistet ..."

Bienen und Menschen

Über die Honigbiene (Apis mellifica) sind mehr Bücher geschrieben worden als über irgendein anderes Tier. Diese Tatsache wird häufig in der Literatur hervorgehoben und zeigt ihren großen Wert für die menschliche Gemeinschaft.

Die Honigbiene ist ein soziales Insekt, das durch die Evolution eine bemerkenswert hohe Stelle in der komplexen Organisation ihrer Gesellschaft erreicht hat. Von allen auf der Erde lebenden Insekten spielt vielleicht die Honigbiene die wichtigste und nützlichste Rolle für die menschliche Umwelt. Der Mensch hat sich reichlich die Eigenschaft der Biene zugute kommen lassen, Reservenahrung zu sammeln und sie in bedeutenden Mengen im Bienennest aufzuspeichern.

Bienen gab es schon in der tertiären Periode ungefähr 56 Millionen Jahre vor dem frühesten Menschen, der sicher schon in seiner vorgeschichtlichen Epoche auf die Honigbiene und ihre nahrhafte Produktion gestoßen ist. Seit Tausenden von Jahren stellt Honig die fast einzige und meistgeschätzte süße Nahrung für den Menschen dar.

Der primitive Mensch, der vor 9000 Jahren in den Höhlen Spaniens lebte, versäumte es nicht, an die Steinwand seiner Behausung sich oder seinen Zeitgenossen, der Honig aus einem hohlen Felsen entnimmt, zu malen. Dies ist bisher die älteste Darstellung und dokumentiert die lange Tradition der Bienenhaltung.

Die erhaltenen Denkmäler der uralten materiellen Kulturen zeugen davon, daß schon die ersten Menschen mit Aus-

Der vergrößerte Kopf einer Biene neben den Staubbeuteln, die „reif" sind, um ihren Pollen (männliche Organe der Blüte) durch die Biene auf die Stempel (weibliche Blütenteile) übertragen zu lassen

dauer Honig suchten, weil sie dessen geschmackliche und nahrhafte Qualitäten kannten. Wahrscheinlich wurde deshalb die Biene, verglichen mit anderen Insekten, in fast allen Völkern der Welt besonders verehrt.

Mythen und Legenden

Über Bienen sind zahlreiche Mythen und Legenden entstanden. So ist auf einem vor ungefähr 6000 Jahren im alten Ägypten entstandenen Obelisk eine Biene mit geneigtem Kopf und aufgerichteten Flügeln dargestellt. Das Sinnbild des Oberen Ägyptens war die Lotosblume und des Unteren Ägyptens die Biene. Als Zeichen ihrer Untergebenheit malten die Ägypter eine Biene auf ihre Bittschriften, um auf diese Weise dem Pharao ihren Gehorsam zu zeigen. Auf den Gräbern der ersten Pharaonen-Dynastien sind regelmäßig Bienen dargestellt.

Im mittleren Ägypten gab es Bienenzüchter, die Bienen schon seit 1900 v. Chr. züchteten. In den Grabkammern und an den Wänden der Tempel kann man sehen, wie Honig gewonnen wurde. Bilder in Abukir datieren aus dem Jahre 2500 v. Chr. Damals kannte man schon Lebkuchen, und man wandte den Honig in der Medizin und Kosmetik sowie bei religiösen Zeremonien der damaligen Herrscher an.

In der altindischen Mythologie nehmen Bienen eine wichtige Stelle ein und werden als heilige Tiere angesehen. Der große Gott Vischna ist in Form einer kleinen Biene gezeichnet, die sich auf einer Lotosblüte ausruht. Krischna ist zusammen mit einer blauen Biene dargestellt, die über seinem Kopf fliegt.

In der Bibel ist mehrmals die Rede von Hanajana, das Land, in dem Milch und Honig fließt, und der jüdische Herrscher Salomon rät mehrmals seinem Sohn: „Sohn, iß Honig, denn er ist gesund, und auch die süße Honigwabe wird dir schmecken."

Syrien hieß in alten Zeiten das Land des Honigs und der Olivenbäume. 2000 v. Chr. wurden die Körper der Verstorbenen mit Wachs eingerieben und in Honig getaucht. Es bestehen Dokumente, aus denen man ersieht, daß die Assyrer außergewöhnlich geschickt mit Bienen umgingen und geheime Laute kannten, mit denen sie die Bienenschwärme beherrschten.

Die alten Griechen kannten Honig als Nahrungs- und Heilmittel. Besonders schätzten sie Thymianhonig aus dem Himetgebirge. Man glaubte, daß die Götter auf dem Olymp Ambrosia trinken, der sie ihre Unsterblichkeit verdanken und die vor allem aus Honig besteht.

Einer der größten Denker des alten Griechenlands, Aristoteles, untersuchte intensiv das Leben der Bienen, und er be-

Eine Höhlenzeichnung aus Spanien zeigt, wie vor etwa 9000 Jahren der Steinzeitmensch Honig erbeutet

zeichnete Honig als „Tau, den Regenbogen und Sterne gereinigt haben." Hippokrates, der Vater der Medizin, wußte viel über die heilkräftige Wirkung des Honigs. Honig wurde zur Verheilung von Wunden benutzt. Demokrit und Pythagoras glaubten, daß Honig das Leben verlängern und die Geisteskräfte stärken und bessern kann.

In Griechenland wurde für die Göttin Artemides ein berühmter Tempel in der Stadt Ephesos errichtet. Die Statue der Göttin ist mit Früchtekränzen geschmückt, auf denen sich Bienen ausruhen.

Der gefeierte römische Dichter Vergilius (70–19 v. Chr.), selbst Bienenzüchter, schrieb den Eigenschaften des Honigs eine ungeheuere Wirkung zu. In der klassischen Dichtung „Aenaeis" beschrieb er das Leben und die Eigenschaften der Bienen und widmete ihnen in einer Ode die schönste Huldigung.

Auch die Völker des Islams waren bekannt als Verehrer der Bienen und der Bienenzucht und nutzten große Mengen Honig für ihre orientalen Süßspeisen und für die Medizin.

Der berühmte Avicenna empfahl auf populärste Weise in arabischen medizinischen Schulen Honig als Medikament und Nahrungsmittel.

Die wirksamste Erholung und Entspannung

Die Beschäftigung mit Bienen wirkt sich sehr günstig auf den menschlichen Organismus aus, nicht nur wegen der Bienenprodukte, die Imker regelmäßig gebrauchen, sondern auch wegen des ständigen Aufenthalts in der Natur. Der Aufenthalt im Freien, die gesunde Luft, die duftenden Blüten, die heilsamen Ausdünstungen aus dem Bienenstock, das Bemühen, tiefer in die Geheimnisse des Bienenwesens einzudringen, all das kräftigt und entspannt den Menschen.

Die außerordentlichen Möglichkeiten der Bienenhaltung zur aktiven Erholung bestehen vor allem im Kontakt mit der Natur. Ein alter Spruch besagt: „Wer die Natur kennt, dürfte nie krank sein."

In seinem Buch „Bienen – die geflügelten Pharmazeuten" und „Bienen und Medizin" kennzeichnete der Bienenfreund und Enthusiast Dr. Naum Petrovic Jojriš die Imkerei folgendermaßen: „Mir scheint, es gibt nichts Anziehenderes und Schöneres als die Arbeit mit Bienen. Ist der Mensch auf dem Bienenstand, nähert er sich dem Stock und beobachtet er, wie die Bienen in ihr wächsernes Schloß zurückkehren, mit Nektar und Blütenstaub beladen, wird er auch gegen seinen Willen nicht nur ein Freund der Bienen, sondern auch ein Freund der einzigartigen Natur.

Bienenzucht und Ökologie

In vielen Ländern, besonders in den hochindustrialisierten Ländern, ist vor allem in den letzten Jahren das Interesse an den Problemen des Natur- und Umweltschutzes stark gestiegen. Die Erkenntnis von der Verantwortung des modernen Menschen hat sich allmählich durchgesetzt. Diese Problematik wird zur wichtigsten Aufgabe der Regierungen vieler Länder, und das sogenannte „ökologische Bewußtsein der Bürger" bewirkt, daß sich immer mehr Menschen auch praktisch für die Erhaltung der Wälder, Flüsse und anderer Naturschätze einsetzen.

Es wäre gut, wenn im Rahmen dieser Bewegung auch dem Schutz der Biene, dem bewährten Freund des Menschen und der Natur, ebensoviel Aufmerksamkeit geschenkt würde. Es gibt jedoch leider sehr viele Beispiele nicht nur der Fahrlässigkeit, sondern auch der direkten Bedrohung der Bienen seitens des Menschen, besonders durch unsachgemäßen und falschen Gebrauch verschiedener Chemikalien im Prozeß der landwirtschaftlichen Produktion.

Koexistenz mit der Natur

Es verwundert nicht, daß man auch heutzutage immer wieder hören kann, der Mensch müsse die Natur beherrschen und in der Gewalt haben! Ein naiver und maßloser Wunsch der Unersättlichen.

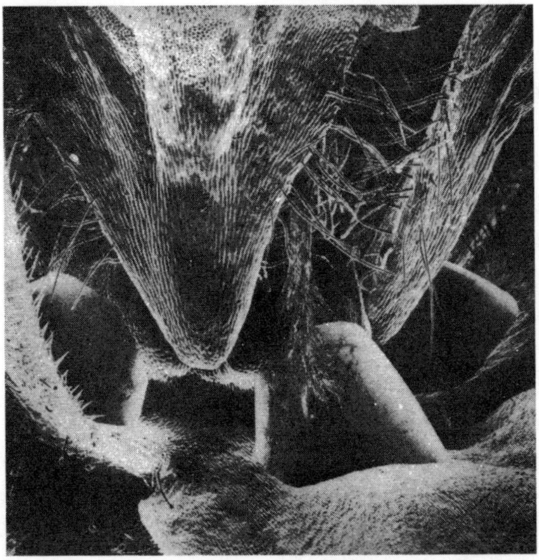

Nur die Natur konnte diese phantastischen Formen bilden, die der schwedische Fotograf und Künstler Lennart Nilson mit seiner Kamera festgehalten hat

Heutzutage weist die Wissenschaft, vor allem die Biologie, auf die ungeheuren potentiellen Gefahren der Natur hin, im Falle daß sich eine ihrer Komponenten der Kontrolle der Biosphäre entzieht, und uns scheint allmählich klarzuwerden, wie widersinnig und oberflächlich der Wunsch des Menschen ist, die Natur „zu beherrschen."

Sogar die planlose Vernichtung der Mikroben (Gebrauch von Chemikalien in der Landwirtschaft) ist problematisch, denn so wird ihre Resistenz angeregt. Das bedeutet die Entstehung potentiell neuer genetischer Formen von Bakterien, Viren und einzelligen Pilzen mit unbekannten Eigenschaften und dies wiederum das Hervorrufen zunehmender Pflanzen- und Tierkrankheiten, was die Produktion immer mehr verteuert.

Dies hat zur Folge, daß wir einerseits durch die Anwendung moderner Technik und Technologie Zeit sparen, und andererseits immer mehr Zeit verlieren im kostspieligen Kampf gegen die Krankheiten und Schädlinge, dabei auch die eigene Gesundheit riskieren durch Chemikalien, über die wir immer noch zu wenig wissen.

In vielen Fällen wird die Natur selbst am wirksamsten die zahlreichen Zusammenstöße zwischen den Lebewesen lösen, so wie sie es auch früher getan hat, und die Rolle des Menschen besteht darin, nur in wirklich bekannten und bewährten Situationen „mitzuspielen".

Gibt es eine Lösung?

Die Lösung besteht in der Koexistenz und Kooperation des Menschen mit der Natur und in der Respektierung der natürlichen Gesetze seitens des Menschen. Indem die Wissenschaft uns mit den Geheimnissen der Natur bekannt macht, enthüllt sie uns nicht nur deren Gesetze, sondern zeigt uns auch, wieviel wir von der Natur nehmen dürfen, ohne ihr Gleichgewicht im wesentlichen zu stören und sie nicht zu verletzen.

Gefährliche Pestizide

Der ungeheure Fortschritt der Nachkriegszeit auf dem Gebiet der Physik und Chemie führte zu einer außerordentlich großen Anzahl neuer chemischer Verbindungen, unter anderem auch der Pestizide. Zweifellos haben die Pestizide zur erhöhten Nahrungsmittelproduktion beigetragen und viele Lebens- und Arbeitsbereiche bereichert, aber die Nachteile waren unverkennbar.

Die Natur reagierte auf die verheerende Wirkung, die bekämpften Insekten, Gliederfüßler und Mikroben boten dem Menschen Widerstand.

Es entwickelten sich „resistente" Arten, und mit ihnen entstanden Probleme für die Nutznießer der „Chemie des Wohlstandes". Natürlich beunruhigte die neue Situation am wenigsten die Hersteller, denn sie konnten nun in weitere Erfindungen investieren und neue, noch stärkere Chemikalien produzieren.

Man muß jedoch wissen, daß die Entstehung „widerstandsfähiger" Lebewesen eine mächtige Reaktion der Natur auf den Angriff der Chemie ist. Diese „resistenten" Organismen sind in Wirklichkeit die neuen Arten der Zukunft, stärker als bisher, die dem Menschen trotzen und ihn bedrohen.

Was wir bisher von der Natur gelernt haben, ist unter anderem die Tatsache, daß sie bei Angriffen zurückschlägt, und zwar mit unabsehbaren Folgen. Die Biologen wissen, daß sich die organischen Arten mit kurz lebenden Generationen leicht ändern, aber erbbedingt, wodurch die Bildung neuer genetischer Linien, zukünftiger Arten, ermöglicht wird. Dieses Naturgesetz ist von großer Bedeutung, denn es soll eine Warnung sein, bietet uns aber auch die Chance, zu überleben und besser zu leben. Die kontrollierte und vernünftige biologische Manipulation mit der Erbsubstanz könnte positiv und grundsätzlich unser Leben umwandeln, unter der Bedingung, im Interesse der Gesellschaft und für Lebensqualität zu stehen.

Bienenschutz gegen „chemischen Pflanzenschutz"

Die Landwirtschaft, die ausschließlich auf chemischem Pflanzenschutz beruht, ist in eine Sackgasse geraten. Obwohl der Eindruck entsteht, daß wir uns doch irgendwie daran gewöhnt haben, mit einer so großen Auswahl verschiedener, immer neuerer chemischer Produkte zu leben, ist es viel gefährlicher, daß der moderne Mensch, in der Absicht, die Pflanzen „schützen" zu wollen, dem lebenden Gewebe der Biosphäre neue zukünftige Arten der Organismen zugeführt hat. Dadurch hat er den natürlichen Regelkreis unterbrochen und die mikrobiologische Umwelt gestört, mit Folgen, die wir noch nicht ermessen können.

Ist nicht das Vorkommen der Milbe Varroa jakobsoni aus der ökologischen Kontrolle geraten und führt jetzt zu Kettenreaktionen? Die Anstrengungen bei der Milbenbekämpfung durch „Medikamente" führte zu neuen genetischen Linien der Milben durch ihre erwiesene Resistenz.

Ist die These „Mit Varroa leben" richtig und möglich, wenn wir wissen, daß wir durch ständigen Gebrauch der „Mittel" das Entstehen neuer und noch widerstandsfähigerer genetischer Linien (Arten) der Milben bewirken, die Varroa ähneln und somit bewußt die Umwelt der Bienen und der Menschen zerstören? Der Umweltschutz stellt im allgemeinen und besonders auf die Bienen und die Bienenzucht bezogen, ein sehr komplexes Problem dar, auch für die Experten. Vielleicht haben es deshalb gerade diejenigen am schwersten, die das Ausmaß der Problematik und die Ohnmacht der Wissenschaft erkennen, in einigen Fragen schneller zu reagieren und vollständige Lösungen zu bieten.

Man kann mit Recht behaupten, daß der Umweltschutz heutzutage eines der größten Probleme aller Völker und jedes einzelnen Menschen ist. Er erfordert die Zusammenarbeit aller Interessierten, auch der Imker und Theoretiker, um sich gegenseitig besser zu verstehen und zu lernen, mit der Natur und der Umwelt richtig umzugehen –, betont Prof. Dr. Dragutin Popesković, Biologe an der veterinärmedizinischen Fakultät der Universität Belgrad.

Harmonie zwischen der Natur und dem Menschen

Viele Wissenschaftler und Künster auf der ganzen Welt protestieren immer eindringlicher gegen die verheerende Vernichtung der Natur. Der Begründer der Kybernetik, Norbert

Wiener, äußerte bei einer Gelegenheit, daß „der Menschheit keine Gefahr von Technik und Technologie an sich droht, sondern von dem, was der Mensch mit ihnen macht. In seiner Entwicklung kann der Mensch nicht mehr zurück . . . Das einzige, was ihm bleibt, ist es, mit sehr viel mehr Weisheit seinen Weg fortzusetzen als bisher. Das gilt besonders für das Verhältnis des Menschen zur Natur . . ."

Harmonie zwischen Natur und Mensch benötigt die heutige Menschheit mehr denn je. Die weltvernichtende Zerstörung und Vergiftung der Natur hat das gesamte Leben auf dem Planeten ernsthaft bedroht, und immer häufiger kommt es zu argumentierten Warnungen, daß auch das Überleben der Menschen in Frage gestellt werden muß.

„Wir müssen uns ändern, oder wir werden vernichtet", sagen angesehene Wissenschaftler, und der amerikanische J. Shell schreibt in seinem Buch „Schicksal der Erde":

„Früher war uns die Zukunft einfach geschenkt worden. Jetzt müssen wir sie erwerben. Wir müssen die Landarbeiter der Zeit werden! Wenn wir nicht die Jahre des menschlichen Lebens pflanzen und pflegen, werden wir sie niemals ernten . . ."

Die unverdiente Bezeichnung „Homo sapiens"

Der bekannte sowjetische Bildhauer und Graphiker Vadim Abramovič Sidur, den viele Kritiker als einen der größten heute lebenden Bildhauer bezeichnen, warnt in vielen Skulpturen und Graphiken vor dem unmenschlichen und unverantwortlichen Verhältnis des Menschen gegenüber der Natur.

„Man hat immer mehr den Eindruck, daß sich die Menschheit unverdienterweise die Bezeichnung Homo sapiens angeeignet hat. Dies wird besonders jetzt am Ende des 20. Jh. deutlich, wo fast der Gipfel der Verhöhnung der Natur erreicht ist, wo nicht nur unser Planet, sondern auch das ganze Universum vergiftet wird.

Der amerikanische Imker Richard Shubert aus Kalifornien hat der Biene ein Denkmal geschaffen – eine große schmiedeeiserne Skulptur

In unserer Zeit spricht man sehr viel von der schädlichen Industrialisierung, vom Zerfall der Umwelt, von der verheerenden Wirkung vieler chemischer Produkte. Wir haben uns inzwischen so sehr daran gewöhnt, daß wir diese Themen kaum noch beachten. Sie werden jedoch viel brennender, wenn wir uns in der Natur aufhalten, in den Überresten der Natur, die dem heutigen Menschen noch verblieben sind ..."

Es ist eine tragische Tatsache, das der Mensch auch die massenhafte Ausrottung der Bienen zuläßt, Insekten, die ihm doch seit alten Zeiten helfen, ihn ernähren und heilen. Ich persönlich bin den Bienen zu Dank verpflichtet, denn

Eine Mahnmal des bekannten Bildhauers und Graphikers Vadim Sidur aus Protest gegen das Bienensterben: „Nach dem Experiment"

nach meinem Herzinfarkt war Honig für mich lebenswichtig, und nach dem Krieg mußte ich mich mit Bienenstichen und und -gift behandeln lassen.

Einmal mußte ich mitansehen, wie Bienen durch Stäubemittel vergifteten, sah ihre sterbenden Bienenkörper auf dem Feld und später auch vergiftete Vögel. Dieser schreckliche

Anblick führte zu meiner Skulptur ‚Nach dem Experiment'. Ich weiß, ich bin nicht der erste und einzige, der auf dieses unfaßbare Vorgehen gegenüber den Bienen und der Natur reagiert hat, aber dies gab mir als Künstler den Antrieb, ein solches Werk zu schaffen", betonte Vadim Sidur.

Ein Film über das Bienensterben

Ein aufregendes Zeugnis von der Bedrohung der Bienen hielt auch die Kamera des bekannten Regisseurs Petar Lalović fest. In dem erfolgreichen Film „Honiggeschmack", auf dem Jugoslawischen Dokumentarfilm-Festival 1977 in Belgrad mit der Goldmedaille preisgekrönt, wird ein grauenhaftes Bienensterben durch unsachgemäße Anwendung von Pflanzenschutzmitteln eindringlich gezeigt.

„Ich habe diesen Film als populärwissenschaftlichen Film gedreht, aber die Zuschauer haben ihn auch als Aufruf für den Schutz der Biene als Teil der Natur verstanden.

Ich kann sagen, daß ich nach diesem Film die Bienen noch lieber gewonnen habe, denn wer sie einmal kennengelernt hat, der kann nicht anders als sie zu lieben. Am meisten beeindrucken ihr Leben, ihre Arbeit und ihr ungeheurer Fleiß, und wer das kennengelernt hat, nimmt selbst an ihren Qualen teil, die sie in ihrem Zyklus erleben", sagt der Regisseur Petar Lalović.

Man sollte annehmen, daß der heutige Mensch durch sein wachsendes Interesse an der Natur auch beginnt, sich anders gegenüber den Bienen und der Bienenzucht zu verhalten. Diese Hoffnung brachte auch der langjährige Präsident der Internationalen Bienenzucht-Organisation „Apimondia", Prof. Dr. Vjećeslav Harnaž, in einem Interview für das Fernsehen Sarajevo zum Ausdruck:

„Ich bin davon überzeugt, daß auch die Bienenzucht heutzutage wieder eine wichtige Stelle einnehmen wird,

Die Ökologie ist heutzutage der logische Kampf gegen die Vernichtung des Lebens und vielleicht die letzte reale Chance des Menschen, auf diesem Planeten zu überleben

weil die Bienen ein wesentlicher Faktor der natürlichen Umwelt sind und die Wissenschaft neue Entdeckungen machen wird, die es der Bienenzucht ermöglichen, noch mehr dem Menschen zu dienen.

Ich bin ebenfalls davon überzeugt, daß die Bienenprodukte immer mehr in den Mittelpunkt rücken, in einem Augenblick, wo wir uns um bessere und gesündere Nahrung zur Erhaltung der Gesundheit Gedanken machen. Deshalb sollten sich nicht nur die Imker, sondern auch alle anderen Menschen dafür einsetzen, daß die natürliche Umwelt mit den Bienen als Teil dieser Welt besser und sicherer geschützt wird . . ."

Die Menschheit ist sich inzwischen ihrer Pflicht bewußt geworden, die natürliche Umwelt zu verteidigen. Als Ausdruck dieses erwachten Bewußtseins ist in den letzten Jahren sehr schnell auf der ganzen Welt eine starke und verbreitete Bewegung für den Natur- und Umweltschutz entstanden. Diese „ökologische Bewegung" hat völlig die bisherigen ideologischen, staatlichen und sozialen Schranken zwischen den Menschen aufgehoben. Ihre Anhänger plädieren für eine neue Lebensphilosophie, mehr Lebensqualität, ein neues Bewußtsein.

Deshalb ist die Ökologie heutzutage keine Mode mehr, sondern der logische Kampf gegen die Vernichtung des Lebens und vielleicht die letzte reale Chance des Menschen, auf diesem Planeten zu überleben.